逍遥游

班宇

著

人民文学出版社

图书在版编目（CIP）数据

逍遥游 / 班宇著. -- 北京：人民文学出版社，2024. -- ISBN 978-7-02-018960-1

Ⅰ. I247.7

中国国家版本馆CIP数据核字第202409DQ49号

责任编辑　徐晨亮　王　瑁　孟小书
责任印制　张　娜

出版发行　人民文学出版社
社　　址　北京市朝内大街166号
邮政编码　100705

印　　刷　北京盛通印刷股份有限公司
经　　销　全国新华书店等

字　　数　158千字
开　　本　850毫米×1168毫米　1/32
印　　张　9.375　插页1
印　　数　1—20000
版　　次　2024年11月北京第1版
印　　次　2024年11月第1次印刷

书　　号　978-7-02-018960-1
定　　价　59.00元

如有印装质量问题，请与本社图书销售中心调换。电话：010－65233595

目录

夜莺湖

吴小艺想约我见面，但不直说，发了两天信息，第一天问我，最近过得怎么样。我说，一般化。她半天没回，估计是想等我问，你过得如何，但我就是不说。分手一年半，少扯犊子为妙。第二天晚上，发过来一段视频，熊猫给饲养员开门，四肢蜷在把手上，缩作一团，轻松后仰，铁门顺势而转，我看了好几遍，想回点什么，也不知道说啥。后来半宿没睡着，始终在分析这段视频，琢磨出来两层意思：第一，你的心门，我来打开。并非自我感觉良好，主要是从某个角度看去，吴小艺长得的确有点像熊猫，上下一般粗，加上最近的种种反常举动，让人不得不产生这样的想法。第二，运用潜意识，向我推销。吴小艺在防盗门公司上班，干销售，其企业形象就是一只熊猫，一九九〇年亚运会的吉祥物，名叫盼盼，手持金牌，眼神飘忽，向前冲刺，仿佛即将跌倒，很令人担忧。所以我觉得，她发这个视频，也有可能想让我买一樘门。这么长时间过去，我仍记得她曾无数次纠正，卖门论"樘"，而不是"扇"，一樘门可以有两扇、三扇、四扇，量词使用要严谨。针对这两种可能，我也想了一下相应策略，若是前者，那就算了，好马不吃回头草，好男不跟前任搞，不是不行，而是没有必要。但若是想卖门，那我就支持一下，这个条件还是有的，盼盼到家，安居乐业，口号喊了多少年了，也信得过。想清楚这两点，我心里就比较有底，睡到中午十二点，冲了个澡，把车开到卫工街，沿着路边停好，后挡风玻璃贴上"收车"二字，便去旁边饭店喝羊汤，一碗见底，又再添满，直至后背湿透，冒一身汗。买卖二手车这生意，我干了好几年，数今年行情最差，价格透明，普通轿车每台能赚一千五就不错，SUV 也就两千来块，而且一个月出不了两台，好几辆破车都压在手里，小半年了，来摸的人都少，说不急那是瞎话。

我吃完饭，回到车里，给我妈打了个电话，说晚上准备过去看她。结果她没在家，出门旅游了，报的夕阳红团，华东五市，加上扬州、镇江、宁波、绍兴、普陀山、乌镇双卧十日游，一路高歌猛进，全程自助早餐。不用问，肯定跟相好的一起去的。事先也没通知，可见我在她心里的位置。我妈这人，性情比较活泛，擅长分析事儿，注重细节，总爱乱出主意，但有人就愿意信。一来二去，跟活动室认识的杨师傅走得比较近。杨师傅以前是工程师，长得挺有派，常年披着风衣，退休金丰厚，一个人也花不完，我妈就帮着一起想办法。我挺支持他们的，明里暗里，提过好几次，但俩人也没在一起过日子，就是游山玩水，畅享自然风光，然后各回各家，不知道图啥。

其实我也不是想去看望我妈，主要是我家有个传统，每逢周五，必包饺子，夏天吃黄瓜馅儿的，冬天是羊肉，春天的韭菜嫩，就包三鲜的，里面还有虾仁，雷打不动。当年跟吴小艺在一起时，我都怀疑她是奔着这个跟我好的。吴小艺特别爱吃我家的饺子，吃过一次，就上了瘾，个个礼拜都要来，不用筷子，煮好拎起来就往嘴里送，塞满三只，同时咀嚼。即便是我们吵架期间，赶上周五，她也一声不响地提着肚子来吃饭，饺子进了肚儿，关系就缓和一些。所以我俩处对象时，没大矛盾。我妈挺得意她，觉得会来事儿，说话好听。吴小艺有这个本领，跟谁都能唠到一起去，上天入地，无所不知。我后来就有点烦她这一点，觉得里外不分，没个亲疏远近，说过几次，她也没太当回事儿，依旧我行我素，大大咧咧。分手之后，经人介绍，我又处一个对象，叫苏丽，小我几岁，在超市的调味品区负责理货，跟吴小艺的性格正好相反，内向，不爱说话，问啥答啥，多余的一句不讲。苏丽又瘦又矮，眼睛大，往外鼓着，像条小金鱼，性格温驯，一点脾气也没有。我俩头一次见面，约在超市里，她的头发焗成黄色，扎在后面，一摆一摆的，戴着永远洗不干净的棉线手套，拉一辆平板车，也不抬脑袋，跟谁怄气似的，车上摞着好几箱油盐酱醋，花里胡哨。我跟她打过招呼，不知说点啥好，就陪着整理货品，苏丽走路带风，干活细致，不仅讲究品牌摆位，还会注意不同的区域配色，方方面面，都照顾得到，是门学问。下班之后，我问苏丽，工作几年了。苏丽说，三年多。我说，累不。苏丽说，还行。我说，头发颜色挺时髦。苏丽说，白的多，挡一挡。我说，下班去哪儿。苏丽说，回家啊。我说，吃点饭去不，麻辣排骨串。苏丽说，也行。我们之间的交往差不多就是这样，任何要求她都没有拒绝过。有时好像也想说点什么，话到嘴边，又想了想，也没说出口。我性子急，遇到这种情况，就愿意多问几句，但这样一来，她反而更不讲了。

电台里播着情感栏目，一位女性在讲述自己的婚姻经历，语调悲切凄惨，一言蔽之，再婚家庭矛盾多，想方设法来要我，好心当作驴肝肺，前妻招手就去睡。我听了都跟着上火，但还是没扛住困意，在车里眯了一觉，没几分钟，便被铃声吵醒，吴小艺的号码。我揉揉眼睛，接起电话，假装不知道对面是谁，客气地说，喂，您好。吴小艺说，像个人似的。我继续说，请问您是哪位。吴小艺说，猜。我说，抱歉，猜不到。吴小艺说，你爹。我说，我是你爹，×你妈的。然后就把电话挂了，来气。过了一会儿，她又打一次，我也没接，把收车的牌子取下来，掉了个头，速度七十迈，开车去了浑河西峡谷。这半年来，不忙的时候，我经常去那边，一坐一下午，比较肃静，景儿也好，放眼望开，一片浩荡，河水平缓漫延，消失在远处的荒草里。岸边总有人放风筝，各式各样，有燕子、老鹰，还有长虫、恐龙和猪，被地上的人们遥相牵引，风将其吹得鼓胀，烈日穿过，更显苍白，近乎于透明，整片天空像是一个巨大的墓园，各守其位。还有民间乐团演奏，成员都是老年人，满脸斑点，表情僵硬，肢体动作丰富，摇头尾巴晃，压着嗓子唱苏联歌曲，三句一停，气力不足，但歌儿还是好，冰雪覆盖着伏尔加河，冰河上跑着三套车。我坐在台阶上，点了根烟，想象着走在结冰的浑河上，浓云蔽日，老马只剩一把骨头，鬃毛覆雪，确有几分忧愁。中场休息时，乐团成员也坐过来抽烟，捧着保温杯，自说自话，边喝茶边吐碎末。有一次，其中一位跟我借了个火，对我说，家近吧，见你常来。我说，也不近，愿意过来歇会儿。他说，好听吗？我说，好听。他说，老了，年轻时可比这强。我说，专业搞音乐的？他说，不算，厂里文艺队的，我们这批总共九位，走了一位，还有两个在海南，一个在北京，带孙子呢，剩下我们四个。我说，难得，还能聚在一起，但数目不对，差一位。他说，心思挺细。我说，做过点买卖，对数字敏感。他说，确实还有一个，女的，以前主要负责演唱，没联系了，她那嗓子是一绝，长得也好，九四年，单位解散，我们跟工会恳求许久，在文化宫办了最后一场，十首歌，都带着家属过来听，她唱的压轴曲，俄语一遍，汉语一遍，麦克风不好使，基本是清唱，全场鸦雀无声，不敢喘大气，生怕错过一个音儿，演出结束了，还缓不过来，没人敢拍巴掌，我往下一看，底下无数个发亮的脑门，往外渗着汗水，什么原理。我说，不知道，人多，热。他说，兴许是，当天唱的是《苏丽珂》，格鲁吉亚民歌。第一句，为了寻找爱人的坟墓，天涯海角我都走遍。第二句，但我只有伤心地哭泣，我亲爱的你在哪里？问谁呢啊，没答案。电视上演过的，半导体里放过的，古今中外全算，没有一个唱得比她好，了不得，就为这个，把自己名儿都改了，就叫苏丽珂。我说，本来叫啥。他说，苏丽，加了一个字儿。我说，我对象也叫这名儿。他说，不加还行，加上之后，越活越坎坷。我说，这我相信。他说，出了点意外，昏迷半个月，去北京做的手术，好几个月没说过话，再一出声，动静完全不一样了，精神有点受不住，就与世隔绝了。我敷衍着回了一句。过了半晌，他站起身来，我抬头向上望去，一只黑色的蝴蝶风筝飞过，正好将太阳挡住，光在减弱，周围泛起一层虚影。他继续说，但现在过得也行，安度晚年，不唱苏联的了，改唱耶稣，我前阵子见过一次，就在十三路教堂，请我去拉琴，一天五十块钱，台上人唱一句，她学一句，都唱完了，她也不走，摇着轮椅过去，拦住领唱，问人家，我该往哪儿走。可笑不，大门朝西，你说往哪儿走，不回家还能干啥，耶稣也不供饭。但人家不这么回答，他说，你本来四十天就能走出去，由于常有怨言、不断犯错，神就罚你在旷野，来回逛荡，一直走了四十年。她点了点头，我听不下去，净扯犊子，没打招呼，收拾东西走了。出门后我就琢磨，四十年啊，神咋不整死我呢。我没回话。过了一会儿，他又说，你知不知道谁最爱听这首歌？我说，不知道。他说，斯大林，他有四句话，说得比神还好，人生最宝贵的是生命，人生最需要的是学习，人生最愉快的是工作，人生最重要的是友谊，慢慢品去吧。

吴小艺在小区里堵我，一袭花衣，十分显眼，像要登台唱大戏。她蹲坐在花坛上，旁边摆着一个布包，用手给自己来回扇风，腰间的肉直往下坠，看着心惊，好悬没掉地上。我想去麻将社避一会儿，还没来得及转身，就被她发现了，以前我俩处对象时，她就有这特征，眼睛尖，凡是干点啥坏事儿，当场就能发现，瞒不过去。吴小艺扯着嗓子喊我，像是准备要我命，接着又一路狂奔，周围空气化作一股热浪，扑袭而至，我吓得退后几步，稳一下精神，方才站定。她跑至近前，双脚急速并拢，摆出立正姿势，身体挺直，气喘吁吁，我误以为她要跟我敬礼，条件反射，提前先敬了一个回去，权当问候。她一脸不解，咽了口唾沫，跟我说，我打电话，你骂我干啥。我说，以为是黑社会要账。吴小艺皱紧眉头，稍加思索，问道，最近得罪人儿了？我说，是，正躲呢。吴小艺说，事儿大不？我说，说大就大，说小就小。吴小艺说，到底啥事儿，我看看我有朋友没。我说，宰了一只大熊猫，正逃案呢。吴小艺说，这牛×让你吹的。

　　我买了两罐汽水，站在超市门口，一边喝一边听吴小艺讲，最近过得不易，遇到一些麻烦，具体说来，具体就不说了，反正现在差十来万。我说，要不你还是说说？吴小艺没吱声。我说，借高利贷了？她摇摇头。我说，我姨生病了？她继续摇头。我说，又摇头儿去了？吴小艺说，多少年不去了都。我说，那到底因为啥呢？吴小艺说，离了，我想要房子，得给前夫找点平衡。我顿了一下，说道，吴小艺，你上我这儿来给前夫找平衡？吴小艺说，江湖告急，想来想去，就认识你一个做买卖的，很神秘，有实力。我说，给个车行不，水淹捷达，刚泡好没几天，开着跟喷泉似的。吴小艺说，能别闹不，哥，实在没办法了。我说，你是真敢张嘴。吴小艺说，跟你提怎么也比别人强，毕竟有感情在。我原地自转一圈，问她，哪儿呢，我咋没看见。吴小艺说，一句话，帮不帮吧。我说，对不起，真帮不上，我有对象了，她管钱。吴小艺说，在超市上班那个啊？我听说了，你妈可老看不上她了，方方面面都不行，拿不出手。我一下子有点火大，叨逼半天，就为了说这个，纯他妈闲的。我捏扁易拉罐，抛到空中，飞起一脚，但没踢多远，落在路边的井盖上，发出一声空响。之后迈步离开。

　　我没走正路，钻进绿化丛里，绕着往家里走，柳树垂在面前，我薅了一枝叶片，团在手掌里，感受着它一点一点展开。吴小艺踮着脚尖，紧跟身后，不离不弃，游魂似的，行动飘忽，我总想往后偷瞄一眼，担心她要捅我，人一急了啥事儿都能干出来，防人之心不可无，况且也有过教训。到了门口，我迅速掏出钥匙，本来想给她拦在外面，但没掰扯过，还是让她蹿进来了。进屋之后，她也不脱鞋，假扮巡视员，背着手挨个屋视察，厕所也开灯看一遍。平白无故冲了一下马桶，水声阵阵，然后跟我说，没住一起啊你们。我没理她。她又说，关系还是不到位。我说，不是不帮你忙，实在无能为力，生意不好，要钱真没有。吴小艺说，你妈手里，是不是多少应该存了点。我说，×，你想啥呢，咋好意思的啊。吴小艺坐在沙发上，嘟着脸，一脸刚受完欺负的熊样，我懒得欣赏，躺回卧室里，脸朝着窗外，一只灰鸟飞到窗台上，蹦了几下后停下来，与我对视。过了一会儿，忽然听见一声尖细的悲鸣，立体声环绕，像是要钻入所有缝隙之中，开始以为是防空警报，怕发生什么战争，内心有点慌，起床一看，原来是吴小艺在哭泣，声音从鼻腔里出来，还带着节奏，四四拍的，但就是不见眼泪，纯属干号，五官错位，满脑袋虚汗。我看着闹心，跟她说，打个借条，我给你拿。吴小艺立刻止住哭声，眨了眨眼睛，说道，还得是你，有情有义，对我够意思。我说，卡号发我，这几天有空儿给你转，赶紧滚蛋。

　　送走吴小艺后，我盯着那张借条。从桌上的新笔记本里撕下来的一页纸，字写得横平竖直：本人吴小艺，女，一九八三年生，沈阳市铁西区人，籍贯辽宁鞍山，现从事销售工作，因婚姻惨遭不幸，前夫纠缠不休，特借款十万元整，处理未尽事宜。将来必定努力工作，争取早日归还，连本带利，口说无凭，立此为据。底下是签名，还龙飞凤舞一下，跟个领导似的。我将这张借条的边缘裁齐，折成一架纸飞机，打开窗户，使劲向外掷去。

　　夜里我做了一个梦，吴小艺过来找我，穿着工作服，胸前画着一只口歪眼斜的熊猫，面目狰狞，满脸是血和泥，黑红交错，像是刚摔过几跤，双臂抡着门板，虎虎生风，非要跟我拼命。我尽量保持镇定，跟她说，冤有头债有主，你来找我干啥。吴小艺说，不是你我能离婚？我说，跟我有啥关系，不该你不欠你的。吴小艺说，不跟你分手，我能遇到我前夫？我说，能不能讲点理，谁介绍的找谁去。吴小艺说，你妈介绍的，她有个相好，姓杨，我前夫就是他儿子。我说，我妈把我对象介绍给相好的儿子？吴小艺说，对。我说，你冷静一下，咱俩一起找她去，我问问到底咋回事，母子关系处到尽头了。吴小艺放下门板，坐在地上，两腿一伸，连哭带闹，这时，我才发现，我俩在一座桥上，底下是深河，绿水涌动。天空下起雨来，我有点魂不守舍，因为忽然想起，同一时刻，苏丽正在等我，我们之前有过约定，目前这个情况，我又脱不开身，心里很急。无计可施之时，水面上跃出一条金色怪鱼，体形极大，如四五个成年人叠加，长相奇特，头部是圆形，像小孩儿玩的布老虎，身躯和尾巴逐渐收缩，眼睛占据半张脸，龇着牙大笑，有点不怀好意。这条鱼跃起之后，在半空中翻腾数次，最后跳落在岸上，掀起几块砖瓦，尘雾弥漫，有人过去将其扑倒，死死压住，使其动弹不得。我看着非常惊讶，上前询问，那人说，这是龙舟开始的信号，大鱼既出，再无水鬼兴风作浪。话音刚落，河上有数只龙舟经过，头尾相接，次序井然，与平日所见略有不同，所有划桨者均十分懈怠，没有口令，动作疲惫，没精打采。吴小艺也不哭了，起身探出桥栏，目光呆滞，观赏龙舟。我趁其不备，转身溜走，一路小跑，来到与苏丽相约的地点，但她却不在。我有些失魂落魄，掏出手机想要联系，说明一下情况，却收到一段她发来的视频，不知拍摄者是谁，时间应该是下午，苏丽的头发好像刚染过，身穿一条松松垮垮的金色旗袍，对着镜头笑，斜阳散射，衣服上的亮片看起来近似鱼鳞，不断反光。她赤脚站在岸边的草丛里，又扎一遍头发，比了个手势，然后舒展身体，向前冲刺几步，跃入水中，消失不见，只荡开一圈波浪。一只灰鸟从远处飞来，速度极快，如弦上射出的箭矢，驶过湖水，最终栖于岸边。

　　醒来之后，我又将这个梦回味了一遍，心头发紧。饭也没吃，开车去银行取了个定期，把钱给吴小艺汇过去，又发信息告诉她，钱已转过去了，记得早点还，有用。我坐在大厅里等了半天，也没回复。出来之后，发现车又被贴了条。没办法，点子就是这么背。这十万块钱也不是我的，我妈前阵子刚给的存折，说留着以后结婚当彩礼用。我说，我跟苏丽还没到那步呢。我妈说，或早或晚，你俩有点缘分。我说，那是幻觉，我跟小沈阳还有缘分呢，走哪儿都能看见广告牌子，打开电视也都是他演的小品。我妈说，苏丽比吴小艺合适，你俩能过长远，我看人很准。我说，苏丽有个妈，残疾，坐轮椅，家庭负担不小。我妈说，我都不注重这些，你还在意。我说，说得轻巧，反正以后也不是你伺候。

其实苏丽没妈，我也就这么一说，她父母很早离异，她一直跟着爸过。有次喝多了酒，我俩去开房，鼓捣大半宿，完事之后，酒都醒了，也睡不着，就躺在床上说话。我问她，这些年来，见过你妈没？苏丽说，见过，但没敢认。我说，在哪儿？她说，超市里，她坐着轮椅，可能是骨折了，后面有人推，一个男孩，跟我弟差不多大。我说，没打招呼呢？苏丽说，她戴着口罩。我说，挺讲卫生。她说，挑挑拣拣，最后买了一瓶醋，搁在手里捂了半天，才去结的账。我说，还是应该走动走动，血浓于水。她说，后来又碰见过两次，我就想，别是奔着我来的，就一直躲在库房里。我说，不至于，娘儿俩有啥仇。苏丽说，没仇，也没感情。我说，你这人心硬。她说，对，我爸也这么说，你可想好。我说，没啥好想的。苏丽说，再想一想。我说，不用，我认准了，就不怕这个，前几天梦见你一回，伸胳膊蹬腿儿，非往湖水里跳，扎进去就没影儿，我也不会游泳，扯着嗓门去喊，但怎么都发不出声音，急得干瞪眼，醒过来时，心脏怦怦乱跳，半天缓不过来。苏丽挪了挪脑袋，抵在我的胳膊上，说，别想太多，我能下去，就还能上来。

给吴小艺汇完款的第三天，我头一次见到苏丽她爸，在超市门口，披着一件棕黄色外套，与季节不太相符，个子不低，驼背厉害，脸上褶子不少，像用小刀刻过，嘴角往下耷着。那天我等苏丽换衣服下班，准备一起去看场电影，票都买了。她爸站在门口抽烟，迎面看见我们，也没反应，只将烟头踩灭，双手插进裤兜里。苏丽拉了一下我的袖口，低声说，我爸。我有点措手不及，事先她没提，便问了声好，语气生硬。他点点头，上下打量一番，又将苏丽拉去一旁说话，我不好打扰，独自走去停车场，发动好车子，拧开空调。过了一会儿，苏丽小跑过来，没拉车门，敲了敲窗户。我摇下玻璃，苏丽跟我说，今天不去了先，她弟出了点事儿，正在医院里，上班也没看手机，刚知道，得过去看看。我说，我陪你去，不然我也不放心。苏丽犹豫了一下，还是坐进车里。我绕到路边，看见她爸正在打车，冲着大街上招手，动作发僵，漫无目的，我停下来，将他一并接上，向着医院驶去。路上，车内温度有点低，苏丽打了好几个喷嚏，我想问问情况，但不知道要怎么开口，又觉得她也许不想回应，就先算了。后来开了窗户，风声很大，每过一个路口时，她爸都会跟我说一句，谢谢。语气相当局促。我听得隐隐约约，不太确定，刚开始还点头回应，后来苏丽在啜泣，我也就没什么心情。虽然不是亲弟弟，她爸跟她姨后来生的，但相处多年，总归有点感情。她给我讲过几次，她弟从小体质弱，发烧感冒，常去医院报到，全家跟着操心。我给他们放在医院门口，又绕过天桥，找了半天停车位，才进到住院处，不好打电话问，只发了条信息，就在走廊里闲逛，差点撞了个老头儿。大半夜，他自己颤巍巍走出来，以为我是护工，先跟我要烟，我没敢给，又非要我领着去上厕所，这不好拒绝，搀他进去不说，还帮着解下裤子，仔细扶好，尿完又甩一甩，上下左右，心里倒也没多嫌弃。老实说，我爸都没这待遇，我不怎么上手，但那天就想做点好事儿。方便过后，我又给他送回病房里，搁到床上，挺大的三人间，就住着他一位。我问他，啥病啊。他说，没病。我说，老干部？过来疗养？他说，王八犊子，给我拿根烟。我说，你好好说话，我都给你把尿了，能不能有点涵养。他没吭声。我想了一会儿，没跟他一般见识，往床上甩了根烟。他拾起来，先用鼻子闻了两遍，又衔在嘴上，空吸几口，我转过来，凑到近前，给他上了火。他眯着眼睛，抽了半根，咳嗽数声，又跟我说道，快没了。我说，这儿还大半盒，够用，楼下车里也有。他说，不是烟，我说我快没了。我说，别想太多，我看你挺好，骂人很利索。他说，我心里明白，就这几天的事儿。我说，家人没来？他说，撵走了，图个清净。我说，想开点，都得经历。他说，一辈子攒点钱，都看病了，最后给自己看没了，我图啥呢。

我没回应，低头看一眼手机，还是没有消息。他叹了口气，也不再说话，闭着眼睛，又过了一会儿，开始哼唧，偶尔干呕。问他哪里疼，他摆摆手，问他需不需要找大夫，他也摆手。非亲非故，再多问不合适。我躺在旁边的床位上，闭目养神，那天半夜，温度骤降，屋里越来越冷，我忍不住拉起被子，盖在身上，一不小心就睡着了。直到凌晨，我感觉有人往我身上拱，半睁开眼，发现是苏丽，背对着我，脱了外衣，只剩白色胸罩，头发披散下来，身体缩得更紧。我顺势移开一点，从后面轻轻抱住，搂着她的身体，肋骨如柴，且有点往外翻，像在抚摸一只营养不良的小狗。苏丽说了句什么，我没听清，就又睡着了。再醒来时，已是早上八点多，医生过来查房，屋里只有我们二人，衣衫不整，那个老头儿不知去向。一位医生用铁夹子敲着床栏，后面跟着一排实习学生，高声问我们，左卫武呢？我说，谁？医生说，三床的左卫武，不是你家人吗？我说，不是。医生说，那你是谁，在这儿干啥？我说，我来陪护别的病人。医生说，谁？哪个科的？我一下子答不上来。医生说，你们这号儿的我见多了，都不爱多说，跟动物没区别，俩眼一睁，干到熄灯，俩眼一闭，梦里继续，警告你们，以后别来了，挺大个岁数，也要点脸，干啥得分个场合。我说，不是，你误会了。医生没听我们解释，扭过头去，对着学生们说，过半个小时再来看看，左卫武要是还没在，联系家属。

　　一宿没休息好，我看苏丽也是灰头土脸，毫无精神，就让她跟我一起回家。我妈炒了俩菜，没吃几口，苏丽噎了一下，开始流泪，无声无息，完全止不住。我让她在我的床上睡一会儿，也就不到一个小时，醒来后她洗了把脸，情绪缓过来一些。我问她，昨天到底什么情况？她说，弟弟没了，也不是昨天，前天的事儿，游泳池里过电死的，没在病房，太平间里看一眼，没敢告诉我。我说，游泳池里咋还能过电？她说，壁灯漏的，总闸没关，目前是这个说法，具体还在调查。我说，多少能赔点钱，估计要打官司。苏丽说，人没了，要啥都没用。我说，在哪儿出的事儿，劳动公园的夜莺湖？苏丽说，是，你咋知道？我说，有过类似事故，许多年前，那次我正好路过，本来也想去游泳，但我爸没让，算是躲过一劫。苏丽说，听到这个事情，我就不信，做梦似的，看见我弟躺那儿，胖了一大圈，总觉得不是他，现在也这感觉。我说，接受现实，节哀顺变。苏丽说，接受不了。我说，人死不能复生，体面送好，风风光光，自己的日子还得过，谁都一样，斯大林有四句话，人生最宝贵的是生命，人生最需要的是学习，人生最愉快的是工作，人生最重要的是友谊，生命没了，学习不止，投身工作，处好感情，你仔细品一品。

出殡那天，我闹表定的四点，头天晚上有点失眠，想了些别的事情，就没能按时起床。闹表也许响过，但让我给按灭了，再睁眼时，五点十三分，天放了大亮。我连忙穿衣下楼，闯了一路红灯，来到苏丽家楼下，当时所有流程已走完一遍，她家亲戚不多，就等着我来。我内心很愧疚，这么个事情还迟到，实在说不过去。我的车跟在灵车后面，从大润发往德胜殡仪馆开，这天早上特别堵，本来四十分钟的路程，硬是开了一个半小时，头一炉是烧不成了。苏丽坐在副驾驶位置，也不讲话，直勾勾地愣在那里，双目无神。我想放点歌曲，但切了几首，氛围都不太对。好不容易到了地方，往门里拐时，又跟一辆别克商务发生剐碰，右前脸蹭了几道痕迹，露出底漆。本来不是什么大问题，按理来说，责任一人一半，各修各车就好，在这种地方，谁也不是故意的。但对方不依不饶，大呼小叫，气势汹汹，我都回到车上了，又给我生拽下来，让当场赔付，我也不好发作。苏丽她爸先进入园内处理事情，我忍住脾气，给保险公司打电话，刚刚接通，却看见苏丽疾步走出，倒持一柄十字改锥，来到近前，谁也不看，反手握稳，干脆利索，将改锥斜着刺入商务车的引擎盖里。还没等我报完保险，对方便已一脚油门开走，连号码也没留。改锥还悬在车上，像一只刚长出来的小犄角，跃跃欲试，准备出门闯荡一番。我有点没反应过来，咬了几下嘴唇，苏丽扭头直奔隔间，去挑选骨灰盒。

我没跟进去，就在外面等，里面氛围太阴，我待不住，每次都起一层鸡皮疙瘩，很长时间回不过劲儿。殡仪馆的绿化搞得不错，四处葱郁，树枝明亮粗壮，早上刚下过一点小雨，地面湿润，味道很好闻。高炉已经废弃不用，但还没拆，铁质爬梯缠绕在外，像是一只庞大的多足纲昆虫，身子微微立起。我忽然想到，很多人的一生，最后都在这里度过，躯体化作灰尘与烟，跟汽车排出的尾气、植物吐出的氧气、所有的雾和霜，彼此交融，肆意流淌，沉积在旷野上。世上没有死者，但它却是由死者一点一点构成的。我又想起那个梦，也许是在说，既然人生的龙舟之赛中，金色大鱼已经现身，且被人按捺于岸，那么，所有的傀儡自然消失粉散了。

雨又下起来，我躲进展示栏的低檐下，读着玻璃窗里的文字，有历史概况，也有政策方针、服务口号，以及部分工作人员的个人介绍。图片泛白，字迹模糊。我在上面看到一张照片，有些眼熟，底下名字写的是左卫武，想了半天，才记起是在医院遇见的那个老头儿。他在照片里还很年轻，系着绶带，头部后仰，笑容质朴，颇有几分自信。实际上，现在的他也许并不老，应该没到退休年纪，但人一生病，很快就会垮下来，或者变得跟以前完全不同。这种情况我见过很多次，我爸当年就是这样，最后瘦得脱了相。刚认识吴小艺的时候，她也瘦，八十来斤，头发烫成大波浪，好几处文身，爱去夜场跳舞，一蹦半宿，水都不喝，活力四射，眼睛往外喷火光。后来生过一场大病，大概是基因问题，北京上海都去过，属于疑难杂症，没办法治，只能吃激素，价格不低，也不敢停，停药就犯病，还自杀过，被我拦了下来：骑在窗台上，晃着小腿唱歌，好不容易劝住，又去厨房拿刀逼我，让我别管，我咋能不管，扑过去硬抢，被她划了好几下，胳膊上都是血道儿。我也难过，一点办法也没有。那阵子我们过得很难，我刚上班，在4S店干后勤，一个月就两千来块钱，根本不够花，租了个旧房子住，冬天交不起采暖费，室内没办法待，脸盆里的水很快上冻。吴小艺实在太冷了，每天我上班后，她就去附近的超市里待着，至少能有个空调，晚上我再去接她回家。整个冬天就是这样过来的。有一次，我加班到很晚，超市关了门，吴小艺也没回去，就一直在外面坐着，缩进棉门帘里。那时她已经开始发胖，鼻尖冻得通红，呼吸紧促，眼睛也睁不开，迷迷糊糊，哑着嗓子跟我说，刚做了个梦，以为我不要她了呢，她也没地方可去，只能在这里等一等，也不知道我会不会来。我说，别乱想，梦都是反的。吴小艺抽了抽鼻子，站起身来，拉过我的手，放进她的袖管里取暖，笑着跟我说，哥，我俩快结束了，你知道的吧，我挺感激你的。我说，我不知道。吴小艺说，我知道，你会过得不错，我也许没那么好，但也还行。我说，纯扯淡。吴小艺说，我早就知道。我说，你还知道点啥？吴小艺叹了口气，说，我将来可能会变成一只熊猫啊。

想到这里，我在雨中给吴小艺拨了个电话，响铃数声，无人接听。我有点低落，一时间不知该做些什么，便去服务部买了个花圈，五百块钱，写好一副挽联，挂在两侧。我举着花圈出来时，苏丽正坐在水池边上，四处张望，我挥一挥手，然后走过去。她没打伞，雨水漫在脸上，看上去像是在哭，但我不太确定。我挨着她坐下，说道，买了个花圈，送你弟走，都是鲜花现扎的。苏丽看也没看，说道，退了吧。我说，没多少钱，我的一份心意。苏丽低着头说，我弟没了。我说，我知道，别太难受，他往好地方去了。她说，不是这意思。我说，那是啥？她说，刚准备遗体告别，工作人员一直没找到他，现在还在找。我说，什么情况？她说，不知道，就是没了，原来记录的抽屉，刚一拉开，什么都没有，空的，旁边几个也找了，都不是。我说，是不是还在医院里，做一些化验。苏丽说，打电话问过了，说也没有，那天半夜在医院的太平间，我看完一眼，就拉到这边来了。我说，这不合理啊。苏丽没有说话。我说，不行，得找他们领导去，怎么也要有个说法。苏丽还是没说话。我说，这样，我现在回医院，看看什么情况，实在不行喊几个人过来，今天必须弄明白。苏丽说，我知道，我都知道，我爸去医院了，你能不能先别说话，让我休息一会儿，我头疼。

我与苏丽并排而坐，心中充满疑惑，同时感到一阵眩晕，仿佛大地正在下沉，无休无止，我们跃入其中，要在茫茫无际之中，去寻找一个不存在的人，没有任何启示，更不会有答案。人也会逐渐隐没，像蒸发的雨滴，或者燃灭的灰烬，有时是一首歌的时间，有时是一个晚上，都很短暂，并且无迹可寻。殡仪馆有钟声响起，也有鞭炮声、鸣笛声，迎来送往，一切按部就班。没人在意一具消失的遗体。

雨越下越大，落在身后的水池里，响起一片沙沙的声音。这期间，我进去问过两次，没有任何消息。到了中午，殡仪馆里的很多工作人员都已结束工作，换掉制服，相互道别。我的全身早就湿透，直打寒战，或许还有点发烧，偶尔能感受到心脏泵血，舒张与收缩，像伸开又握紧的拳头，蓄势待发，却不知要朝向何物。风将池里的水吹开，带来一片彻骨的阴凉，在我们身边积聚。苏丽捂住脸庞，茫然无措，仿佛沉入一场梦里，任人摆布，无法醒来。我始终在调整着呼吸，使其均匀，并向着她身体起伏的节奏靠拢。我们的周围到底是什么，我们所能掌控的又是什么呢？一个人在水中死去，最终会去向哪里。我想，如果我们能拥有一致的气息，也许一切就会清晰起来。

　　苏丽浑身无力，我替她接了电话，另一端是她爸，声音低沉无力，先问了苏丽这边的情况，然后跟我说，经人分析，目前有三种可能：第一，当天夜里，尸体并未送到殡仪馆，而是在医院或者路上被劫走，也许与公园那边有关；第二，殡仪馆方面，存在工作失职的可能，申请领取遗体时疏忽，以前也有过这种情况，还上了报纸，殡仪馆的回应是，烧错了，下不为例，目前正在调取相关记录；第三，请了一位高人指路，他说，苏丽她弟没死，但也没不死，溺毙之人往往如此，睁不开眼，看着是往前游，其实没方向，在水里迷了路，久而久之，没有船来渡，变成水鬼，回头不是岸，只有汪洋一片。挂掉电话之后，苏丽什么也没问，我也没讲，只是想象着，在刚过去的那个夜晚，他会猛然苏醒，站起身来，像电影里演的那样，吐出全部的水，深呼吸数次，直至平静下来，也许还会走出铁柜，在树的搀扶之下，来到池边，坐在我们对面，面容安静，悄悄喊着我们的名字，但却听不到自己的声音。雨停之时，我的手机振动了一下，我解开屏幕，是吴小艺发来的一张照片，她插着饲管，穿着病号服躺在床上，面色苍白，头发散乱，比着胜利的手势，像是刚做完一场手术。没有其他字。

夜　莺　湖

<　24

25

劳动公园浸在暮色之中，我从侧门驶入，按了喇叭，栏杆自动抬开，无人问询。泳池就在眼前，但此刻，已被铁栅紧密围住，不得入内。池里的旧水尚未抽去，落叶、废伞与无数垃圾漂浮其上，塑料椅子东倒西歪，只停业几日，便呈现一片荒芜迹象。苏丽从后座上爬起来，头伸出窗外，望向这潭死水，呕吐不止。我绕着泳池开了一周，最终在售票处停了下来。其门窗被木板封死，没人看守，我踹开一道口子，进入其中，苏丽也下了车，步伐摇晃，紧跟在身后。泳池分为深浅两个区域，从中间通道行去，是两排低矮的平房，左边为洗浴间，右边为控制室。有只灰鸟落在池边，朝着天空啼鸣，声音剔透，清晰如哨。我对苏丽说，许多年前，我的一位朋友在这里消失了。那天他约我一起游泳，但我在院儿里踢球，兜里没钱，就跟他说，你先游，在那边等着我，我爸下班回来，我管他要钱，然后过去找你。他跟我说，那你快点，我今天要早回家，感冒没好利索，得按时吃药。结果他自己来到泳池，游了很长时间，我也没去。快要关门时，他躲进水里，彩灯一闭，无所凭依，溺水身亡。没什么人知道这件事情，但我一直忘不了，这些年来，还总能梦见他。他现在跟我一边大，有时在龙舟上划桨，有时在岸上擒鱼，他对我说，自己变成了水鬼，困在池中，永远上不了岸，除非有另一个人来接替。苏丽一脸困惑，并没听懂我的话。我也不再解释，只是对她说，我想去看看他们。之后转身进入控制室，拉开电闸，霓虹灯被点亮，红绿相间，时明时灭，拼成一条条泳道，我褪掉外衣，上身赤裸，扶着栏杆，一步一步，慢慢走入深水区。池水散发着温度，黏稠如油脂，死死裹住我的身体，我不会水，任由下降，双手向前扑去，奋力握向那些光线，却越沉越深，许多大鱼围聚在池底，窃窃私语，如同密谋。我觉得自己在缓缓睡去，无数的梦纷沓而至，载着我向黑暗里滑行。接着是落水的声音，灰鸟尖叫着割破水面，分开一道裂隙，暗流涌起，大鱼四散，我低头看见数道流动的影子，由远及近，我想那是我的朋友，苏丽，或者她的弟弟，我分不清楚，他们正穿过光的深处，朝我游来。

　　我们倒在岸边的长椅上，筋疲力尽，苏丽埋在我身上，只是哭，一句话也不讲。我抬头看了看天空，似有歌声出现在它的背后，一首失而复得的老歌。在这样一个不恰当的时刻，我忽然很想跟苏丽结婚，极其渴望。在此之前，我从未考虑过会跟她在一起生活，没有一秒这样想过，但现在，这个念头在脑海里奔涌不息，无法遏止。我的视线有些模糊，仿佛看见了一点点未来，并非多么美好，而是它的糟糕程度，我恰好可以完全忍耐。灯光射在她金色的头发上，炫人眼目。我有些激动，但不知从何说起。一条或者几条大鱼，在身后的池里持续跃起，争论不休，溅起无数水花，像一个调皮的孩子，藏在荷叶深处，一直朝着我们扬水。我不再回望，只将苏丽交织在一起的双手握住。我能感觉到，我的血液流向她的身体，畅通无阻，我们正融为一体。

晚风吹来更多的倦意，我擦去水滴，舒了口气，决定重讲一遍。一九九四年，有天傍晚，我爸浑身酒气，骑着自行车回来，我正在院儿里踢球。他将车停在一边，上前几步，给球断下来，卷起一层灰尘，问我说，作业写完没。我说，今天没作业。他说，吃饭没。我说，吃了，我奶炖的豆角。我爸扭过我的脑袋，指了一下自行车后座，跟我说，走吧。我很听话，拍拍裤子，转身上车。他一路骑得歪歪斜斜，总在咂嘴，原因不明。经过劳动公园，门口挂着几排彩灯，沥青路面上铺着一层细沙，游泳池正在营业，有小孩儿肩扛救生圈，光着脚走出来，步伐轻巧，像是行于水面。我说，爸，我想去游泳。我爸说，有水鬼，三上三下，连提带拽，能给你淹死。我说，他们都去了啊。我爸说，那你也别去。我说，咱们去哪儿。我爸没说话。到文化宫时，天已经黑下来，门口斜立着一座船锚石雕，环着生锈的锁链，从远处看去，整座楼像是一艘停泊在此的航船，搁浅数年，长眠不醒。路边是刚栽的矮树，未经修剪，我爸带着我从中间穿过，我的脸上总被刚结成的蛛网粘住，怎么也抓不掉。礼堂分为两层，前厅空荡，人影都没有，进入室内，便是黑压压的一片，后排与过道挤满观众，密不透风，我们在入口处，什么也看不到。只听见琴声从头顶上传来，将静默的空气锯开，反反复复，时有时无。待了几分钟，我爸便拉着我离开，说要去楼上看。一般情况，二层不让进，演员休息区，我爸以前常在文化宫跳舞，一直是逃票，所以知道个办法。我们来到礼堂后面，爬上廊柱，从二楼的窗户钻进去，其中半扇没有玻璃，反手伸去，能把插销拔出来。我个子矮，骑在我爸的脖子上，撑上廊台，将窗打开，我爸找了几块砖头垫脚，翻身进入。走廊空旷，只能听到一些隐约的歌声。我们绕至侧方，俯身观看，舞台上方亮着几个高瓦数灯泡，紧挨着我，晃得头昏。我刚听了一会儿，便失去耐心，就问我爸，啥时候回去。我爸说，快了，快了。我朝着舞台上看，乐队在底下演奏，一个女的站在新搭起来的楼阁上唱歌，与我高度接近，左手持麦克风，右手撑着木栏，穿一身金色长裙，袖口开阔摆动，如夜莺扑扇着翅膀。她的声音很小，即便我在二楼，也不能完全听清。一曲终了，没有任何掌声，她俯视左右，面无表情，又抬起头。有那么一个瞬间，我觉得她正望向我，我有点犹豫，不知是否应该藏在椅后。还没等我做出决定，她像是被什么提着，飞出栏杆，踏入半空，我伸出手去，想要隔空抓住，但距离太远，无济于事。她轻飘飘落在地上，悄无声息。

如一张糖纸，缓缓展开。忽然间，我感受到一股莫名的力量，凭空而来，集成一束，拉紧我的手臂，极力要将我拖出，下面仿佛不是人群，而是深池，我不由自主向前跌去，眼看要坠入。此时，台下响起剧烈的掌声，仿佛浪潮一般，长久不息，将一切重新托起，我借势退后半步。一股带着腥味的热气，由下至上，逐渐抬升，很快又消散。我满头大汗，蜷起身体，不知所措，靠在我爸身上。虽隔着衣物，双耳却依然听到他紧绷的心跳，强健而有力，像是来自古代的击鼓之音，唤醒所有湖底的长眠者。

讲完之后，地上的水渍不断扩张，仿佛有人从池中上岸，周身湿漉，立于面前。我低下头去，轻轻亲吻苏丽。她在怀里，闭着眼睛，始终沉默，分不清是睡是醒。而在身后，或者更远处，大幕正在收拢，光暗下来，灰鸟飞去，万物宁静，只有那动人的鼓声，一次又一次，垂直降落，荡开枯叶与池水，向我们环抱而来。

双

河

一

　　半夜十一点，李闯给我打来电话，那边声音很吵，成分
复杂，有说话声、碰杯的声音，还有模糊的音乐声，彼此相
距遥远，混成一片空荡的背景，他大概尚未意识到电话已经
接通，还在与别人交谈，语气惊叹，但具体在讲什么却听不
清，其间又夹着许多刻意的笑声。我接起来后，也没有说话，
待到那边声音稍微降低一些，我听见李闯在喊，喂，喂，×，
喂。我说，在呢。李闯说，没睡觉吧。我说，没。李闯说，
我一合计你就没睡。我说，啥事儿。李闯问，你妈最近身体
咋样。我说，在我妹家，其他方面还可以，就是腿脚不太方便，
上下楼费劲。这时，那边的声音又小了一些，不再那么嘈杂，
他好像正从包间里走出来，但信号又变得很差，时断时续，
我费了很大力气才听清楚，他是在问我周五有什么安排。我

想了想说，继续改改小说，暂无其他事宜。李闯说，还写呢啊。我不知道该怎么回答。他马上又接一句，早上跟我去爬山，聚一聚，在山上住一宿。我本能地想要拒绝，说出一句不了吧，但接下来，由于还没想好借口，便卡在这里。李闯说，不啥啊不。我说，啊。李闯说，出去转一转，还有周亮，三人行。我说，周亮也去啊。李闯说，去啊，你也得去，那边我有客户安排。我说，啊。李闯说，到时我开车去接你。我说，我再想想。李闯说，不用想，定准了，我回去继续喝酒。我说，行吧，需要我带啥不。李闯说，啥也不用，你把自己带好就行。

放下电话后，我又继续写了一会儿小说。然后躺在椅子上回忆，从北京回来之后，我基本没上过班，与外界几无交集，所以这些年来，也很少有机会郊游。之前我在北京一家出版公司任职，干编辑，做过几本养生书，市场反响颇佳，但回到沈阳就不太行，完全没有这个行业。也去保健品公司写过几天文案，给电台节目宣传用，属于低级行骗，夸大疗效，良心不安，另外报酬也可怜，索性就守在家里写小说，偶尔也接些媒体评论稿，自己对付着过。好在母亲身体尚可，家里没太大开销。我能想起来的上一次郊游，还是在北京时，跟同事去的怀柔，好山好水，吊桥摇晃，虫鸣如波涛，在天地之间回荡，令人出神。夜间每家饭店都在烤鳟鱼，当地特色，将鱼剖成两半再铺展开，吃的时候，我总能想起一部美国小说里的描述，说它们接近于一种珍贵而又聪明的金属。

想着想着，就睡着了，睁开眼睛时，已是半夜两点，外面风声很大，我起身洗漱，准备躺回床上接着睡，随手翻看手机，发现十二点多的时候，赵昭给我发过信息，让我去看望女儿。我深吸一口气，将手机扣过去，没有回。事实上，我始终不太愿意面对这个事情，负担较重，我跟女儿已经数年未见，必然有些生疏，再加上生活费最近也没有给过，赵昭虽然不提，但总归有些过意不去。多年以来，我一直认为自己没有尽到做父亲的责任。

我与赵昭于二〇一一年和平分手，当时女儿言言只有五岁。离婚之后，她带着女儿去上海生活，投奔其兄，寄人篱下，刚开始时，过得十分不易，艰辛尝遍，我那阵也竭力相助，内心焦急，掏出全部积蓄，甚至想过卖掉房子，但被赵昭拦住，说再忍一忍，离都离了，总这样也不合适。后来她逐渐步入正轨，工作认真、勤奋（其性格所致），不久后便可独当一面。她在一家外资公司任职，待遇尚可，几年前我去看过她们一次，当时是跟一家影视公司谈剧本改编，结果也没有成。赵昭那时十分忙碌，终日加班，跟我电话沟通，只闻其声，不见其人，却能做到工作生活两不耽误，开始筹划在苏州买房，以解决言言的上学问题。

如今，言言已经小学毕业，再开学就要读初中，样貌变化也很大，偶尔回望，便不得不慨叹时光流逝之迅疾。离婚后，我有段时间过得胆战心惊，三十几岁的单身生活，再加上旁人危言耸听，孤寂无助的夜晚，不知何时到来的意外与疾病，我的确有些恐惧。但几个月后，便放松一些，进而十分适应，这种不以激情与责任作为向导的生活，仿佛更符合我的观念，不仅不觉时间漫长，反而相当紧促，每日行程安排得很满（并非刻意，确实有事情要处理），写作方面谈不上突飞猛进，但也常有新作问世。这时，我逐渐确认，事实上，我是一个非常自律的人，对于许多事情都有规划，也沉得住气，能去推进，日拱一卒，不期速成。最开始发现这点时，我简直不敢相信，许多年过去后，真的就这样坚持下来，这让我有时不得不回忆起跟赵昭生活的那段时间，到底是怎么回事呢，一切仿佛都搅在一起，生活混杂无序，几近无解，不可调和，问题出在哪里，是我的还是她的，但又都不像，因为在平日里，我们是朋友们公认的好人，遇事冷静，处理得当，谦卑而理智，所以就更令人费解。至于离婚后赵昭的个人生活，我很少询问，她也从不主动跟我讲，不过通过我们共同的朋友，也就是周亮，我得知她换过几任男友，目前这位相处稳定，是她从前公司的重要客户，上海本地人，比她大近十岁，风度翩翩，条件中上，有过婚史，子女在海外，两人相处已有一年多的时间。我衷心愿她快乐，生活美满。

甚至默默许诺，在她得到幸福之前，我是不会先迈出那一步的。

二

没睡几个小时，我便醒了过来，随着年龄增长，睡眠越来越少。起床之后，我简单吃一口早饭，然后去楼下的市场买菜，这些年来，我逐渐养成自己做饭的习惯，今天准备多买一些，给我妹送去，我母亲退休以来，一直由她照顾，任劳任怨，我心存感激，帮不上太多忙，只能尽些绵薄之力。在摊位前选排骨的时候，有人碰我的胳膊，我转头一看，刘菲朝着我笑，我有点不好意思，说，也来买菜？刘菲说，嗯。我说，肋扇不错，颜色好，新鲜。刘菲说，现在挺会挑啊你。我说，没办法，与时俱进。刘菲说，你妈身体咋样。一时间我又有点恍惚，不知为何最近好像所有人都在关心我母亲的身体状况，只好又回答一遍，在我妹家，其他方面还可以，就是腿脚不太灵便，上下楼费劲。刘菲说，那还行，把你解放出来了。我说，谈不上，一会儿准备过去看看。刘菲说，帮我向老太太问好。我说，行，一定。买好排骨后，我跟着她一起出门，点了根烟，也给她递去一根，她问我，赵昭最近回来没有。我说，很久都没回来了，据说在上海过得不错。刘菲说，混上海滩，浪奔浪流，滔滔江水永不休，有出息。我说，比我肯定是强。刘菲说，这有啥可比的，你还没上班呢？我说，没有，十周年整，没上过班。刘菲笑着看我，说道，也是个劲儿啊。我说，实在没法出去，啥也不会。刘菲说，都说人不能待着，容易待废，但我看你还行啊。我说，是，我能待住，不然呢，出不去又待不住，那就只有死路一条了。刘菲说，吓唬我呢。我说，没，你儿子回来了啊。刘菲说，没，还在他爸那里。我说，那你买这么多菜。刘菲说，今天请客，在商场上班的朋友都来聚会，我们轮着招待，你也过来呗。我说，不了，不了，你们好好喝。

　　与刘菲告别之后，我直奔我妹家。敲了几下门，我妈帮我开的，家里只有她一人在，我问她我妹去哪里了。我妈说，也不知道，很早就出门了。我挽起袖子，将排骨剁好小块，菜也洗净分类，归放在冰箱里。眼看要到中午，我妹还没回来，我妈提议煮面条吃，我便又切菜炝锅，排油烟机不太好使，声音很大，嗡嗡直响，但又吸不走烟，屋内都是炸葱花的味道，很久不散。

　　吃饭时，我跟我妈说，刚才见到刘菲了，跟你问好呢。我妈说，她怎么样啊。我说，气色不错，还在商场里卖货。我妈说，见出息啊，咋没跳舞去呢。我说，妈，多大岁数了都，早就不跳了吧。我妈说，就看不上她，跟她爸一样，没正行儿。我说，他爸都没了多少年了，你还老提啥。我妈说，一九九〇年，他爸第一批，申请停薪留职，说要去开发海南岛，消失两年半，媳妇孩子扔家里，结果呢？我说，结果又咋的了？我妈说，去佳木斯跟人搞破鞋。我说，你别乱讲。我妈说，证据确凿，后来有段时间，还偷摸把刘菲带过去了，她妈急了，喊来俩哥哥，大王二王，配件六厂的，听说前因后果，提着刀连夜去佳木斯，吓得他尿一炕，扔下女儿跳窗户跑掉。听说后来追到三江口，冷风浩荡，他纵身一跃，岸上的人都傻了，大王二王无可奈何，掉头返回，但不大一会儿，他又在远处冒出头来，游至对岸。老王八犊子，命还挺大，人品归人品，能力归能力，她爸水性是好，这没的说，家以前住大伙房水库附近。我说，你咋不说他是龙王三太子呢。我妈说，别他妈放屁。我说，都是传言，也没人亲见，提它有啥意思。我妈说，刘菲的命也不好，从小折腾到大，婚姻事业，都让人犯愁。我说，你愁啥，跟你有啥关系。我妈说，说到点子上了，我就怕跟我有关系呢，听老院儿的邻居说，她离了之后，你俩还有过一段儿。我说，你可别听人胡扯，听啥就是啥，这毛病能不能板一板。我妈说，有则改之，无则加勉。我说，退休多少年了，在家别当干部，行不，再教育我，以后不过来了。我妈顿了一顿，又问，言言最近有消息吗？我低着头，说，没有。我妈叹了口气。

双　河

38
39

饭后，我洗毕碗筷，我妈回屋午睡，我提着自己的菜，下楼往家里走。路上想着我妈说的话，坦白讲，我跟刘菲确实有过比较暧昧的经历，但也是很长时间之前，刚离婚不久，有一段联络频繁，主要原因是住得近，都在变压器厂家属院里，年龄相仿，从小父母就认识，抬头不见低头见。当时有人要跟她合伙在学校门口开书店，向我咨询建议，我劝她说，一没经验二没渠道，很难做成，而且这行利薄，压款厉害，见不到钱。刘菲转而投资服装，从那之后，我们偶尔一起吃饭喝酒，她的酒量不错，比我要好。几次酒后我也有过一些冲动，但始终没有更进一步的接触，对于处理这种关系，我并不擅长，甚至还会觉得疲惫，无力应对那些情感纠缠。每每克制住欲望后，我都会暗自庆幸一番，好不容易维持住目前的状态，如非不得已，我是不太愿意打破的。刘菲有一阵子挺上心，还来家里给我做过饭，饭后谈心事，但看我态度冷淡，无意回应，便也作罢。

　　之后没过多久，我便看见刘菲与一位壮年男子出双入对。皮肤黑，比我高大，行动矫健，总骑摩托车驮着她，车身很旧，常年被泥水覆盖，噪声也大，突突突突，像机关枪。他们经常半夜回来，噪声响彻楼宇，邻居们很不满，有些非议。我对此倒没什么看法，刘菲有跟任何人交往的自由，我无权干涉，况且我们从未正式在一起，所以也谈不上失去。只是那辆摩托车，我在家里都能听出来，刚打着火时，排气管声音异常，随后发动机温度升高，声音也有不规律的变调。我很想提醒他们，一定要记得去检查气门间隙，这种情况一般是间隙过大，若时间一长，导致气门松动，造成缸顶变形，那就不太好处理了。我爸刚下岗那几年，在家开过摩托车维修点，这方面我还是有一些常识的。还没来得及说，那位男子便又消失不见了，只刘菲一人，独自来回，行色匆匆。我知道她在东湖市场有个摊位，售卖童装，生意不错，有一次她还问我女儿多高，想要送件衣服，我想了半天，横起手掌，在半空中切割出一个位置，对她说，也许这么高。她撇撇嘴，转身走掉，我坐下来，目光平视，望着那个虚拟的高度，感觉过往时间忽至眼前，正在凝成一道未知的深渊。

三

回到家后，我烧水沏茶，躺在椅子上看书，没翻几页，便昏昏沉沉地睡过去。下午三点半，电话铃声将我吵醒，我闭着眼睛接起来，对面是赵昭的声音，干脆，坚定，不带任何情绪，跟我说，给你发信息，你没回。我说，啊，没看见。赵昭说，明天十一点，去接言言。我说，啥。赵昭说，别装没听见，我要出国，我哥也没在上海，言言正好假期，回沈阳跟你待几天。我一下子精神了，跃身站到地上，说，咋不提前说呢。赵昭说，提前说了，你没回，你有事儿是咋的，协调一下。我想了想，说，倒也没。赵昭说，那你陪好言言，一个多礼拜，到时给我送回来，原封不动。我说，好，好。挂掉电话，我愣在原地数分钟，内心紧张，想准备一下，却也不知从何做起。

多年以来，我一直住在父母当年分的宿舍里，套间，五十多平，一大一小两间屋子，我平时住在小屋里，大屋用来当书房，比较乱，报刊书籍越堆越多，全部整理一遍，肯定是来不及的。我在心中默默规划，先将小屋的床单、被罩和窗帘等放到洗衣机里，清洗一番，从柜底找到一套全新的，还是卡通图案，拆开铺好，准备给言言住。又在大屋里辟出一块地方，摆开折叠沙发，放好台灯，从今晚起，我便睡在这里。另外，衣物碗碟等也需重新归置，我本以为自己过得井井有条，收拾时才发现，到处都是一层灰，死角无数，累得满头大汗。全部做好后，已经是晚上九点多，饭还没来得及吃，我便打算下楼喝瓶啤酒，另外顺路再去买些零食和生活用品。

刚在饭店坐稳，便听见隔壁包间动静很大，相互劝酒，还有争吵声，我本无意关注，只想赶紧吃完回去休息，但啤酒刚喝一半，忽然看见刘菲从包间里跑出来，一闪而过，进入洗手间，回来时脚步放慢，眯着眼睛向我这边看。我跟她打声招呼，她发现后，一屁股坐到我对面，又起开一瓶啤酒，跟我说道，几个菜啊，自己喝。我说，随便吃一口，懒得做饭，你们又续一顿？刘菲说，是，家里没酒了，非得出来喝。我说，挺有量，第几瓶了？刘菲低着头，没有说话，眼神发直。我说，别喝太多，不好，物极必反。刘菲还是没说话。我接着说，你去劝劝他们，差不多行了，都早点回去休息。刘菲凝望着我，眼神迷离，开口说道，在家喝了二两白的、四瓶啤的，出来之后，又买一瓶红的，分了半杯，刚才是第三瓶啤酒，现在还没喝完。我说，厉害，海量。刘菲笑着摆摆手，然后忽然抬眼，对我说道，你吃完没，走，不管他们，爱喝喝去吧，你送我先回家。

我将刘菲送到楼下，一路上，她的话很多，但毫无头绪，我听不懂，提到的人也都不认识，没想到，服装市场的人际关系还挺复杂。在楼门口，我咳嗽一声，感应灯亮起来，我看她迈步不成问题，便告别说，明天女儿要回来，得去再买点东西。刘菲很惊讶，说道，白天没听你说啊。我说，我也是下午得到的消息，措手不及。刘菲推了我一把，说，高兴坏了吧。我说，那谈不上，倒是挺紧张，很多年没当过爸了，怕当不好。刘菲又拍拍我，说，那有啥当不好的，你看看我儿子他爸，或者我爸，都是例子，胯骨一甩，纵横四海，那是咋当咋有理，我看你怎么也比他们强啊。

四

我提前很长时间来到机场，出出进进，心绪不宁，在外面抽去小半盒烟，心里总在推测接下来几天可能出现的种种状况，以及应对方式。言言拖着箱子出现在面前时，我手里的烟还没掐灭，风一吹，弹出去的烟灰又落回到衣服上，有点狼狈。她比我想象之中要高一些，背双肩包，梳着短发，衣服上有浪花的图案，下身则是一条棕色背带裤，脸上挂着一点生硬的笑容，很快便又收回去，也没说话，静静地等我掸掉灰尘，然后问我，啥时候走。我说，再等一下，于是连忙又去窗口，买回两张机场大巴的车票。车很快就要开动，我替她提着背包，又将她的拉杆箱放到底部，跟她上车并排而坐。这一路上，她一直没个动静，我更紧张，手心出汗，不知说啥是好。大巴车从高速下来后，我的情绪稍微缓和，问她，早上几点出发，那边天气如何，家到机场多久，乘坐何种交通工具前往，是否吃过早饭，旅程共计几个小时，午饭想吃什么。她一一作答，但绝不多讲一句。到后来，我又不知该说点什么，便问她，背包是在哪里买的，好像很结实，质量不错。她转过头来看着我，不解地问，你真的关心这个吗？

按照计划，我们先回家放一下东西，晚上去我妹家吃饭。言言到家之后，皱着眉头巡视一圈，指着小屋内的床，跟我说，我睡这里，是吗？我不太明白她是什么意思，但还是点了点头。言言说，我今年多大，你还记得吧。我略有迟疑地说，记得。言言说，这床单上有只熊，你知道吧。我说，知道。言言说，那没事了。我退出房间，又倚在门口，说，实在不喜欢，我再给你买一套，或者也可以陪你去住宾馆。言言说，我只想确认一下，你知道这件事，仅此而已，没有进一步要求，明白了吗。

我们之间遭遇的第一个问题是称呼，这点我事先有所考虑。让言言管我叫爸，估计很难说出口，我也听不惯，但又不能老以语气词称呼，显得没有礼貌。去我妈家的路上，我主动提出并试图化解掉这个问题，我说，想来想去，觉得你可以管我叫老班。她听我陈述半天缘由，只回应了一个字，哦。

我妈见到言言非常高兴，她一直很想念孙女，但为了照顾我的情绪，平时也很少提。言言一改冷漠态度，与奶奶十分亲近，抱着脖子说话，家长里短，聊了半天，毫无生疏之感。我妈前几年旅游，行至上海时，她们曾见过一次，双方又谈起上次见面时的情景，以及之后的各种变化。我妹在厨房里做饭，我去打下手，煎炒烹炸，忙活半天。晚餐极为丰盛，满桌硬菜。言言没吃几口，只在不停地喝饮料，席间，她绘声绘色讲述在学校的一些经历，逗得大家都很开心。饭后，我们聚在一起看电视吃水果，大概八点左右，我觉得时间差不多了，便带着言言离开，刚一出门，她的脸色立马沉下来，变得很快，与我无话可讲。天气不错，我提议走路回家，言言嘴上没有反驳，却在行动上体现出来，拒过马路，自己站在街旁打车。我走到路中央，只好又退回来，站在她身边，等待出租车的到来。我们默默站在路边，向前伸出手去，等了几分钟，远远有空车灯在闪，我松了口气，想起以前读过的一首诗的名字：出租车总在绝望时开来。这一次我的体会很深刻。

到家之后，言言没有直接回卧室，而是在书房转了几圈，上下浏览，指着沙发问我说，你睡这里啊？我说，对。言言撇撇嘴，没再说话，又从书架上抽出两本书，向我举手示意，要带回房间去看。我没看清是什么书，仍点了点头，然后问她，这几天有什么想去的地方吗？言言说，没有。我说，那有什么想吃的吗？言言说，也没有。我还想继续问，言言却说，你就当我不存在，可以吗，不用这么麻烦，我待几天就走。

五

李闯第一遍给我打电话时，我没有接到，正在厨房里忙着给裹好淀粉的茄子过油，满头冒汗，很担心失手。菜端上桌后，言言尝了两口，好像还挺满意，我也放松下来，开了一罐啤酒，边喝边看电视，午间在放一部译制片，机器人当管家，会聊天，还能做家务，长得跟垃圾桶有点像。演到一半时，言言忽然跟我说，刚才好像有个你的电话。我打开手机一看，是李闯打来的，立即给他拨回去，李闯大概在办公室里，说话声音很小，跟我说，明天礼拜五了啊。我一头雾水，回复他说，对啊，今天礼拜四，明天礼拜五。李闯说，没忘吧，早上去接你。我这才想起来他说的事情，连忙说，我不去了，言言回来了。李闯说，谁？我说，我女儿回来了。李闯说，孩子又归你了啊？我说，没有，假期来玩几天。李闯说，那行，正好，明天一起去，欣赏风景。我说，那等我问问她的想法。李闯说，定了，明天早上，七点半到你家楼下，收拾好等我。

挂掉电话后，我问言言，明天一起去爬山，有兴趣吗？言言说，什么山？我说，不知道叫什么山。言言说，不太想去。我说，去吧，好不容易回来一次，不能成天在家待着。我本来没抱很大希望，觉得很难劝动，回来的这两天里，她始终不太愿意跟我沟通，每天不是玩手机，就是躲在屋里看书，除了跟我去过一次超市外，没再出过门。出乎意料的是，她想了想后，竟然答应了，说去也行，省得她妈回去问每天都做啥时，答不上来。我听后很高兴，放下筷子，立刻规划起来，定闹表，准备出行物品，问她都需要什么，下午我好去买。言言则毫无回应，目不转睛地看电影，我一边收拾东西，一边也陪她看，别的印象没有，故事情节好像挺俗，机器人渴望拥有情感，进而成为人类的一员，这点我就十分不解，它到底有什么想不开的呢。

　　言言起得比我还要早，行李收拾得也很快，动作麻利。我们提前下楼，等了十几分钟，李闯才驱车赶到。车里放着二十年前流行的老歌，他跟着哼唱，有一句没一句的，虽然跑调，却很投入。周亮坐在副驾驶的位置，我和言言坐在后排，打过招呼后，周亮问我们是否吃过早饭，然后递来点心与牛奶，言言没接，我也不想吃，便放在座椅后面，伴着歌声，我们一行四人向着山峰进发。言言昨晚没睡好，在车上补觉，周亮则不住地回头看，边看边低声对我说，她跟赵昭，还是有几分相似啊，眉眼之间。我说，跟我不像吗？周亮又回头看一眼，然后摇摇头，说，不太像，比你强。

　　我们在服务区休整两次，到达山脚之时，已近中午，简单吃些快餐，便准备开始登山。这里尚未开发完备，游客却不少，李闯和周亮走在前面，背着大包，看着相当专业，精神抖擞，步伐有力。我跟言言跟在后面，阳光刺眼，新铺的石阶似乎还留有粉末灰尘。在两侧的树荫之下，到处都是合影的人们，林中还有空白的石碑，倒伏在地上，像是要为此景题词。

走了一个多小时后，我们停下来歇息，李闯开始打电话联系朋友，他之前提过，有位客户在山里造了一间庭院，吃喝玩乐，一应俱全，目前是试营业阶段，今天晚上我们将会住在那里。我和言言靠在栏杆上，向山下望，葱绿之间，有一道灰白印迹，仿佛被雷电劈开的伤痕，那是我们行过的路径，如一段阶梯，开拓盘旋，不断向上，也像一道溪流，倾泻奔腾，不断向下。言言在我身边，我却想起彼处的赵昭。那时我们刚结婚不久，有一次同去海边，风吹万物，浪花北游，其余记忆却是混沌一片，旋绕于墨色的天空，但在这里，一切却十分清晰，山势平缓，如同空白之页，云在凝聚，人像大地或者植被，随风而去，向四方笔直伸展，淹没在所有事物的起点里。

言言拿出相机拍照片，我在她的背后，看着风景一点一点缩进屏幕里，变得不再真切。周亮走过来，搂住我的肩膀，跟言言说，来，给我俩合个影。我有点不自然，想推托开，周亮却已经摆好姿势，笑容自信，言言转过身来，调整位置，按下快门，然后盯着屏幕，点了点头，像是在宣告这场游戏的终结。李闯挂掉电话，迎着山风，对我们喊，还以为有多远呢，再往上爬，最多二十分钟，到达目的地。

李闯朋友的庭院相当别致，木质结构，仿古造型，整体格局较为接近古装影视剧里的后院，荷叶占据池塘，环境清幽，只是油漆味道浓重。我们被安排到各不相邻的三间屋内，我与言言住在南面的一间，进入室内，发现里面的装饰又很现代，各类电器一应俱全，十分便捷。言言忙着充电，整理照片。我放下东西后，走回院中，连抽两根烟，天空飘起小雨来，风很凉，我有点后悔没有提醒言言多带一件衣服。

　　休息过后，已近黄昏，李闯朋友喊我们去吃饭。餐厅已经摆上一桌好菜，我们推门进入时，发现桌边除了李闯朋友之外，还有三位陌生女性，呈等边三角形分列，跟我们挥手打招呼，态度热情。我觉得这种场景很不合适，便拽了一下李闯的胳膊，李闯反应机敏，马上跑到朋友那边，一番耳语过后，两位女性借故离开，只剩一位。李闯朋友介绍说，这是苗苗，目前这边的负责人，今天来陪大家喝一杯，欢迎诸位来访，请多提宝贵意见。

　　李闯对周亮与我作以一番介绍，苗苗忽然对我的职业表现出极大兴趣，我解释说自己没写过什么像样的作品，但她好像根本没听我的话，只是自顾自地说着，她也写过一些，诗歌和散文之类，登过校报，有一定反响。我不知道该说什么为好，只能敷衍地说，不错，加油，继续努力。我能感受到言言在一边紧盯着我，但我不敢转过去看她的表情。

那天的酒喝得很快，一杯又一杯，李闯朋友与苗苗都很会劝，场面话很足，我不太适应，总想借机溜走，却三番五次被拦下来，苗苗仍就着文学话题不依不饶，不断地向我阐述她看过的某本书，以及对作者的一些主观感受。遗憾的是，她读过的那些书，我都没看过，也不了解，跟我完全不属于一个写作领域。但几杯酒下肚后，评判却是十分轻易的，我越坐越沉稳，精神亢奋，声音激动，开始逐一拆解那些改头换面的文字把戏，并无数次重申自己的文学观点。灯光半明半暗，我甚至觉得自己飞起来一点点，滞在半空，俯视着晚餐以及桌旁的人们，形象各异，场景奇特，使我想起一幅著名的油画。李闯不住地向他的朋友夸赞我，周亮也在一旁附和，服务员侧身，微笑着倾听。苗苗的一句话，重新将我拉回地面，她说，班老师，谈了这么多，能给我们讲讲你的作品吗。

六

所有人都望向我，我定了定神，觉得诧异，不知大家从何时开始如此关注文学。我又喝下一杯酒，说，那我就随便讲一讲，目前正在写的这个中篇小说，暂定名为《双河》。苗苗插嘴说，《霜冷长河》，是不是，余秋雨的一本书，我高中时看过。我说，不是，单双的双。苗苗说，那你直接说两条河不就完了。我不知道该怎么解释。周亮皱起眉头，在一旁说，你先听他讲完。

我说，故事分成三个章节，各自声部叙述。第一部分，主角是我自己，姓班，但要年轻一些，时间是九十年代末的冬天。开篇是我去拘留所接崔大勇，他骑摩托车肇事被扣，此人无家无业，留的是我的联系方式。崔大勇比我大十几岁，是我父亲在工厂里的徒弟，我父亲走后，多年以来，对我家帮助很大，其个人条件并不宽裕，也未成家，四处打零工，勉强维持生活，但为人热忱，坦率，实心实意。之前他在外地，消失过一段时间，此次被释后无处可去，我便说可暂住我家里。

次日清早，刘菲的姑姑忽然来找我，说侄女联系不上，报案只管登记，没有下文，央求我帮着去找一找。我与刘菲是多年同学，家住前后楼，平日关系较好，她对外宣称是在家具城卖货，其实主要靠跳舞为生，在亚洲宾馆的黑灯区，十元两曲。我喊醒崔大勇，一起骑着摩托四处去找，皆无所获。我记起上一次见到刘菲，是在菜市场里，她买完菜后，要去旁边的教堂，还邀我一起，我并无兴趣，将其拒绝，她看起来有点失望。随后我又想到，今天是圣诞节，夜里，我与崔大勇来到教堂，此处正在举办会演，歌曲舞蹈，接连登场。我坐在后排，听得极为困倦，直到深夜里的最后一曲，有人演奏风琴，悠扬而伤感，我恍惚看见刘菲戴着毛线帽子，踮着脚尖，在人群里唱歌。演出结束后，我和崔大勇出门去追，见她与弹风琴的中年人并行，打了个出租车离去，我跟崔大勇骑着摩托跟在后面。那天的雪很大，几乎看不清前路。

开了半个多小时，我发现他们的终点是火车站，两人下车后疾步走入，消失在候车室里，我们没买票，进不去站台。我跟崔大勇说，我先去买两张最近的车次，混进去看看，问问刘菲到底什么情况。崔大勇同意。我买票回来后，却没找到崔大勇。我只身进入站台，火车已经驶来，唯有刘菲一人在此等候。我上前喊她，她转过头来，扫过一眼，并未止步，继续往车上走。火车开动，眼看着一节节车厢逐渐远去，消失在黑暗的前方。我有些失落，从车站走出来，发现崔大勇和摩托车都不在了，只好独自回家。大雪掩埋掉我的足迹。

众人听得都很认真，屋内安静，我反而有些不适应。我缓了缓，说道，这是第一章的大致内容，当然还会有一些细节，会交代一点背景之类，总体来说，故事线索大致就是这样。苗苗说，感觉其中有很多谜团。我说，对，往后会一点一点解开。苗苗问，刘菲去的是哪里呢？我说，佳木斯。苗苗说，佳木斯有什么故事呢？我说，那是第二章的内容。

我继续往下讲，这一部分，叙述人是刘菲。她不是沈阳人，老家是黑龙江鹤岗，读小学的时候，跟父亲搬来沈阳，投奔姑姑，她的母亲死于某次事故。刚来沈阳后的一段时间，她很不习惯，一切都不熟悉，也总被欺负，少有同学相助，我是其中之一，也就是第一章的主角。他们同读一所小学，初中之后，二人分道扬镳，但仍住在同一楼区，变压器厂宿舍。在刘菲姑姑的介绍之下，她的父亲刘宁在厂里上班，担任技术员，勤劳规矩，为人热忱，口碑相当不错。小学毕业那年，出了一件事情，我的父亲在刘宁家中死去，这件事情对于我和刘菲的打击都很大，当时有一种传言，说是我的母亲与刘宁有情感纠葛，被父亲得知，上门讨问说法，结果被害，但当时警察的判定是自杀，刘宁从此消失。刘菲跟姑姑一起生活，初中毕业后，没继续念书，提早迈入社会工作，独立更生，不给姑姑增加负担，但又无其他技能，开始时在家具城卖货，由于性格比较倔强，不太顺利，后来去做舞女。两个月前，她在舞厅遇见消失数年的父亲刘宁，刘宁变化很大，他服刑数年，出来后在教堂工作，想要弥补过失，请求刘菲随他离开此处，去往佳木斯，重新开始生活。刘菲犹豫很久，最终决意跟随父亲回归北方。圣诞会演结束后，二人来到车站，准备离开沈阳，其间，刘宁说要去上厕所，一去不返，火车驶来，刘菲独自离开，旅程空空荡荡。她在佳木斯过完整个冬天，不能说过得多好，但也不坏，唯一的遗憾是，佳木斯人不爱跳舞。

我越往后讲，越没有气力，故事往往就是这样，讲起来平淡，写出来反而会好一些。我看见李闯已经打起哈欠来，但又迅速将嘴捂住，起早开车，抵达后又爬山，疲劳程度可想而知。周亮的眉头仍未舒展，面容严峻，仿佛有所思。言言坐在我身边，无比安静，我叙述的某些时刻，甚至感觉不到她的存在。讲完这部分后，我说道，没什么意思，大概就是这么个情节，胡编乱造，后面还没有想好。李闯说，挺好，佳木斯我去过两次，很快乐的城市。周亮提了一杯，说，我一听，感觉这故事的背后还有故事啊。我与其碰杯，说道，瞎设计的，还没动几笔。苗苗转向我，问道，班老师，讲了半天，你这篇小说也只有一条河啊，不够数，名字不好，前后不对应。我说，那你取个名字。她撩撩头发，然后对我说，可以叫：佳木斯，今夜请将我遗忘。

七

晚上九点，李闯洗了把脸，回来后精神重新振奋起来，话极多，我说时间不早了，先带言言回房休息，周亮也说今天比较疲惫，想早点睡。酒局行将结束，李闯朋友拉着我们去打牌，并让苗苗作陪，我与周亮先后拒绝，唯有李闯不好推托，跟去另一间房。我拎着两瓶矿泉水，与言言往房间里走。从饭厅回到住处，需要经过一道长廊，下午到这里时，我并未多加留意，这里大多是人造景观，生硬做作，没什么意趣，但夜间在此经过，又是另一番感受，庭院两侧立着许多水缸，仿佛用以承接雨水，青苔掩映其间，沉潜而悠远。院内潮湿，缓慢步行，居然有身处水畔的感觉，风将雨的气息吹到半空里，四周幽深，空旷之处有回声荡漾，言言走在前面，我侧身在后，默默观察。这几天我一直在进行回忆与对比，看言言的哪些行为习惯跟我接近，哪些又比较像赵昭，却一无所获，几乎不能在她身上看见我们的痕迹，于是我又想将她与同龄者作比，却发现在我近期的生活经验里，与这个年龄层并未有过紧密接触，不知其所思所想，更是无从比较。

言言说，像。我说，什么？言言说，好像左边有一条河，右边也有一条。我说，是吧。言言说，后来呢。我说，什么？言言说，你那个小说不是有三个章节吗。我说，第三部分还没想好。言言说，大概讲讲。我说，不讲了，到点儿了，回去睡觉。言言说，能睡着吗？我没有回答。言言说，你的小说都是这样吗，没有结局。我有点惊讶，如同反射一般，连忙说道，第一我不想跟你谈故事情节或者结尾，我知道的已经都写出来，没写明白的地方，那就是我也不清楚，第二我也不想跟你谈文学技法，那些术语都是写完再往上套的，生拉硬拽，没什么价值。言言站住，偏着脑袋跟我说，你紧张啥。我松了口气，也觉出自己反应过度，便不再说话。言言抬手指了一下长廊的台阶，跟我说，坐一会儿，好不容易。我虽然不明白她所说的不容易指的是什么，但仍在她身边坐下来，吹着晚风，抬头凝望，我看见天空在向远处舒展，仿佛有无尽的寂静呼之欲出，要将我们围拢。

言言说，讲个大概，第三部分。我想了想，问她，你说主角是谁呢。言言说，想不出来，也许是第一章里主角的父母，或者刘菲他爸，叫什么来着，刘宁。我说，你这么一说，我还要再想想，本来这部分的主角是崔大勇，他十八岁入厂，成为父亲的徒弟，车工，手也挺巧，不久便出徒，能独立操作，一九九七年，厂内提倡减员增效，领导说，你们师徒二人，只能留一个，另外一个必须下岗，自己看着办，父亲考虑到崔大勇的家庭情况，其母生病卧床，便提出自己下岗，让厂里将崔大勇留下。

父亲失业后，在楼下开了一间摩托车修理部，维持生计，也兼配钥匙，干点零活儿，没有电动机器，父亲就用锉刀一点一点磨，方法原始。崔大勇仍在变压器厂上班，感念恩情，时常来看望师傅。这几年里，父亲性格有所变化，与母亲的关系变得很差，开始嗜酒，以罐头瓶子打来散白酒，下酒菜是螺丝钉，蘸着红梅酱油，一喝一下午，醉酒成为常态，日日狼狈昏沉，睁不开眼，像在大雨之中。有一次，崔大勇前来看望，父亲从抽屉里拿出几张图纸，让崔大勇去车几个零件，崔大勇看了半天，展开几遍又再合上，吞吞吐吐。父亲见其犹豫，便直说，要做一把钢珠枪，用途你别管，也不用害怕，牵扯不到你，我没求过你什么事情，就这一件，最近务必做好，做不出来，以后也不用过来了。崔大勇回家之后，辗转反侧，不能入眠，前思后想，下定决心，利用加班时间，在后半夜里车出数个零件，他将这些零件放在铝饭盒里，驮在自行车后座上分次带出工厂。几日后，却传来师傅的死讯，他前来送丧，内心大恸。

崔大勇早先在教堂里，一眼便认出技术员刘宁，路上紧随其后，我去买票时，他缩紧身体，低头混入站台，不断向刘宁靠近。一父一女，正在等待火车的到来，雪将光线遮蔽，黑夜降临。刘宁半眯着眼，觉出身上被东西毙住，半侧过去，扫了一眼，不见脸庞，只见一道道呼出的白气，急促而朦胧，又迅速消散。他低声说道，兄弟，不是地方。崔大勇说，跟我走，我有地方。刘宁上前几步，低头附在刘菲的耳朵上说，去个厕所，忽然想方便一下。刘菲转过身去，见他跟着崔大勇从站台往外走，雪花像帷幕一般，在刘菲的眼前缓缓下落。他们一直走到外面，摩托停在路边，崔大勇拉刘宁上车，在雪里行进半个小时，将他拉到浑河岸边。

几处浮冰在河上，落雪不化，有鸟夜行，一白一黑。二人站在河边，望向对岸。崔大勇说，认识我不？刘宁摇头。崔大勇说，再想想。刘宁说，想不起来，但能猜个大概，我在沈阳，总共就那么点事儿。崔大勇说，给你提个醒，我师傅是在你家走的。刘宁说，你是他徒弟。崔大勇说，对，枪你见过吧，我帮他做的，他要去崩你，本来我要去帮他，但那天慢了一步，这些年每次想起来，都挺后悔。枪当时做了两把，我的藏在修理部仓库，半夜我又找出来，有点别的用处，也没想到，现在，跟你碰了个面，晚了几年，这都是命，该认就得认。

刘宁说，照着脑袋来，要是瞄不准，我帮你指挥。崔大勇说，嘴挺硬。刘宁说，但话要说清楚，你师傅当天喝醉，过来找我，说话前言不搭后语，毫无逻辑，装的，想讹一笔钱，当时他病了，挺重，家里谁也没有讲。崔大勇说，这我知道，我跟着去医院查的。刘宁说，我反复解释，他也不听，说了半天，后来索性不说了，爱咋咋地，要钱是没有，你师傅叹了口气，交出实底，跟我说，本来也没想要我命，但是我运气好，他运气不好。我说，理解，虽然没钱，酒能管够。我下楼买酒，上来跟他一起喝，俩人一斤半，一滴没剩。我说，哥，今天差不多了，回家睡觉，明天早上起来，你要是想不开，我还陪你。他扑通一跪，跟我讲，不愿意醒，就想死，不给任何人增加负担。然后扔过来一串钥匙，跟我说，今天你让我死，那是功德一件，我要是死不了，刘宁，你现在去我的修理部瞅一眼，进门左边角柜，最短的那把，开第二个抽屉，里面都是钥匙，各家各户的，你数数，一共多少把。我没说话，他继续说，谁来配钥匙，其实我都锉出来两把，手心暗藏一把，自己留着，几门几户，都标得清清楚楚，另外我还有别的东西，别忘了我是干啥的，刘宁，你是外来户，这个事情你来做，合适，我的这个病长在脑子里，恶化之后，怕控制不了自己。我跟他说，这忙我帮不了，算是犯罪，你也冷静一下，我出去换两瓶啤酒，咱们漱一漱口，你在这等我，对了，哥，屋里有我自制的颈椎治疗仪，我脖子不好，以前落下的毛病，每天都得使一会儿，调节一下，但最近有点毛病，不太方便，时松时紧，你手巧，帮我看看，能不能收拾一下。

崔大勇说，那你去修理部没有。刘宁说，我出门时，顺手把他扔过来的钥匙揣在兜里，连跑带颠，去了一趟，拉开抽屉，情况属实，钥匙一排一排穿起来，规整有序，像列队的方阵，柄上绑着白胶带，几楼几号，谁家姓啥，记得一清二楚。我推上抽屉，出了门。下午喝酒是真难受，风还大，沙子扬进嘴里，我坐在道边，有点想吐，抽了几根烟缓缓，精神一些，换了几瓶啤酒回家，打开门后，发现他吊死在里屋，治疗仪帮了点忙。我心里有准备，但还是怕，一屁股坐在地上，直冒冷汗，自己喝了半瓶酒，然后我翻了翻兜，发现了你做的东西，工艺糙，但粗中有细，拎着有点分量，不错，让人觉得可以信任。我洗了把脸，清醒清醒，将它夹在一摞衣服里，收好行李揣上钱，连夜坐车回到鹤岗，办点我自己的事情，具体是什么，你不用多问，本来之前我也要回去，有了这东西，相当于帮我下了个决心，后来虽没用上，但也挺好，不然今天还出不来。崔大勇说，故事编得挺好，我差点就要信了。刘宁说，信不信在于你，我不干涉，说多也没用，我就最后几句，我在凌源二监坐的牢，刚开始受不了，处处委屈，也想过死，后来就不合计了。有位同住的狱友，会背《圣经》，从早到晚，能讲下来半本，头头是道，声若洪钟。开始我很反感，听不进去，后来有时睡不着，就想一想，觉得也有几分道理。有一次，我问他，像我们这样的，神还能管吗？他说，一管到底，神自有选择，有些事情他让鸽子去做，有些他也差遣乌鸦去做，乌鸦贪婪，叼着食物不放，神就让它去叼回饼和肉，这说明神不仅使用洁净的人，也将使用我们这些不洁净的人。这话以前不懂，但总能梦见自己在河边，飞鸟行过，河水上涨，影子下沉，刚才你骑着摩托载我至此，我下来一看，心里就亮堂了，原来今天就是神使用我的日子。

八

我从卫生间出来后，发现言言还没睡着，捧本旧书迎着台灯看，光线昏暗，读起来想必也很吃力，我缓缓将书从她的手里抽去，示意赶紧睡觉。她闭上眼睛，翻了个身背对着我。我将台灯关掉，躺在床上，酒精的作用正逐步衰减，头脑愈发清楚。山间无光，黑暗极为沉重，覆盖在我们的上方。

我的心绪颇为不宁。一方面是因为刚才叙述的这篇小说，其实我已经想了很久，依照以往经验，我心中大致有数，既然故事讲述得如此清晰，那么往往也就不必再写了，几乎是不可能写好的。我从来都不是一位缜密规划再逐步实施的类型作者，将写作这种玄妙的智力活动当作项目施工进行分解，于我而言，多少会丧失一些趣味，所以整个故事到今晚为止，言言也许是唯一的读者。这没有什么了不起，我也能接受，并不觉遗憾，所有关于它的疑问可以告一段落。我也放松一些，不必为填补其中一个缺陷，再去完善说辞、牵引线索、编造情景，而这些混搅在一起，盘根错节，相互浸没，又会构成新的缺陷，最终落入往复的黑洞之中。今夜的讲述使我避免了这样的遭遇。

另一方面，在这样一个普通的山中夜晚，我竟然非常想念刘菲，当然，并不是小说里的虚构角色，而是我的那位朋友。不可否认的是，二者的形象在某一时刻是重合的，交错之后，又逐渐分离，互为映像，在时间里游荡。在讲述的过程中，有时我竟也十分恍惚，将对于这位虚构角色的情感转移到我的那位朋友身上，这是十分隐秘的经验，难以启齿，也没办法解释，我极力想要将二者分开，却无济于事。睡着之后，这种情绪在梦中仍然缠绕着我，如同刚刚洗净的果实，不小心掉落在地上，无人再去拾起，唯有声声叹息，但尘土与水，却会将其抚养，它以光的速度重新生长，并再次来到我的面前。

第二天早上，外面的流水声将我唤醒，言言比我起来得要早，并且已经梳洗完毕，说要出去透口气，在院子里等我。我躺在床上，抽了根烟，又将东西收拾好，出去与她会合。周亮正跟言言聊天，我打过招呼，然后问言言，睡得如何。言言说，不怎么好，打雷下雨，早上还有鸟儿叫。我说，我怎么没听见。周亮偷笑着说，你能听见啥啊，从来睡得都很死。我看看言言，言言朝着我点点头，证明情况属实，我更加困惑，不过地面上确实是湿的，缸里的水位仿佛也略有升高。

我与言言、周亮共同吃过早饭，李闯还未起床，昨天应该睡得比较晚。我提议在山中随便走走，雨后空气清新，言言说还是困，要继续回房休息，于是我跟周亮二人出门，从后面出去，走上一条小路，继续向上攀登。

不到半个小时，便走到尽头，虽然距山顶还有一段路程，但已无台阶，向上只有一条土路，曲折隐藏在树丛之间，愈发狭窄，一眼望不到深处，淡蓝色的雾气笼罩其间。周亮问我，还走吗。我说，去看一看，时间还早。周亮点点头，我们继续向前进发，但没走几步，便又被巨石拦住，我们推测，这些巨石应是后来搬运至此，要做成某个景观。周亮坐在石头上，对我说，时间太快了，很多年就这么过去了。我说，什么意思。周亮说，还记得吗，高中毕业之后，你、我和赵昭，也爬过一次山。我想了想，说，印象不深。周亮说，北镇附近的一座山，当时也没有完全开发好，景色不错，奇峰怪石无数，山很难爬，相当陡峭，有的地方几乎是直上直下，必须相互携扶，手脚并用。我说，二十多年前的事情，完全记不得了，我们爬上去了吗。周亮停顿了一下，跟我说道，你只爬到一半，在瀑布对面等我们，看管行李，我和赵昭轻装上阵，最终爬到山顶。

这时，我的电话响了起来，李闯打过来的，声音倦怠，问过我们的情况后，他告诉我，自己已经醒来，并且马上要去吃早饭，让我们回来收拾一下，准备返程。挂掉之后，我对周亮说，李闯起床了，喊我们回去呢。周亮站起身来，拍拍裤子，对我说，你真的什么都不记得了吗？

九

郊游归来后，我与言言的相处向前迈进一大步，彼此逐渐熟悉，交流愈发平顺。短暂的几天时间里，我们甚至结成一个小小的同盟，她偶尔会跟我抱怨赵昭对她的管理，从学习到生活，各个层面，无微不至，表面上开明，思想前卫，态度豁达，但也令她时有窒息之感。最开始只是简短几句，听不大出情绪，仿佛是在进行试探，得知我也持相似态度，并曾深受其苦后，虽未明确表示同情，但与我之间的隔阂却一点一点消失了。

每天饭后（基本是我做饭，在家里吃，她虽在南方长大，但好像更习惯北方饮食），我们一起去附近散步，从院门出发，向东步行约十五分钟，会到达工人村之腹地。此处曾是一派欣欣向荣的景象，如今略显失色，我给她指着几个昔日的雕塑，两只梅花鹿，其中一只已经非常残破。我说，在你小的时候，我们在这里合过影，照片我还留着，其中一张是我抱着你，另一张是你骑在鹿的背上，向我招手。言言没有说话，走过去仔细端详那两只鹿，我站在她身后，看她踏上台阶，准备趁她不注意，再拍几张照片。她抚着鹿角，猛然回望，我只好收起手机，若无其事地向旁边走去，买回两根雪糕，在天黑之前，我们迅速将其吃完，手里拎着雪糕棍儿走了很远。

向西步行约十五分钟，是一道铁轨，我跟言言说，从前它是作为分界线存在，隔开两个行政区域。每次经过火车，道口放下栏杆，两侧的车都要停下来，等待很久，有时要十几分钟，警报声一直在响，到后来却忽然停止，栏杆重新抬起，并没有火车过去，所有人便都很失望，有首歌里唱过类似情绪，"长长的站台，漫长的等待，只有出发的爱，没有我归来的爱"。此时，我们贴着侧面的护栏站立，等待火车经过，已经驶去两列，非常长，车厢难以计数。天色将晚，壮阔的深蓝光芒投向我们，不断迫近，我提议回家，言言说想要再等一趟。很快，警报声便又响起来。我贴过头去，小声问她，你有男朋友吗？她目视前方，反问我一句，你和我妈为啥离的婚呢？然后顿了一下，转过头来，又补充道，你是不是也想说，情况很复杂，说来话长啊。我说，你妈是这么说的吧。她说，对。我说，那我不能这么说了。她说，也不是。我说，你想得到什么样的答案呢。她说，其实你也不是非得讲，这些事情我并没有那么关心，就好像刚才你问我的一样，你也没那么关心。我说，那好，就先不讲。她说，我之所以要问，就是怀疑你根本不知道为啥离的，就像当年也不知道为啥要结婚。我一时语塞，不知如何解释。言言叹了口气，如同安慰一般，又对我说，唉，放心吧，我没有要怪你们的意思。

我不知道她或者同龄者，对类似问题到底有何种程度的思考（这几天的接触，将我的固有概念完全打破，我发现自己远不能将她视为晚辈来相处，她对待部分事物的态度虽不能算是成熟，却总在我的意料之外）。从我的角度来讲，我和赵昭之间，要说一点留恋都没有，厌恶透顶，那倒是真不至于，毕竟我们性格都没有那么强硬，但也正是相互的妥协与软弱，最终造成这种无法挽回的局面。回想起共同生活那几年，我如身在泥河，污淖重重，四下无人，晦暗而孤独，外物不能使我有任何亲近之感，妻女也不行。赵昭想必也是如此，尤其是在女儿出生之后。我们很少发生争吵，只是彼此冷漠，视若不见，这更使人绝望，争吵意味着我们还在拼搏，奋力拯救彼此，但那时我们真是无话可说，这种分裂持续了很长时间。有段日子里，我脑袋里始终盘旋着格雷厄姆·格林的那句名言，"一个人出生以后唯一要考虑的问题就是如何比降临人世更干净、更利落地离开人世"。并非是要践行，而是单纯地对这句话进行推演，在不可知的内心深处沉思，循环往复。直至有天清晨，醒来之后，我们在床上又躺了很长时间，言言在一边哭得很凶，我们谁都没有去管。我半闭着眼睛，在哭声里，却感受到窗外季节的行进，它掠过灰暗的天空侧翼，发出隆隆巨响，扑面袭来，仿佛要吞噬掉光线、房间与我；远处的河流在融化，浮冰被运至瀑布的尽头，从高处下落，激荡山谷。在噪声与回声之间，我听见赵昭说，我有点事情，想跟你商量。我说，什么都不用讲，什么都不用，不需要的，赵昭，我们不需要的。

十

有必要说一下我和刘菲的事情。我将言言送走之后，生活恢复常态。随后一段时间里，为了摆脱之前的某种想法，我开始与刘菲频繁联系，认为她或许是突围的关键人物。我邀她共同饮酒，刘菲起先觉得莫名其妙，后来也接纳了。其时，她还来过我家数次，我做几道不错的菜，吃得相当愉快，关系进展较为顺利。甚至在她去外地进货时，我还在商场帮她守过几天摊位，虽然并不太擅长，市场嘈杂，人流密集，令人厌烦，但我劝说自己，也要去逐渐适应，总得有所付出。

这一段的交往也使我发现，我对刘菲并不完全了解，从前的印象里，她颇有几分风情，来者不拒，开朗乐观，不拘小节。这次实际接触时，我发现她的内在性格跟外表差别很大，经常会露出小动物一样的警惕眼神，其心思缜密，对他人情感的细枝末节也能照顾得到，反应迅速且得体，她在经营童装生意的同时，还有几项其他投资，对于未来很有规划，这些都令我感到意外，相比之下，我过得简直是浑浑噩噩，一塌糊涂。

我努力向她所期望看到的方向转变，振作精神，每日固定时间写作，很有规律地进行阅读和身体锻炼。深秋时节，我们还同去爬过一次山，经过夏天里住过的院落，发现里面好像已经无人打理，山门紧闭，灰尘遍布，如同一座破败的寺庙。日落风起时，我们沿原路返回。

登山过后几日，我正式向刘菲提出，想要开始这段关系，她却将我拒绝。我很不解，追问原因，她也没有说清，大致意思是，要是放在几年之前，也许有机会，是可以在一起的，但现在不行了，那段时间过去了，既无法追回，也不能重现。我对此十分不解，到底是怎么过去的呢？过去的又是些什么呢？究竟是什么主宰着我与刘菲之间的关系？想不明白。被拒之后，我非常失落，偶尔街上与刘菲碰见，她对我客气得不像话，与那些来买衣服的顾客无异，仿佛在我们之间，从未有过那些亲密的时刻。无论是写作还是生活，有很长一段时间，我都处于停滞状态。

一次酒醉，冲动之下，我给赵昭拨去电话，告诉她说，我想去南方生活一段时间，准备多陪陪言言，以弥补逝去的时光。赵昭不知在忙什么，爱搭不理，听到这里时，在电话那边笑了起来，说道，你是不是还想说，她走之后，你的心里仿佛漏了一个大洞，呼呼灌着西北风啊。我没有说话。只一瞬间，赵昭便收起她的嘲讽语气，措辞严肃，语调冷淡，对我说，这些事情你没必要跟我讲，自己决定，如果当我是朋友，来咨询意见，那么我的建议是，你不要来。我还是没有说话。赵昭说，对了，言言对你的印象还不错，回来后提过你两次，如果我这么说，你能好过一些的话。

我仍准备动身前往南方，临走之前，约来李闯和周亮为我饯行。我们在一家烧烤店吃到很晚，每个人都喝了十几瓶啤酒（不太寻常，通常是我和李闯喝得较多，周亮对酒极为克制），饭后，李闯提议去洗浴中心，连按摩带住宿，享受最后的好时光。于是我们打了一辆出租车，李闯坐在前面指路，我和周亮坐在后排。其间，我闭目休息，周亮也没有说话，快到地方时，忽然将他那一侧的车窗完全摇了下来，风猛烈地灌入，噪声很大，我一下子精神过来，紧抱双臂，挺直身躯。周亮转头望向我，一字一句地对我说，我离婚了。

十一

李闯与我是初中好友，他成绩一般，没读高中，毕业后去技校待了两年，然后买了个专科文凭，在社会上摸爬滚打，从事过许多行业，为人热情，很讲义气，能有如今的小小成就，全凭昔日友人协助，此外，他也娶到一位家境不错的妻子。周亮则是我介绍给李闯认识的。我与周亮、赵昭是高中同学，他们二人同桌，我坐在后面，平日交谈较多，关系不错，时常一起出行，进而结成同盟。周亮在高中时，对赵昭颇有些好感，举止显著，心思外露。赵昭虽不接受，但也没拒绝，态度暧昧，我当时对赵昭没有任何想法，但她却很依赖我，大概是由于我的存在是对二者关系的一种制衡。高考过后，周亮发挥失常，去南方读书，学习法律，进入另一片天地，而我和赵昭则考入北京院校，从此来往较为密切。

有一年寒假里，周亮来我爸的修理部找我，言辞激烈，如同拷问，想知道我与赵昭的关系进展到什么地步，我不是很愿意讲，因为其实还什么都没做，只是牵手吃饭而已，没有实质性接触。周亮打听出来之后，仿佛吃下一颗定心丸，大度地告诉我，不要着急，这种事情，或早或晚嘛。然后摇晃着离开，志得意满，与来时判若两人，我对这一幕印象很深。

这些年里，周亮总有机会出差去上海，并且常与赵昭见面。要是说我对他与赵昭之间的关系没产生过怀疑，对不起，那是不可能的。多年以来，周亮始终充当知心好友的角色，甚至可以说，他对我们二人的秘密了若指掌，而以我对他的认知，只要有乘虚而入的机会，他也一定是不会放过的。

每隔一段时间，似不经意，周亮总会向我通报赵昭的境况，我既很想知道她的这些消息（必须要说明的是，我对赵昭已经没有任何感情了，这种关切完全出自一位普通朋友的友爱之心，以及作为小说作者天然的好奇），同时又不想从周亮的口中听到，所以内心十分矛盾。这次出行后，我得到的信息是，周亮虽然经常与赵昭见面，但言言却不知道这个事情，他与言言也没见过，从无接触，这仿佛也在印证着另一些事情的存在。

我对周亮的态度很复杂，一方面来说，结识几十年来，他没有做过任何伤害到我的事情（至少我没有这方面的证据），反而关爱有加，嘘寒问暖，在我最需要帮助的时候，也的确伸过手来；另一方面，这些年里，我却被他造成的这种温暖的阴影所笼罩，无论在读书时，还是在毕业后，结婚又离婚，失业或者写作，这种阴影始终逼迫着我，有时我甚至会想要躲起来，却又无处藏身。这点说出来的话，许多人恐怕都不太能理解，但我也没法进一步解释了。

上面提到，我与言言回家之后，相处得比较愉快，在一起也探讨许多事情，彼此竟然产生一些父女之间的亲密感，这让我很意外。她要离开时，我十分不舍，决定买张机票，将她护送回去，以便能跟她多待一段时间。我回顾从前，对于她在幼年时的那次离别，已经毫无印象，完全不记得是在何种场景之下将她们送走的。

出发之前，我给言言和赵昭买了一些礼物，同时也有给赵昭男友的，按照我的预想，礼物会经由赵昭之手转交，说是言言帮忙带回来的，这样也许会留下一些好印象。言言望着装满礼物的皮箱，跟我说，老班，适可而止。我说，啥意思。她说，过犹不及。我将箱子塞入行李架，拍了拍衣服，说道，我发现你这毛病好几天了，四个字儿的话能不能少说一些，显得特别装。不能，言言说，你小说里的人物都是这么说话的，我是跟你学的啊。听到这里，我忽然鼻子一酸，险些落下眼泪，不知说什么为好。恰好此时，飞机启动，开始在跑道上滑行，巨大的轰鸣声代替我进行回应。数千米的高空里，光芒刺眼，言言坐在靠窗的位置睡着了，我看着她熟睡的脸庞，真切地感受到了这些年里失去的时间。

在此时，我本来应该做一个小小的决定，但那个念头只是一闪，便立即被我打消了。取而代之，反复盘旋在我脑中的，则是另一个可怕的想法。那便是，我忽然意识到，多年以来，我所了解的关于赵昭的私人生活，可能完全是周亮编造出来的（在与言言偶尔聊天时，我发现有些事件对应不上，她毫不知情，也从未听说母亲结交过男友），换句话说，我怀疑周亮在我的世界里重新塑造出来一个远方的赵昭。而这个形象，与现实中的赵昭，并不完全相符。进而，我联想到的是，这些年来，我个人史上的许多重大时刻，诸如学业、工作或者婚姻等，在关键节点上，好像都有周亮参与，他的声音尖锐、激昂并且不容置疑，支持也好，反对也罢，总是有办法使我屈从于他的选择。也就是说，我仿佛一直在被周亮挟持着去生活，他或许才是我人生的隐秘驱力，想到这里，我有些不寒而栗，不敢再继续往下想了。

十二

当天，我和赵昭从民政局办完手续出来，共进一顿午餐，啤酒冰凉，我喝得畅快，一杯又一杯，看得出来，赵昭的心情也不坏，胃口不错。这顿饭我们吃了很久，仿佛只要不结账，就还不算是彻底分别。喝到后来，我有些醉，问她，当时是哪一个瞬间，让你决定要嫁给我。赵昭反问我，你觉得呢。我说，应该是有一次醉酒，你带我回到住处，半夜口渴，醒来喝水，你一直也没睡着，那间屋子没拉窗帘，映着外面的星星，我们做了一次。赵昭说，你说话小一点声。我说，做完之后，我半闭着眼睛，给你背了首我写的诗。赵昭说，事情记得，但不是这个瞬间。我说，那是哪个呢？赵昭想了想，说，记不起来了。我说，也许根本没有那样的一刻。赵昭说，那首诗，怎么说的来着，我还想再听一遍。我把烟掐灭，眼睛望向窗外，午后的阳光如漫溢过来的时间，缓缓流经我们两人，我忽然觉得自由无比，像从前的无数次那样，熟练地背诵出来。

不能失去我

不能失去我
海里的一粒谷
十二柄鲸在餐桌上轮流看守

不能失去我
冰里的一滴火
十二轮象在词典里巡回搜索

不能失去我
比针还细的钥匙
一枚针孔就能闯入一头飓风

不能失去我
有人念起名字

像念着所有语言里唯一的诗

而我不能写诗
心里填满干粮
生活是一场蝗灾

不能失去啊，不能失去我
轻轻钩住天空的
玻璃耳朵

蚁人

我们犹豫很久，决定饲养蚂蚁。

那是我们婚后的第四年，一切相对平静，虽然过得始终不算宽松。年初时，报社改制，我跟领导吵了一架，从此赋闲在家，也好，我将物质需求降到最低，开始写一本无法完成的书，但当时自己并不知情。妻子则继续在旅行社做导游，收入不高，工作也比较艰辛，总是要出差，不过她似乎已经习惯了，很少抱怨。我们是高中同学，辗转多年后，又在一起。

旅行社不大，只提供几条周边线路，妻子负责将游客带到景点，并作以适当讲解：有时是荒凉的农庄，几座孤零零的木屋，立在公路旁，一匹老马拴在树上，马首朝向远处静止的河流，一切都像是睡着了，无比困倦，她介绍道，这是某位作家的故居，在其人生低谷时，曾驻留于此处；有时则是未经开发的岛屿，妻子为其编造历史，并附上一个牵强的故事，发生在古代，一位骄傲英武的首领，遭遇暗算，狼狈奔逃，退败至此，人马筋疲力尽，而身后的追兵不断逼近，行将溃败之时，途经这片海滩，忽然一个浪潮打过来，冲击崖石与山脉，随后是另一个，前赴后继，无穷无尽，相互叠加，渐渐升高，最终在空中形成一道喧嚣的屏障，为其阻隔追兵，首领乘机逃脱，重整旗鼓，报仇雪耻，成就一番伟业。

这两个故事我听过不止一次，妻子对我说，她在讲述时，偶尔会略作改动，那位作家的身份会变成画家，或者已经过世的音乐家，反正也无从考证；而那不存在的浪，则会化为一条龙，自远古而来，春分登天，秋分潜渊，从海中升起，栖身于岸，怒视众人，分隔出神与人的两个世界，既不能跨越，也无法弥合。

妻子出差的夜晚，我会在家里通宵写作，偶尔顺利，但多数时刻陷入停滞。对于我们之间的关系，我难免会多想一些，即使她不讲，我也能猜到。在高峰旅游季，床位紧张，为节约成本，导游与司机往往会被安排在同一间房内。这是小说里的常见情节，他们住在海边的房间里，劳作，漫步，吃药，睡眠，时间在彼处弯曲，也是一个被分割出来的世界。

我见过与她搭档的司机，比我年轻不少，外地人，鼻梁很高，四肢修长，臂上有青筋，还有隐约的文身，辨不清具体图案，与其深色的皮肤相互混淆。他的长相称得上清秀，五官分明，但衣着随意，甚至有点邋遢，倒是很擅长交谈，总能找到新颖的话题。事实上，养蚂蚁这件事情，最初，就是他向我们提出的建议。

我们躺在床上，妻子如是转述：蚂蚁在纸箱里饲养，家里只要有空闲之处，均可安放，卧室、客厅、厨房、卫生间，都是不错的位置，电视或者缝纫机上，也未尝不可，总之，所有角落都不要浪费。饲养起来也容易，像对待普通鸟类一样，食物残渣和几滴水就可以，连续半个月不管，也饿不死，它们的生命力很顽强，进货不需费用，只要向公司缴纳一万元的保证金，公司每隔三个月返一次款，共计四次，总计返回一万三千五百元，即便其间稍有差池，至少也会有一万两千元入账，保本经营。这种蚂蚁目前的市场需求极大，前景广阔，原因是它可以入药，且功效神奇，调理内分泌系统的同时，还能刺激大脑皮层兴奋，激发细胞潜能，相关部门已经发布证明文件。

缴纳保证金的次日，司机便与蚂蚁一起来到我家。他神情兴奋，为我们悉心指导，像是这些蚂蚁的主人，先是在几间屋子里来回走动一番，之后坐在转椅上，望向窗外，推测日光走向，并指挥我将一箱箱的蚂蚁移至阴凉处，我数了一下，总共六箱，每箱近万只。他嘱咐我说，这种蚂蚁行动能力很强，牙齿锋利，时常会咬破一角，钻出纸箱，要做到随时观察、及时修补。若有蚂蚁爬到外面，也不要慌张，装进透气的药瓶里，统一处理，或者抓起来吞掉也行，对身体益处不少，这点他有所体会，此外，其味道也不是那么难以忍受。

安置好蚂蚁后，妻子整理行李，准备去上班，今天是夜间发车，要在凌晨之前抵达目的地，这样旅行团才有机会观赏到海上的日出。妻子换衣服的间歇，我问司机，日出好看吗。他说，没留意，每次都在车上睡觉。我又问，蚂蚁到底是什么味道呢。他说，形容不好，有点酸，你尝尝就知道了。

妻子收拾得很快，拖着行李箱，如同紧拽一个不听话的孩子，跟在司机身后出门。我在楼上听见客车发动的声音，笨拙倒转，缓缓蹭动，在狭小的街道上调整方向，向着远处的日出驶去。我打开一瓶啤酒，躺在沙发上，开始看电视，天黑下来，我想着那篇停滞许久的小说，不知不觉有些醉，十点钟时，忽然意识到，我今晚将与数万只蚂蚁一同入眠。

临上床之前，我透过塑料膜观察这些蚂蚁，它们爬来爬去，步伐匆忙，像是不断运动着的文字，正在试着组合成一篇文章，我往里面滴了几滴水，想起妻子经常讲起的那个故事，神的水幕将其一分为二。饲养结束后，我关紧门窗，拉灭灯，躺在床上，却怎么也睡不着，那些蚂蚁爬行的声音从纸箱里传出来，窸窸窣窣，细微而密集，在黑暗里疾驰奔涌。我又想起故事里的那条龙，从海中跃起，怒视众人，我对此十分忧虑，却不敢起身，只能祈祷这些蚂蚁不要钻出纸箱。

睡眠断断续续，似乎总能闻到一股烧焦的味道，像是身处一个失火的黄昏。第二天，我起得很早，头一件事就是去看这些蚂蚁，它们好像正处于睡眠状态，很少移动。我悄悄掀开一角，从箱中取出一只，让蚂蚁在手臂上行走，晨光使其晕眩，它好像还不能完全适应，急速走几步，又停下来，再走几步，仿佛在翻越重山，而风势很大，不得不经常判断一下所在方位。

接下来的一天，我发现自己几乎无心做其他事情，这些蚂蚁也许将成为我与新世界之间的纽带，不只是金钱问题，我想象着无数种可能，失窃，火灾，瘟疫，或者纸箱破损，逃去室外，无限繁衍。毫无疑问，对于妻子和我来说，无论何种情况，都将是一场灾难。我在白天里一直在为此担忧，辗转于几箱蚂蚁之间，束手无策，夜里也睡不安稳，总觉得它们在我的神经上爬行，成群结队，持续开采，蔓延至心脏。

我决定以知识去克服焦虑，埋头于书本，查找许多相关资料，仔细罗列，精心呵护这些蚂蚁，甚至忘却时间，不分昼夜。待到我回过神来时，已经是两天后，而妻子仍未归家，我打了个电话，她告诉我说，由于某些不可预估的原因，行程有所后延，让我不要着急。我听后有点失落，此时此刻，我迫切想要见到她，与之分享蚂蚁的常识，以及我的痛苦与忧愁。又过了一天半，妻子还是没有回来，这次电话也没打通，我开始有些慌神，准备去旅行社询问消息，衣服还没穿好，便打消了这个念头，我想，也许这些蚂蚁更需要我，或者说，我需要这些蚂蚁。

照料蚂蚁的同时，我给妻子发去几条信息，直至很晚，妻子才给我回过电话，她的声音很低，对面风声嘈杂，讲话断断续续，但能听出几分慵懒之态。我不知道她身在何处，只听见她对我说，又有一些问题，耽搁在半路上，让我不要担心，也许马上就能回来了。然后便匆匆结束通话。

我稍稍放下心来，并试着转移注意力，强迫自己回归到写作上，仍旧难以为继，这个小说我越写越陌生，翻回开头再读，有那么一瞬间，竟无法认出是自己所写。凌晨时分，我仔细勘查，终于发现，那股烧焦的气味是从小说里传出来的。具体来说，与其中的一段描写关系密切：纸烧起来，火焰高扬，往水里一送，它也不熄灭，就浮在上面，漂着烧完，最后还残留一些火星，在海面上一闪一闪。我思考许久，将这一段勾去。

整整一周过去，妻子还是没回来，她反复对我说着，旅程如同噩梦，他们不断地被突如其来的状况所耽搁，不过还好，一切即将结束，她已经离我很近，咫尺之间。此外，她也很想念我，以及家里的那些蚂蚁。挂掉电话后，我在窗前等待很久，仍不见她的踪影，我甚至开始怀疑，有没有一种可能，就是这些蚂蚁将时间延展至无限。我在地板上追踪它们爬行的痕迹，试图揭开其中的奥秘，它在屋内游走几圈，最终顺着墙壁爬至桌面，落在稿纸上，一格一格仔细经过，稿纸上写的正是我的小说。

我把它捏起来，放在手心里，在小说未完成之前，我并不希望任何人读到它，蚂蚁也不例外。不过它要是愿意的话，我倒是可以随便讲一讲。我将这只蚂蚁放回纸箱，吸了口气，清清嗓子，坐在沙发上，开始对着纸箱高声讲述，关于一个消失的女人。纸箱内的蚂蚁不断爬动，上下翻腾，撞击内壁，发出顿挫的声响，时而低沉，时而激昂，也像是在与我交谈。

我说，朋友，夜深人静，我们却都睡不着，那就来讲个故事。你或许还不知道，我十几岁就不读书了，成绩不行，家境也差，只能出去混社会，兜里揣着卡簧，卡簧听过没有，也叫侧跳，弹出来反握，藏在袖口里，用的时候转动半圈，拇指毙住刃，斜下刺入，快进快出。我那时候下手狠，反应快，不顾及后果，有点名气。最开始做物流生意，赚到过一些，但也不满足，年轻嘛，总要往高处走，虽然高处有时就是更低处，机会偶然，认识一位前辈，我将他认作兄长，协助处理一些简单事务。隔着箱子，那些蚂蚁如急行军一般，步伐铿锵而整齐，而窗外的夜色像一道深河，漫向四周，平平流开。不多时，箱中发出类似说话的响声，回应我说，看不出来，你还有这段经历。我说，有时候啊，我自己都快忘了，想起来像上辈子的事情。继续说，我哥是个人物，名号响亮，呼风唤雨，有好几家歌厅饭店，我成天跟着他，收入不菲，很有地位，可谓春风得意，当时我很羡慕他，现在回忆，实际情况未必像我推测的那样乐观，你想想，每天早上醒来就感觉很孤单，身边都是要倚靠他的人，却没有他能倚靠的，这不好受。跑题了，不说这个，当时我还交了个女友，虽然条件不太允许，但我们的感情很好，无所不谈，在一起时总有事情可做，这种亲密关系，在我的一生里，也只有过这么一次。蚂蚁问，为什么条件不允许。我说，你很会抓重点，现在讲出来，倒是无所谓，我的这个女友，本来是我哥众多情人中的一位，两人在歌厅结识，她说当时是在勤工俭学，很难令人信服啊，朋友，但她怎么说，我就怎么听。蚂蚁说，你胆子不小啊。我说，也许根本不是问题，我哥并非那种狭隘之辈，主要还是在于我，心里迈不过去这道坎。刚开始时，我们偷偷摸摸，半年后，一不小心，她怀孕了，就有点藏不住，这期间，她一直劝我离开这里，换个城市生活，跟她结婚，回归正途，好好过日子。蚂蚁说，你答应了吗？我说，朋友，我当时只有二十岁，根本没想过这些，更不可能为这个女人把一辈子都搭进去，于是犹豫几天，找了个借口，骗她说，不能再在一起，我哥已经有所察觉，可能会有麻烦。蚂蚁说，她信你吗？我说，当然骗不过，不过这样一来，她也就知道我的想法了，总归是有点伤心，哭闹过后，让我去陪她打掉孩子，我如释重负，松了口气，或许还有一点要说明，就是她比我大十岁整。蚂蚁说，跟这样的女人有过一段，肯定难忘。我说，没错，本来约好第二天早上去医院，头天晚上出事了，我陪我哥去谈生意，喝了不少酒，散场之后，司机去后院取车，我俩站在门口等，我想搀着他，他却一把将我推开，十分恼火，这时，忽然有两个骑摩托车的冲到面前，头盔没摘，直接掏出枪来，其中一个用枪顶着我的太阳穴，这个阵势，第一次遇，我吓得不敢乱动，口干舌燥，酒全醒了，冷汗直流，另一个朝着我哥开枪，瞄得很准，不慌不忙，像是在执行死刑，总共三声，我哥倒在台阶上，俩人迅速分头离去，我立在一旁，半句话都说不出来，也动弹不了，后来有人报警，我被带进派出所，接受调查数日，也没任何线索，无迹可寻。放出来时，才知道我哥当天就死了，没抢救过来，我又去联系女友，却怎么也找不到，如同人间蒸发，两个我最亲密的人，全都消失不见。我极其失落，万念俱灰。我哥这一走，很多债主上门要钱，此一时彼一时，人不在了，牛鬼蛇神全部到位，我很不服气，带了白酒和砍刀，孝带裹身，坐在他家门口，前后待了三天三夜，为其守灵。蚂蚁说，有你这么个兄弟，也算值了。我说，不是一回事儿，我总觉得有所亏欠，女友一事倒是其次，主要是没尽到义务，当然，子弹是拦不住的啊，不过这个事情，后来有很多传言，对我颇为不利，我也没办法辩解，只好隐姓埋名，换个身份生活，那些年里，这样的事情不难办到。蚂蚁说，后来也没抓到凶手？我说，没，你要知道，死了这么个人物，警方也许求之不得呢，女友那边，也没有踪影，我找了很多年，从南到北，依然毫无线索，很不理解啊，一个人怎么能就这样消失了呢。

蚂蚁说，你想没想过，为什么要给你留条命呢，我的意思是，存不存在另一种可能，一个女人要是爱上另一个人，任何事情都做得出来。我说，说不好，不过我想，她的离去，还是因为我失约，她一定相当失望，认为我是懦夫，某种程度上来说，的确如此。蚂蚁说，女人看着软弱，实际上，做许多事情时，要比男人坚定。我说，后来，听到一个说法，也无从验证，有人告诉我，她当年离开之后，四处漂泊，在游轮上唱过几年歌，凭海临风，几乎没上过岸，她唱歌很好听，绰号小邓丽君，还会几首她的日语歌，有一首很著名，叫《夜幕下的渡轮》，模仿得惟妙惟肖，我很喜欢，所以现在只要一有机会，我就去海边。朋友，你知道，虽然跑内陆运输赚得更多一些，但我不愿意去，现在这样很好，带带旅行团，隔几天就能看到海，也许有一天，可以听到她的歌声，哪怕相隔遥远，只要她唱，我想我一定听得到。

讲完后，屋内传来一阵撕裂的响声，我还没来得及做出反应，那些纸箱便已四分五裂，数万只蚂蚁，从四面八方涌过来，彼此借力攀登，如锁链或者血管，组合成人形，坐在我对面，像一道不断流动着的影子。他对我说，朋友，你的故事不错，我也有故事回赠，关于我的一位友人。我们在年轻时相识，他模样英俊，家境好，工作也不错，就有一个毛病，好赌，输得倾家荡产，还借了不少外债，老婆要跟他离婚，虽然赌瘾大，但他还是很爱老婆的，当时逼得走投无路，债主上门，甚至以妻儿威胁。怎么办，一筹莫展之时，其中一位女债主给他指了一条路，简而言之，就是让他去做次杀手，往大海里面扔个人去喂鱼，报酬可观，他算了算，这笔钱够他偿还大部分债务，也许还能重新生活。思前想后，他决定接下这项任务，租好船，琢磨方案，怎么动手，什么时刻，补救措施，都在心里反复演练。头天晚上，睡不着觉，有好几次，他都想要反悔，干脆逃掉，也许他根本不适合做这样的事情，但不知为何，他仍躺在船里，纹丝未动，仿佛被囚于此处。第二天，按照计划，他开车去火车站接人，连续几趟车，却怎么也没有接到，死活联系不上，只好又返回船上，给女债主拨通电话。对方也诧异，怀疑事情败露，匆匆挂掉，此事也就不了了之。后来听说，原来前一天晚上，那人在外地被袭，直接丧命，不需要他再去动手，有时候命运这东西很奇妙，朋友对我说，做了这么多准备，结果都没用上。我说，然后呢？蚂蚁说，他回到家里，装作什么事情都没发生过，不过老婆还是跟他离了婚。再往后，改邪归正，去海上打工几年，当水手，跟着渔船，见识许多风浪，也吃不少苦，慢慢还掉债务，又娶了新妻，生个儿子，一家人过得很幸福。满月酒还邀请我去，相当阔绰，包了一艘船，真是热闹啊。他满面红光，气色极好，整个人跟以前完全不同，对了，他老婆虽然不算年轻，但长得不错，唱歌也动听，当天特意献唱几首，嗓音一亮，满堂喝彩。我们那天在船上玩了通宵，早上去看日出，太阳从苍茫之间升起，炽烈而宽广，真美啊，我们的船追随着云缝间的阳光驶去。所以说，朋友，人啊，有时候就是一念之间。我说，是啊，一念之间，但你相不相信，风如猎手，而海是藏不住罪的，哪怕你动过一点念头，它也会通过浪潮的声音讲述出来，反反复复，像是一道咒语，像是几颗火星，你的朋友虽然没有杀死他，但他仍是凶手，如蚁一般，在逝者的躯体上环行。

故事讲完，我们相对而坐，仿佛处于同一艘游轮里，引擎忽然静止，水声消逝，船正浮于夜海的中央。他沉默片刻，又说道，我那个朋友，其实就是我啊。我说，猜得到，说自己的朋友，往往都是自己，简单的道理。他说，对不起啊，撒了个谎。我说，也不要紧。他继续讲，经过这件事后，不知怎么，我居然开始走运，十赌九胜，但这次学聪明了，见好就收，最后全身而退，我现在对什么都很珍惜，一切来之不易。我说，但是朋友啊，海是藏不住罪的。他叹了口气，不再说话，那些蚂蚁也不再游动，月色之下，躯壳反光，形成一面黑镜，我在他身上看见自己的倒影。长风吹拂，外面传来歌声，一首久违的日语老歌，远处仿佛海港，有灯火闪烁，船身摇荡，即将起航。我从沙发上站起来，扭扭脖子，舒展臂膀，活动一下身体，悄悄掏出卡簧，弹开背锁，毖住利刃，骤然向前冲刺。而组成人形的蚂蚁，只一瞬间，便坍塌在地，重又分散，化作无数细密的符号，缠绕四周，将我团团围住。云遮蔽火光，夜如帷幕，低沉垂落，在不曾间断的歌声里，蚂蚁逐渐覆盖在我身上。

蚁　　人

逍遥游

我系一条奶白围脖，坐在塑料小凳上，底下用棉被盖着脚，凳子是以前学校开运动会时买的，几块钱，一直用到现在，也没变形。身后是居民楼，东药厂宿舍，一楼做了护栏，扣上铁罩，远看近似监狱，晒蔫的葱和白菜垛在上面，码放整齐，一看就是有老人在住。倒骑驴拴在一侧的栏杆上，我靠着墙晒太阳，风挺冷，吹得脸疼。许福明距我十步之远，在跟刚遇见的老同学聊天，满面愁容。他见了谁都是那套嗑，翻来覆去，我特别不愿意去听，但那些话还是往我耳朵里钻。

　　老同学说，你留个手机号，我跟我们班挺多同学都有联系，大家回头一起想想办法，帮助帮助你。许福明说，我哪有手机啊，都让她拖累死了。老同学说，真不易啊。许福明说，你说前两年，咱在市场里碰见，那时我啥样，现在我啥样，说我七十岁，也有人信。老同学说，那不至于，放宽心，还得面对，日子还得过。许福明说，唉，话说得没错，但问题是，啥时候是个头儿呢。

临走之前，老同学从兜里掏出一张五十的，非要塞给许福明，说，我条件也一般，老伴还没退休，给人打更，多少是点心意。我在旁边喊，爸，你别要。许福明假模假式，推托儿番，还是收下来了，从裤兜里掏出掉漆的铁夹，按次序整理，将这张大票夹到合适的位置，当着老同学的面儿。

我坐在倒骑驴上，心里发堵，质问道，你拿人家的钱干啥。许福明不说话。我接着说，好意思要吗，人家是该你的还是欠你的。许福明还是不说话，一个劲儿地往前蹬，背阴的低洼处有尚未融化的冰，不太好骑，风刮起来，夹着零星的雪花，落在羽绒服上，停留几秒又化掉，留下一圈深色的印迹。车过肇工街，有点堵，骑着人力车，非得占个机动车道，许福明办事一直都这样，没一件得体的。后面狂按喇叭，我有点坐不住，便吃力地翻身下车。身体太虚了，没劲儿，我觉得自己像一只趴在树上的熊，笨拙缓慢，几乎是骨碌下去的，半跪在道边，休息几秒后，起身拍了拍土，自己往医院门口走。就这样，许福明也没个动静，服了，任尔东西南北风。

医院冷清，我在长廊上等许福明。一个礼拜得来两次，在二楼做透析，护士都熟了，见我面点头打招呼，说，过来了啊。我说，啊，来了。然后问我，最近感觉咋样。我说，见好。护士还挺高兴，说，那就行，慢慢来。其实我心里知道，这病上哪儿能好啊，就是个维持。阳光从尽头的窗户里照过来，斜射在我身上，我被晃得有点睁不开眼睛。蒙眬之中，看见许福明也进来了，衣服半掖着，裤脚脏了一块，不知在哪蹭的，连跑带颠，去窗口交钱取票办手续，来回来去，忙一脑袋汗。我想，还是医院暖气烧得足，家里要是也这样就好了。前几天看新闻，说温度不达标，能给退一部分采暖费，这钱得要，投诉电话我记在哪儿来着，我不停地回忆着，越想越困。

但一躺在病床上，又什么都忘了。像是进入另一个纯白世界，蒸气缭绕，内心清澈，一切愿望都摸得着，想喝水，想吃东西，但吃上就吐，时间发生扭曲，像一条波浪线，起伏不定，有时候五分钟过得也像一个小时，挺煎熬。透析过后，有人活蹦乱跳，我是一点力气都没有，根本站不住，说话都累，得眯一会儿，才能稍微恢复，但也走不了几步，蹲着倒是还行，能缓一缓。挪几步，蹲一会儿，挪几步，再蹲一会儿，一般我就是这么走出医院的。许福明在身后，有几次想过来搀我，我都给推开了，不用他。他刚才是咋说的，我可都记着呢，快要让我拖累死了。

刚发现得病那阵儿，我跟我妈两人过。之前一年，许福明在外面又找一个，女的在玉兰泉搓澡，外地户口，带个小男孩。也不知道他俩咋认识的。反正许福明成天不回家，借着跑车的名义，在外面租个房过日子，怎么喊也不露面，五迷三道，好不容易过节回来一次，见面就吵架，连踢带踹，脾气见长。本来都挺大岁数了，睁一只眼闭一只眼，对付着过就得了，但他就不行，蹦高要离，魔怔了。

我妈也挺倔，还到澡堂子闹过一次，裤腰里别着菜刀去的，但没用上。回来之后，听我几番开导，心平气和去离婚，也是过够了。办完手续时，正好是中午，我们一家三口还下饭店吃了顿饺子，跟要庆祝点啥似的。许福明情绪特别好，叫了俩凉菜，筷子起开啤酒，倒满一杯，泡沫漾出来，他连忙吸溜一口，然后抬手举杯，要敬我和我妈。我没搭理，低头攉拢蒜泥，我妈跟他干了一杯，然后说，瞅你那样儿吧。许福明笑嘻嘻，也不说话。我妈又说，小人得志。许福明还是笑，说道，多吃点，不够再要。

可能许福明自己也没料到，好日子没过几天，这场病就将我们再次连在一起。检查结果出来的时候，我刚上班不久，没啥积蓄，根本不够看病的。我妈挺要强，始终也没告诉许福明，后来把房子都卖了，我俩在铁道边上租房子住，就这样，也还没说，不指着他。但钱也还是不太够，四十平的老破小，能卖几个钱啊，这病跟无底洞似的。

许福明还是听别人说卖房子的事儿，才知道我得病，灰土暴尘地赶过来，衣服穿得里出外进，气色也差，提溜几样水果，像是来看望不熟悉的朋友。我妈见他来了，也不说话，在厨房拾掇菜，我也不知道跟他说啥好，就一起坐着看电视，辽台节目，《新北方》，一演好几个小时，口号喊得挺大，致力民生，新闻力量。看了半天，许福明问我，咱家现在这种情况，能上这个节目不，寻求社会帮助。我气得要死，给他撵走了。出门之前，我听见他跟我妈说，你放心吧，我肯定管，管到底。我心说，你咋管啊，你能管谁啊，你是玉皇大帝咋的，管好你自己得了。

咣一声，大门关上，许福明的脚步声渐远。我妈把围裙解下来，端上桌好几个菜，还炸了鸡蛋酱，冒着热气，伙食不错。我妈坐在我旁边，我看看她，她看看我，电视里的交警大哥磕磕巴巴地聊着违章，我俩抱在一起呜呜哭。之前也没这样，都挺坚强的，这天就有点受不了。哭了一会儿，该干啥干啥，差不多得了，不然菜都凉了。

我妈走得太突然了，直到现在，我都接受不了，还没正式入冬，清早下趟楼的工夫，摔在水站旁边的井盖上，昏迷过去。我们刚搬到这边，邻居都不熟悉，看这情况也没人敢动弹，后来有人打了急救电话，这才找到我。那时我还没起床，浑身疼得不行，听到这消息，瘫在地上，站不住了，后脊梁直冒虚汗，眼前一片黑暗。

我给许福明打电话，让他赶紧过来，说我妈可能是脑溢血，情况不好，快拉我去医院。他也着急，但正值早高峰，路不好走，花了将近一个小时才过来。接我下楼之后，发现等着我们的是一辆出租车。我问他，你咋不开车来？他也没说。上出租车后，又问一遍。许福明说想给我拿点钱治病，车就先卖了。我说，用你管吗我，该你出头时，啥也指不上你。

我嘴上生气，其实也有点心疼，许福明指着那车过日子呢，前些年蹬三轮在南塔拉日杂，后来总算攒钱买了辆二手车，四米二的厢货，这还没养两年，就又卖了，肯定是赔。我家就这样，无论干啥，从来赶不上点儿。别人家赚钱了，看着眼红，也跟着往里投，结果轮到自己时，一塌糊涂，人脑袋赔成狗脑袋，没那命儿。

到医院之后，我俩直转向，哪都找不到，后来一顿打听，从里面出来个大夫，直接告诉说，人不行了，没抢救过来，让准备后事。我和许福明当时都傻了，做梦似的，一样不会，别人让干啥干啥，开死亡证明，买装老衣服，遗体送殡仪馆，忙得没空儿细合计。为数不多的亲戚朋友过来，扔了点钱，都同情我们。许福明还挺客气，对来宾千恩万谢，净扯没用的。晚上守灵时，我实在撑不住，几近虚脱，躺在沙发上睡着了。到后半夜，起来上厕所，看见许福明还没睡，抽着烟，对着我妈的遗像嘀嘀咕咕，好像还掉两个猫崽儿，离都离了，真能整景儿。

上午出殡，看我妈最后一眼，遗体告别时，我才反应过来到底发生了啥，哭得上不来气，心脏也跟着犯抽，口吐沫子，扯着灵床，死活也不撒手，惊天动地，好几个人都拽不走。后来工作人员都过来了，好一顿劝。下午许福明带我去医院做透析，我一句话也没说，躺在床上，感觉自己也像是死了一次，都看见魂儿了。后来想想，怎么也接受不了，下趟楼的工夫，人咋就能没了呢。想着想着，又开始怨恨起来，妈你心可真狠啊，明知道我有病，怎么就能舍得扔下我自己走啊。

许福明搬回来跟我一起住，肩上扛一个包，手里拎着一个，跟他走的时候没区别，同样也是这套装备，像是报了个几日游的旅行团，兜了一圈，又回来了，白折腾。厢货卖了，可还得活，他又买了辆二手倒骑驴，一米二的板，挺宽敞，花了三百七。礼拜二和礼拜五拉我去医院透析，平时在九路家具城拉脚，每车六十，辛苦钱，装多少都得拉，活儿俏的时候，一天能剩一百来块。

从医院回来后，许福明在厨房炒菜，尖椒土豆片，满屋油烟，租的房子没有油烟机，做饭时只能开气窗通风，不顶啥用，冬天特别遭罪，不开窗户呛，开窗户吧还太冷，还好春天马上到了。菜端上桌后，我还是没力气吞咽，只吃两口。许福明嘟囔了句啥，我没听清，便又躺着睡过去。醒来时，已是晚上八点多，望向窗外，黑暗之中，景物飘浮，那一瞬间我竟觉得十分空旷，恍惚之间，想起以前看过的两句诗："山静似太古，日长如小年。"闭上眼睛，甚至能感受山风吹拂。屋内没有声音，我就这样坐了很长时间，然后起身喝水，翻开手机，看见赵东阳给我留言了，问我最近怎么样。我回信息说，下午刚做完透析，目前状况良好。赵东阳说过几天有空儿来看我。我说，没事，你家里也挺忙的。赵东阳说，也不忙，就是懒，最近跑沈北院区，一直没看见你。我说，转院了，医大二院治不起，冬天以来，都在九院做的。

　　我患病之后，社交极少，跟以前的朋友基本都断了，就跟谭娜和赵东阳还有联系。谭娜不用说了，小学和初中都是一个班的，住得也近，上学放学一起回家，连体婴儿似的。赵东阳是初中同学，当时不太熟，整个三年也没说过几句话。后来我妈带我看病，有一次在病房外面，正好走个对头碰，其实我认出他来了，但没好意思打招呼，多年不见，而且是这种场合，没啥唠的。擦身而过后，他又追上来，碰碰我的胳膊，轻声问我，你是许玲玲不。我还没想好，我妈扭头替我回答，说，是啊，你谁啊。他说，咱俩以前同班同学，一六五中的，我坐你后面，赵东阳。我说，想起来了，你也没咋变样啊。赵东阳说，是不是，保养得还行。我妈看他穿的制服，问他，你在这里上班？赵东阳说，是，给医院开车呢，依维柯，送点医用耗材啥的，几个院区来回跑。我妈说，这工作挺好，是医院的正式员工不。赵东阳说，合同工，也不咋地，赚得少，就是稳定，平时不忙，上午一趟下午一趟。我急着告别，不爱提我生病的事儿，赵东阳还非得追着问，欠儿登似的。我妈跟他讲得很细，还指着他帮联络联络，但他就是个司机，边缘人物，能力有限。看得出来，赵东阳听见这样的请求，也很为难。第二次见他时，医生没联络到，倒是给我买了不少吃的，还有大罐的营养品，白花钱。我死活不要，那也非得让我收下，其实那些东西都是骗人的，吃完啥效果都没有，我清楚得很。

　　我在医大二院做了半年多的透析，只要赵东阳当天不出车，就过来陪我坐一会儿，随便聊几句，有时候回忆同学，有时聊聊他们车队的事儿，人际关系啥的，让我帮着出主意。我能说啥，也不熟悉，就是赶着唠。他过得也挺紧，刚有小孩，媳妇还不上班，两人总干仗。我隐约记得他在上学时挺喜欢我的，但不敢肯定，印象模糊，联欢会时好像给我送过明星海报，那时候都兴这个。

　　谭娜来看我时，则完全认不出赵东阳，提醒了好几次，还是没想起来，也行，当新朋友处。有时候我们仨还一起出去吃个饭，都挺简单，押面鸡架啥的，赵东阳请客，不好让他破费。吃完回来，谭娜跟我说，我看他对你有点意思啊，没嗑儿硬挤，也要跟你唠。我说，别瞎白话，他都结婚了。谭娜说，我看那眼神儿不太对，暧昧。我换个话题，问她，你咋样，又处对象没。谭娜叹了口气，说，刚处上一个，二婚的，你说我是咋了，小时候也不缺对象啊，没把握好，现在岁数一大，怎么忽然这么不值钱了呢。我说，人好就行，几婚能咋地，都得认真对待。

人品这玩意儿，没处看去。没得病之前，我也有个对象，处得还挺好呢，在环保局上班，家里安排的，平时没啥爱好，就是喜欢足球，爱看也爱踢，以前是体校的，身体特好。我跟着他去看过几次辽足，坐东三看台，视野不错，骂满九十分钟，心情舒畅，排毒养颜。完后两人拉着手去北四路吃点烧烤，喝几瓶啤酒，半醉不醉时，在旁边的小旅馆开间房，一宿能折腾好几次，第二天照常上班，精力充沛。那段时间，我不爱回家，许福明也不回家，天天就剩我妈自己，谁也顾不上她。后来一听说我得病，对象跑得快极了，百米冲刺速度，直接蹿没影儿了。我妈重新回到我的生活中央，天天数落我，有时候说多了，也心疼，就改骂我以前对象。我也跟着骂，对着空气，啥难听说啥，哄我妈高兴。但其实我一点也不恨他，人之常情，可以理解。现在偶尔想起来，也都是些美好的记忆，我挺知足的，没白处一回。

许福明回来时，将近半夜，我迷迷糊糊正要睡着，听见开门声吓了一跳。我拧亮台灯，问他干啥去了。他回答说，没事儿，你快点睡吧。我说，病历你搁哪了，在你包里没，我瞅一眼。他说，瞅啥，深更半夜，睡觉。我说，看看指标。他说，我看了，都挺好。我不信，下床去翻他包，他一把拽走，不让我看，转身躺在沙发上，头枕着包。不看就不看吧，反正肯定也是不好，我心里有数，看见了反而闹心。我上个厕所，又回到床上。租的房子不大，我睡里屋，许福明睡在过道的沙发里，经过他时，能闻到一股饭菜味儿。我知道他干啥去了，这老家伙，没有消停时候。

我是上个礼拜发现的，他又处上一个，我家以前房子附近饭店的服务员，瞅着比他岁数都大，一脸褶子，尖嘴猴腮，长相特寒。我也真是服了，许福明到底有啥魅力，一没劳保，二没长相，赚得也少，还有个生病的女儿，就这家庭条件，咋还有人往上贴呢。这女的姓啥不知道，但之前我见过好多次。我高中退学之后，到药房去上班，干收银，她戴个口罩，老过来开药，全是治妇科病的，那时候我对她就没啥好印象。

许福明这几天晚上总不着家，爱往饭店跑，那女的就住那里，凳子一搭，被褥一铺，直接睡在上面。大前天吧，许福明还从家里偷了罐蜂蜜，藏着掖着，给那女的送去了。我没吱声，那蜂蜜是赵东阳以前给我买的，拿就拿呗，反正我也不喜欢那股味道。

我躺在床上，睡不着，就捧了本书看，《诗词大全》。我上学时候就爱学语文，尤其是古文，觉得写得美，读起来有感觉，"满船明月从此去，本是江湖寂寞人"，说得多好啊，我经常也是这个心境。但可惜书没念下去，我那几年正赶上辽宁实行大综合高考，不分文理，总共九门课，全都得学，物理化学啥的，各种公式，真记不住，太难了，于是上完高二就退了，给家里减轻负担。反正也是普高，每年退学得有一半，不稀奇。但我这文化水平，比谭娜和赵东阳多少还是强点，他俩都是初中毕业就不念了。赵东阳说要去当兵，后来也没去成，考了个本儿开车去了。谭娜上了个中专，有阵子挺疯，夜不归宿，总去红番区蹦曲，扑热息痛似的药片子，一把一把地吃。家里人也都不管她，整天迷迷瞪瞪，身边男的总换。那阵子我俩接触得就少了，唠不到一起去。后来她也不玩了，被人害得不浅，打两次胎，伤了元气，不敢折腾了。正好她老姨在西都商场兑了个床子，她就去帮着卖裤衩、袜子，一干就是好几年，我身上穿的全是她送的。成天坐在柜台后面，光动弹嘴儿就行，不累。她挺适合卖货的，也乐意干，就是运动太少，导致这两年体重长得有点快。我俩身高差不多，一米六五吧，但她现在比我得重四十斤，充气似的，走道都开始喘了。

后来不知道是几点睡着的，第二天醒来时，差不多八点。我拉开窗帘，阳光明媚，伸着脖子往外面一望，拴在栏杆上的倒骑驴不见了，许福明已经出门。饭菜在盖帘里，还是咋晚那些。洗漱过后，我自己热着吃，一口一口，嚼得很细致，跟昨天相比，我感觉基本是缓过来了。吃过饭后，在家待着实在没意思，我穿好衣服出门，想去找谭娜待一会儿。

坐上公交车，经过铁西广场时，好像看见我以前对象了，就一个背影，但我感觉应该是他。还是那么瘦，穿得立整，小鞋刷白，胳膊肘儿挎个女的，那女的背个金链小粉包，细跟长筒靴，也不怕摔。我没敢下车，有点怕见到他，状态不好，不自信，特意多坐一站，再走回商场。谭娜正在吃午饭呢，还没吃完，筷子放在一旁，我看了一眼，三荤一素，待遇挺高。她冲我点点头，然后继续向顾客展示十块钱五双与十块钱三双的质量区别。我从她与案板的缝隙之间钻进去，一屁股坐在里面的板凳上，开始摆弄手机。板凳上套着海绵垫，倚靠一堆货物，相当舒服。

谭娜将盒饭扒拉干净，一粒没剩，然后横过手背，擦了擦嘴，问我，过来咋不提前说一声。我说，懒得打电话，走到哪算哪。谭娜说，前几天看见你爸了，在那饭店里，挺晚的时候，我去打包俩炒菜。我说，他干啥呢。谭娜说，干坐着，喝水，招人烦不。我说，没皮没脸。谭娜说，是不是跟那个服务员。我说，我看着像。谭娜说，那女的也不容易，下岗多少年了都。我说，许福明就他妈爱扶贫，也不看看自己啥德行。谭娜说，不能这么看，岁数大了，都有情感需求，你得理解，你爸这人不坏。我说，别提他了，你咋样。谭娜说，住一起了。我说，进展挺快，啥时候下一步。谭娜说，住上我就后悔了，脾气不咋地，那方面也不太行。我说，差不多得了，要求还挺高。谭娜说，说两句就好动手。我说，那可不行，不能挨欺负啊，别犯糊涂，赶紧撤。谭娜叹了口气，说，我本来也是这么想的，但我现在身边真没人了啊，只能先将就着，再说他这人其实倒也不坏。我有点急了，跟她说，谁他妈都不坏，最后就你吃亏，再找啊，离了他还不活了咋的。谭娜说，说得轻巧，咱这条件，是要啥没啥，还能像小时候似的啊，想跟谁处就跟谁处。

我给赵东阳发信息，邀他晚上也一起吃饭，来陪谭娜喝点，她心情不好。没到四点呢，他就从医院过来了，穿一身牛仔服，歪戴帽子，远看着还行，离近了细瞅，满脸瑕疵，不忍直视。我有点违心，夸赞他说，气色不错啊，挺有型。赵东阳指了指脑袋，问我，咋样。我说，啥咋样。他说，刚铰的头。我说，就为了见我俩呗，特意去理个发。赵东阳说，那必须重视起来，完后又回家换套衣服。谭娜说，你媳妇没问你要干啥去啊。赵东阳说，问了，我直说的，跟你俩喝酒去，能把我咋的，我这一天到晚，累死累活，赚钱养家，出去喝点小酒，有毛病吗。我说，还立起来了。赵东阳笑着说，谁还能总挨收拾啊，想吃点啥，我请，刚过完年，年终奖又发一半。谭娜说，今天谁都不用，我来，烤牛肉去，能多待一会儿，难得聚一起。

商场五点关门，我们刚要走，忽然又来了几个女的，岁数不小，打扮还挺妖，个个皮靴假透肉，要买丝袜，挑来挑去。赵东阳坐在后面，眼神挺不健康，想装作不在意，却又忍不住多瞄几眼。我觉得好笑，小声跟他说，想看就看呗，有啥不好意思的。赵东阳说，拉屁倒吧，太小瞧我了也。谭娜一边应付客人，一边收拾柜台，嘴和手都不闲着，卖货一把好手，弯腰装箱时，露出一截后背以及半个屁股，一圈白肉漾出来，颤颤巍巍。我上前去拍了一巴掌，手感结实，声音响亮。她不好意思地往后拽拽衣服，说，许玲玲，你能老实一会儿不。我乐得不行，来买货的都直瞅我，但我也不知道自己到底在乐啥。赵东阳有些不好意思，点根烟出去了，说在外面等我们。

待到我们出门时，天色已晚，沿着后街走几分钟，来到小六路的千里马烧烤，正是饭点，人还挺多，我们在最里面占了一张桌，贴着墙坐，赵东阳蹭了一身白灰，使劲扑落也不掉，挺狼狈。谭娜点一桌子菜，全是肉，腰子熟筋鸡脆骨，就一个拌花菜是素的。我光看着就有点饱，她好像特别饿，吃得很快，烤得半熟就往嘴里塞，还指使赵东阳从门口拎过来好几个箅子，自己烤自己换，万事不求人。我得这病，不能抽烟喝酒，不然就更严重，只能看着他俩互相吹。谭娜酒量特好，从小练出来的，那是美酒加咖啡，一杯又一杯。赵东阳不太行，两三瓶下肚，脸就红了，喘气都带着酒味，眼神发直，话也说不利索。我俩跟小学生似的，听着谭娜一顿大白话，从商场到夜场，从首都到沈阳，政策形势，情感关系，瓜果皮核，分析得头头是道。天南海北，谭娜最美，不服是不行，前提是这事儿里没有她，要是她自己的事儿，那是怎么都捋不清的，混沌一片，小糊涂仙儿。

喝到晚上十点多，就剩两桌了，火炭烧尽，屋内逐渐变凉。不知道怎么聊到旅游，谭娜说她想出门转转，好几年了，铁西区都没出过，我说我也想去，赵东阳说那咱今年就走一趟啊，来个春游。我说，费用得均摊。谭娜说，你俩相好的，还摊个屁啊。她一喝多就这样，满嘴胡咧咧，我也不挑。赵东阳说，到时候借个车，我开着去，看看大海，放松心情。我说，可惜我不能走太远，两天就得回来，还得去医院。谭娜说，近的也行，大连那边好几个岛，我老姨年前去的，风景都还行，不贵，吃住一条龙。我和赵东阳也觉得不错，是个好提议，可做备选。聊得正高兴，谭娜出门接了个电话，回来时满面红光，身边多了个男的，介绍说是她对象，在家不放心，特意来接她了。整景儿呗，饭店离她对象家就几步道儿的距离。她对象长得有点老，干巴瘦，头发快掉没了都，鹰钩鼻子，戴个眼镜，穿了件起球的绿毛衣，看着像她叔，反正跟我们不是一代人。谭娜有点喝多了，依偎在他身上，脸贴着她对象的胳膊，姿势极不协调，看得出来，她对象也挺难受，不方便夹菜。谭娜说，老公，他们要带我出去玩。她对象说，好事啊，你去呗。谭娜说，那你跟我去不，我可不想当电灯泡。她对象夹了一块烤煳的肉，塞进嘴里，然后说，上哪啊，一起去呗，全我安排。我一听这话就特别反感，拉了一下赵东阳，说，你差不多得了，明天还得上班呢，喝完这个就回家，不然又得跟媳妇干仗了。赵东阳挺聪明，点点头，提了一杯，跟谭娜对象说，初次见面，来日方长，杯中酒了兄弟。

谭娜和她对象住得近，互相搂着往家走。赵东阳送我回去，路上空车少，先陪我走了一段。灯光昏暗，几乎没有行人。昨天还飘雪花，今晚仿佛直接进入春天了，一步到位，这季节总令人产生幻觉。没有风，温度适宜，天空呈琥珀色，如同湖水一般寂静、发亮，我们俩步伐轻快，仿佛在水里游着，像是两条鱼。想到这里，我忽然问赵东阳，我们像鱼不。赵东阳说，啥意思，没吃饱咋的。我说，不是，就是天气挺好，周围没有障碍，身体也还行，有劲儿，走路轻松，自由自在。赵东阳说，像啥都行，只要你好就行。我说，要是能选的话，我想当鲨鱼，前几天看新闻，北大西洋里发现一条，格陵兰睡鲨，五百多岁，目前为止发现的活得时间最长的动物。赵东阳说，那是啥朝代生出来的。我说，可能是明朝。赵东阳说，成精了。我说，这几天我一直在想，你说它每天是啥心情。赵东阳说，什么啥心情。我说，五百多年，别人都活好几辈子了，它这一生还没过完，世间的那些事，反反复复，看了多少遍，曾经的同伴都已静静沉入海底，只剩下它自己，离岸几千米，似睡非睡，缓缓前进，守护着越来越多的时间，这么一想，又有点替它难过。赵东阳说，难过就别想了，给自己增加负担，你得先养好身体。

走回大路，月光洒下来，地面湿润，我们站在道边等出租车，侧方忽然有奇异的浓烟冒出，我们走过去，发现是一棵枯树自燃，树洞里有烛火一般的光，不断闪烁，若隐若现，浓烟凶猛茂密，直冲半空，许久不散。我们眯着眼睛，在那里看了很久，直至那棵树全部烧完，化为一地灰烬，仿佛从未存在。

四月份结束供暖，屋内更加阴冷，我的身体一天不如一天，经常处于睡不醒的状态，起来活动一小会儿，就又要犯困。上次大夫跟我们说，方便的话，一个礼拜来三次也行，我心说，我倒是方便，时间有的是，但钱不方便啊。看这病只能报销一部分，剩下的还得自己承担，当然，主要是许福明承担。他听完这话后，当场也没有表达看法，默默蹬车带我回家，回来也没动静，假装没听着，黑不提白不提。啥人吧。

有时候我挺来气，有时候又挺同情许福明，这辈子过得，没少挨累，啥都折腾，但到头来啥也没成。到他这岁数，不说那些有大能耐的，就是以前厂子的普通工人，都找人办个提前退休，坐家里享清福了，他还在这奋斗呢，肩扛背驮，冬练三九夏练三伏，着实不易。走在路上的时候，我脑子里反复合计这些事儿，觉得也挺对不起他，拖累，但是一到家里，见他那副德行，今天搞破鞋明天偷蜂蜜的，又气不打一处来。

最近身体状况不好，跟谭娜他们也没怎么联系。有天半夜，她忽然给我打电话，哭得不行，告诉我说让那男的撵出来了，俩人又动手了。我说，撵出来挺好，以后也别回去了，少给自己找罪受。谭娜问能来我家对付一宿不，我说那有啥不行的。快十一点吧，谭娜敲门进屋，眼睛红肿，脸色苍白，被泡过似的，没有血色，手里提着一盒草莓。我在厨房洗草莓，她就在屋里愣神儿。许福明披上衣服出门了，还挺觉景儿，估计是又偷摸去饭店住了，最近他总不在家里睡。

谭娜说，擀面杖。我说，草莓真好吃，好几年没吃了都，你说啥。谭娜说，他拿擀面杖打我。我说，你没还手啊。谭娜说，还了，我给他推桌子底下去了。我说，推得好。谭娜说，然后他跳起来，龇牙咧嘴，照我脑门儿就是一下子，给我干蒙了，站不稳了都，现在感觉脑袋里头还嗡嗡的。我说，太他妈不是人了，你千万可别跟他过了。谭娜说，这回肯定分，再处要出人命。我说，那不至于，你看他那熊样，打仗拿擀面杖，都不敢动刀，也是个窝囊废。谭娜说，不是说他，是我，我怕自己出事，现在有的时候，我看见他睡着了，想起来以前的一些事儿，想起来他是怎么对我的，就想直接上厨房取刀攮他，好几次了。我说，我×，千万控制住。谭娜顿了一下，盯着我说，九九。我说，姐你喊谁呢，别吓唬我啊，我许玲玲。谭娜说，草莓，丹东九九的，可他妈贵了，你给我留点啊。

有天赵东阳要来给我送点日用品，从医院顺的口罩洗手液啥的，装在一个黑塑料袋里，见到我时，先问我一句，准备啥时候出去玩，不是周末的话，他要提前请假。我本来都忘了旅游的事情，但他这么一提醒，还真提起兴趣了，我把谭娜的事儿跟他说了，然后说我自己最近也不好。他说，那正好啊，一起出去散散心，咱们赶在中下旬，找个方便的日子，五一假期人就多了，人多玩不好。我说，行，回头问问谭娜，她工作都不干了，天天憋在家里，情绪很差，我也担心。

赵东阳说，先担心你自己吧。

那天正好是周六中午，赵东阳说要请我出去吃饭。我翻翻冰箱，还剩了点切面，就说别下饭店了，留着钱出去玩多好，中午我给你做炒面，对付一口。赵东阳说，那行啊，我就愿意吃炒面。他出门买了香肠和咸菜，还换了瓶啤酒，挺不拿自己当外人。我打了两个鸡蛋，还有点菜叶子，搁陈醋酱油，炒了一大锅，面是炒完了，大勺端不动，盛不出来，胳膊没劲儿，最后还是喊赵东阳帮我倒出来的，装了两大盘。我又拨给他不少，屋里挺凉，但他还吃得满头冒汗，我看着高兴，没白做。

许福明拿钥匙开门时，不知为啥，我心里还紧张一下。赵东阳起身打招呼，说，叔。许福明看着他，没反应过来，说，来了哈。赵东阳说，啊，过来送点东西。许福明说，啊，我回来取点东西，马上就走。赵东阳说，啊，东西放这了，我也走，回家。我说，你着啥急啊，刚吃完饭。许福明说，是，多待一会儿呗，再待一会儿，回家不也是待着嘛。

许福明刚关上门，我就开始笑，控制不住，赵东阳特别不好意思，说，你乐啥啊。我憋住笑，说，没啥，我看你还挺尴尬。赵东阳说，早知道就不换啤酒了，你不说你爸白天不回来吗，这多不好啊，连吃带喝的。我说，那怕啥。赵东阳说，影响我个人形象。我说，我还没说影响我呢，你有个屁形象啊。赵东阳说，唉，也是。

　　收拾完碗筷，我俩坐着看电视，总共就能收到三五个台，没好节目，全是不看广告看疗效。我给谭娜打电话，跟她说想一起出去旅游。谭娜听后很高兴，说她都好几天没出门了。我说那你就赶紧准备起来，下个礼拜五，我去医院透析，休息一晚，咱们礼拜六早上出发，礼拜天晚上回来，正好赵东阳还不用请假。谭娜说，那行啊，定好地方没。我说，刚跟赵东阳说呢，觉得秦皇岛挺好，有山有海，离得也近，来回方便。谭娜说，没问题，正好我还没去过呢，我得想想出去玩穿啥。我说，你想吧，好好琢磨，提前一天来我家住，早上咱俩一起走。

　　我跟许福明要了五百块钱，说要出去旅游。他有点犹豫，但还是给我了，都是零钱，一张一张铺平叠好，我看着难受，有点打退堂鼓，这种家庭条件，还要出去玩，确实不太合适，但是之前都定好了，也是真想去，看看风景，这时再反悔可就太扫兴了。许福明将钱小心翼翼地递给我，然后问，啥时候去啊。我说，过两天。然后他又问，五百够不啊。我点点头，没有说话。

　　谭娜拖了个半人多高的大箱子来找我，知道的是去旅游，不知道还以为要搬家。我说，总共就走两天，用得着这么多东西吗。谭娜说，能想到的，我都带着了，准备了好几天，东西是越装越多。我翻了翻她的箱子，问她，你带泳装干啥，这才几月份，下不了水，没到时候。谭娜说，万一能呢，我备着，这套是去年新买的，一次都没穿过呢。

原本说是开车去，结果赵东阳那边没借到车，我们决定坐火车去，其实正合我心意，开车去费用太高，又是油钱又是过路费的，光让赵东阳自己掏，那过意不去。火车票不贵，五十多块钱，对谁都没负担，K1024次，早上五点多出发，九点多到山海关，啥都不耽误。

谭娜兴致很高，定的闹表，三点就醒了，梳妆打扮，我还是困，透析完就是累，怎么都起不来床，最后谭娜硬生生把我拽走的。我俩四点出的门，站在路边打车，冻得直哆嗦。我穿帆布鞋和牛仔裤，上身是卡通帽衫，轻装上阵。谭娜穿了一套豆沙色的衣裤，挺严肃，看着像要去招待所开会，臃肿的身体被捆在其中，极不合适，选了一个多礼拜，咋就穿这套出来呢，不理解。

凌晨温度很低，像是又回到了冬天，空气里有烧沥青的味道。我迷迷糊糊，想起以前许多个冬天。那时候我和谭娜跟现在一样，拉着手，摸黑上学，一切都是静悄悄的，但走着走着，忽然就会亮起来，毫无防备，太阳高升，街上热闹，人们全都出来了，骑车或走，卷着尘土。有时候则是阴天，世界消沉，天边有雷声，且沉且低且长，风自北方而来，拂动万物，一天又要开始了。

我给赵东阳打电话，光响也没人接，都开始检票了，他还没到，也不知道到底是去还是不去，没起来床还是咋的，没个动静，心里有点急。谭娜笑话我说，咋的啊，惦记上小情人儿了。我说，你那嘴能闲一会儿不。谭娜说，爱来不来呗他，咱俩照样玩。我说，问题咱不都提前定好了吗。谭娜说，可能又跟媳妇干起来了。我说，没准儿真是。谭娜说，他给你说过没，媳妇管他老严了，各种控制，还总拿孩子要挟他。我说，他自己娶的，赖谁啊。

我们正聊着，赵东阳从后面跑来，步伐很大，踩得地面咚咚作响，背了个黑色双肩包，头发蓬乱，眼睛没睁开似的，一看就没睡好，呼哧带喘，跑到我俩跟前，说，起来晚了，差点没赶上车。我说，心挺大啊，也不知道回个电话。赵东阳说，一路小跑来的，呜呜这顿蹽啊，哪有工夫看手机。

我们坐的是绿皮车，主要图便宜，车厢里一股腐败的味道，很难闻，硬座是卧铺改的，没有隔挡，坐着不太舒服，不得靠也不得躺，视线也窄，没法施展。刚上车我就有点困，谭娜让我坐在最里面，我也没精力吃东西，披头散发趴在桌子上，没一会儿就睡着了。他俩在旁边说话，声音很吵，我做了好几个梦，都是一闪而过的片段，不成体系，这一觉睡了两个小时，报站说马上到锦州了，我才醒过来，揉眼一看，谭娜和赵东阳也不聊天了，闷头一顿狂造。谭娜昨天买了一只板鸭，这时候正拆了分着吃，还配着几听罐啤，挺会整。见我起来了，谭娜指了指桌上的残骸，跟我说，味儿还行，特意给你留个大腿。赵东阳说，有点咸其实，就大米饭正好。谭娜说他，你咋那么多事呢，白吃都堵不上你的嘴。

　　窗外都是石山，形态陡峭怪异，巨大且锋利，谈不上是什么景观，但也让人看得入迷。我想，要是这几个小时的车程，能无限延长就好了，哪怕是极短的距离，你仔细观察，反复体会，总能发现不一样的东西，无法穷尽。山脉过后，又是一片水潭，静止不动，看不出到底多深，我们仿佛驶在桥上，一阵大风吹过来，火车轻轻摆荡。

　　赵东阳忽然来了一句，掉下去就好了。我说，这是啥话。谭娜跟我说，刚才你睡着了，没听他讲，又跟媳妇吵架了，不愿意让他来，他非得来。我说，那就别来呗，至于吗。赵东阳说，早上还给我下最后通牒，说我今天要是出门，回来就去办手续。谭娜说，吓唬你呢，都是路子。我说，你这么一说，我真有点后悔出来了。谭娜说我，这时候你装啥好人，跟谁一伙儿的你。赵东阳说，那后悔啥，咱该咋玩咋玩，我算看透了，我跟她是过一天少一天。谭娜说，话说得跟放屁似的，你跟谁还能过一天多一天是咋的，那不符合自然规律。赵东阳低着头，不吱声了。我捅了捅谭娜，她瞅我一眼，又找补一句，说，我也没别的意思，咱既然都出来了，就好好玩，别老跟冤种似的，有啥问题回去再解决，来，再开一罐。

　　火车略有晚点，我们从山海关站出来时，已经将近十点。空气好像比沈阳还凉，水分大，能闻到一点腥味，不重。眼前是深色城墙，倾斜而上，巨人一般矗立，砖缝之间有白沿，不知道有多少年历史，也可能是后来修复的，无所谓，气势还在。我跑过去，展开双臂，抬头眯眼，让他们帮我拍了张照。别白来一趟，虽然目前的状态不好看，但也要留个纪念。背后的城墙凉涔涔，我踩在湿软的泥地上，有雨的气息环绕周身。这边很少有高楼，放眼望去，心旷神怡，远处还有风筝在飞，摇摇晃晃，像是从海里面升起来的。

　　谭娜记了个地址，带着我们走，非要去吃一个什么包子，当地特产，她都吃一路了，咋还能吃下去呢，我也是纳闷儿。七拐八转，终于找到了那家饭店。门脸挺大，刚一进去，我就一阵犯恶心，满地油污，手纸筷子都粘在地上，走道发黏。我找了个位子坐下，赵东阳和谭娜去点包子。旁边的服务员大姨走过来，用嘴咬开一袋陈醋，挤入桌上的调料瓶里，我不知道该说啥好。不一会儿，谭娜和赵东阳端上来两大盘包子。我是一点胃口也没有，只喝了半碗粥，包子尝了一个，不爱吃，油太大，他们俩吃得不亦乐乎，但最终也没吃完。倒也行，午饭就此解决了，不耽误时间。

我们先去的天下第一关。刚进去时还挺凉，几乎没有游客，一切尚未苏醒，过了一会儿才逐渐暖和起来，有摊位在卖烤肠和苞米，没精打采，锅里连热气都不冒。我走在最前面，跑上台阶，谭娜在后面喊，你慢点啊。我说，你这咋还不如我这个病号呢。谭娜说，吃撑了，迈不动步，直冒虚汗。我说，那我在顶上等你。我爬上去之后，半天也没看见谭娜，赵东阳也磨蹭好一阵儿，才赶上来，跟我说，谭娜在底下坐着呢，歇一会儿，不到这顶上来了，我们一会儿下去找她。我说，啥体力啊，这也没有多高。赵东阳说，是啊，没多高。我说，但不上来也行，没啥损失，景儿也没多好。赵东阳说，是啊，没多好。

虽然景色一般，但我还是愿意多望几眼。近处有红黄标语，扯在树间，远处是土黄与青黑的结合，松柏成林，颇有秩序，回首望去，山脉连绵不断，其间有几趟平房，在云的深处若隐若现，规模不小，不知道是什么人住在里面。

我们下来之后，看见谭娜正在打电话，表情严肃，走得慢悠悠。我也不好偷听，便跟赵东阳走在前面，她在后面跟着。我小声问赵东阳，你猜，跟谁打电话呢。赵东阳说，那我上哪猜去。我说，肯定不是啥好人。赵东阳说，谁说的，净瞎扯。我说，看表情就能看出来，她有啥都写脸上，多少年了都，藏不住事儿。

果不其然，谭娜挂掉电话后，追上来跟我汇报，以前对象打的电话。我说，又要干啥啊他。谭娜说，没啥事儿，问我过得咋样。我说，你咋说的啊。谭娜说，我说挺好，在外面玩儿呢，不用你操心。我说，然后呢。谭娜说，他说他挺想我的，以前是他不对，会逐步改，让我再给他一次机会。我说，你是不是又要犯糊涂。谭娜说，有点心软，但也没定，我说我得想一想。我说，想啥，挨揍没够咋的。谭娜说，那万一他真改了呢。我说，狗改得了吃屎吗。谭娜想了想，说，也对，妈的，好悬又让他忽悠，我也发现了，现在有时候心太软，前些年真不这样，那时候多潇洒啊，平地一声雷，爱鸡巴谁谁谁，平地一声屁，爱鸡巴咋咋地。我说，这话对，咱可不能越活越回旋啊。

我们从第一关出来后，坐25路去老龙头，我数了数，一共九站，十来分钟就到了，路上车少，车开得也猛，路过个什么工人医院，还有一个中学，我还没坐够呢，就到站下车了。关里关外就是不一样，景致建筑都有差别，沈阳还比较萧条，没从冬天里彻底挣脱出来，但这里就已经很葱郁了。

到了老龙头门口，赵东阳买了三张套票，附带个景点，孟姜女庙，说有空儿也一起去看了。我要给他钱，他怎么也不收。谭娜在一边说，人家不要，一片心意，你非得硬给啥。听她这么一说，也只好作罢，但谭娜不明白我的心理，我主要是不想欠谁的，尤其是这种情况，别人倒是都不计较，但自己总犯合计，尤其夜深人静时，算来算去，没法还，压力很大，心情也受影响。

老龙头景区不小，刚走一半，我就有点累，想休息片刻。谭娜正相反，大概是消化得差不多了，体能逐渐恢复，一边埋怨我没有长劲儿，一边也陪着我坐在凉亭里。旁边有两门假石炮，也有几个油漆味道很重的房间，用来展示当年驻守军队的日常物资和生活状态。不远之处，有人在烧香，香烛高大，烟雾向上盘旋，到一定高度后，又轻盈散去，录音机放着诵经的声音，咝咝啦啦地传来，始终不停。我听得入神，想起很多事情。当年我妈卖房之后，又租下现在这个铁道边的一楼，她最相中的一点是，原来这间屋是位老人在住，有个小佛堂。搬进去后，她也供了一尊菩萨，摆在架上，不知道从哪请来的，天天拜，烧香供果，念念有词，旁边放唱佛机，一刻都不带停的，特别虔诚，说是在给观世音菩萨建道场，能为我化解业障，但是我的还没化解开呢，她就先走一步，这上哪说理去。不过对她来讲，倒也算是一种解脱。后来我爸搬回来，好一顿收拾，这些东西都不知道被他撇哪去了。

天又有点转阴，我们跟着一个旅行团，蹭导游的讲解听。她说在老龙头，景色最好的地方是澄海楼，有古诗为证，"长城连海水连天，人上飞楼百尺巅"，有一截长城伸展到水里，世界奇观，万里长城的起点，长城蜿蜒，如蛟龙一般守卫此处，"东临碣石，以观沧海"，说的正是这里。我听着很心动，但一打听，要上澄海楼，又得额外花钱，于是有点犹豫，我问谭娜和赵东阳，要不要上去看，他们都没啥兴趣，但也看出来我挺想去的，就又说可以在下边等着。我想来想去，决定花钱上去看一把，下次再出来旅游，指不定是啥时候，得尽量不留遗憾。

我继续向上爬，飘了点雨，谭娜和赵东阳停在城楼的暗间里，我走上几步，回头一望，赵东阳点了根烟，正在抽着，谭娜手里也夹着一根，冲我挥挥手，笑容灿烂。我情绪颇佳，一鼓作气，登上楼顶，出了一身汗。钱没白花，风景确实不一样，面前就是海，庞然幽暗，深不可测，风一阵阵地吹来，仿佛要掌控一切，低头是礁石，有卷起来的浪不断冲刷，极目望向远处，海天一色，云雾被吹成各种形状，像水草、骏马，也像树叶，或者帆船，幻景重重，甚至耳畔还有嘶鸣声。我忽然想起以前背过的一篇古文，里面有一句："野马也，尘埃也，生物之以息相吹也。"当时不懂，现在身临其境，体验到了，就感觉写得真是好。雨丝落在身上，浸湿头发，风也硬，轻松将我的衣服打透，让人时常要倒吸一口气。我站了很长时间，冻得瑟瑟发抖，但仍不舍离去，有霞光从云中经过，此刻正照耀着我，金灿灿的，像黎明也像暮晚，让人直想落泪，直想被风带走，直想纵身一跃，游向深海，从此不再回头。

赵东阳给我打电话，问我怎么还不下来，怕我有啥事。我说，能有啥事，一切安好，就是景色太美，挪不动步。赵东阳说，没事就好，那你再待一会儿也行，我们原地等你。我说，不了，看够了，这就下去。

雨还在下，但不大。谭娜和赵东阳仍在暗间里，背靠着墙，姿势跟我走时没啥两样，只不过每人手里都多了一个塑料兜子。我问他们，拎的是啥。谭娜说，看我半天也没下来，在景区逛了一圈，买了点纪念品。我说，给我看看，都买啥了。谭娜逐件掏出来，说，买了两件旅游纪念衫，有一件是给你的，还有印画的水杯，回家自用，带脸谱的唱戏小人儿，摇头晃脑，你看好玩不。我翻了一遍，觉得没有特别喜欢的，问赵东阳说，你买啥了。谭娜替他回答说，买了个烟灰缸，死老沉，石头雕的，倒是挺好看，一条龙盘着天下第一关，转圈是长城，还买了一把伞，怕你挨浇。赵东阳挠了挠脑袋，将烟灰缸展示给我看，做工挺糙，但意思到位，另外他还给孩子买了一堆小玩具。我说，花不少了吧。赵东阳说，没多少，东西不贵。我说，还行，知道惦记孩子。赵东阳说，唉，要不咋整，回家不得管我要啊？我说，现在这种情况，要是你一回家，看见媳妇带孩子跑了，能受得了不？赵东阳想了想，说，还不至于，没到这一步呢。

我们又在里面转了半圈，山谷里看见有人在驯马，紧拽勒口，鞭子抽得极凶，人和马离得很近，几乎是四目相对，马的双蹄翘起，驯马者不断呵斥，双方像是在台上进行搏斗。我有点看不了，心里不好受，那几鞭子，也像是抽在我身上。谭娜没见过这个，还挺好奇，不愿意走，赵东阳也不看，背过去又点根烟。我这才想起，之前在澄海楼上听到的，也许正是这匹马的叫声。

我们从老龙头出来时，已经接近下午四点，都有些累，毕竟起来得太早，精神头儿有点不够用。接下来是孟姜女庙，出门一打听，离这儿还有点距离，十几公里。但票都买了，不去也可惜，于是我们坐了个三轮车，一路晃悠到孟姜女庙。刚一进去，就有点后悔，这里十分冷清，一切都是新的，装修味道很重，而且里面也不大，除我们之外，很少有其他游客，十几分钟，我们基本就逛得差不多了。谭娜一个劲儿叨咕着，上当了，上当了，这回可上当了。我说，其实也不算，反正里面没啥消费项目，烧香啥的都是自愿的，就当溜达了。

赵东阳也说，是，我看这里还挺好，也长见识，不到这儿来，我还一直以为孟姜女跟小白菜是同一个人呢。

庙的深处，辟出几间屋子，拉着横幅，上面写着"中华巧女手工艺展览"，我们进去一看，墙上挂的全是剪纸，各式各样，十二生肖，蝴蝶燕子，四季与儿童，都有，但剪得也没啥稀奇，算不上精美，底下都写着标价。在最后一间屋子里，我们看见了一位妇女，四五十岁，戴大耳环，围着一条纱巾，黑瘦，穿得很落伍，像是附近村里来的。她握着一把剪刀，极其专注地工作。谭娜凑过去问，你是叫巧女，对不？她没说话，只是微微点头。谭娜跟我说，看，上当了吧，处处是陷阱，看外面的标语，中华巧女，还以为是一群女的，都心灵手巧，结果就一个人，她的名字叫巧女，这扯不扯。我笑着没回答，跟着他们走出门，那位妇女放下剪刀，起身相送，这时，我们看见，她满身的红色纸屑，轻盈，细碎，纷纷扬扬地落了下来。我们继续往庙外走，她到门口就停下来，抬头望天，像是刚刚破茧而出，抖落躯壳，还不知要飞去什么地方。

按照赵东阳的计划，我们今晚住在北戴河，一来这边不是旺季，价格便宜，二来据说海景不错，明天早上看日出也比较方便。但我并不知道北戴河距离山海关还挺远，我们换了两三趟公交车，总共坐了近两个小时，才到达目的地。我在车上醒了又睡，睡了又醒，觉得浑身冷，一直哆嗦，怕是要发烧。等到我们在刘庄下车时，已是晚上七点，天都黑了，人也很少，三三两两，气温比白天低好几度。

赵东阳说，这边都是家庭旅馆，这个季节不用提前订，都有床位，我们往里面走一走，还有更经济实惠的。谭娜挽着我的胳膊说，都行，找一家就行，赶紧让她歇会儿吧，你瞅她，困得嘀了当啷的。我强打起精神，说，没事啊，缓过来一点了。

赵东阳向路人打听两次，带我们走进一个胡同，两边都是二层小楼，家庭宾馆，还挺别致，一楼挂着牌子，上面写的是"休闲小屋"，我挺好奇，想看看都是怎么休闲的，往里面看一眼，结果发现是麻将社，都在那稀里哗啦打牌呢。屋里满员，烟雾缭绕，跟清冷的街道形成鲜明对比。

我们选了一家顺眼的住，那家底下的标语写着：环境优美，空气怡人，装修静雅。我说，这家好，听着素净。女老板扫一眼我们的身份证，也没登记，帮我们开了一个三人间，位于二楼中央，八十块钱一晚，设施虽然有点简陋，但着实是不贵。水泥地面，摆着三张单人床，彩电、桌椅、衣架都有，室内还带卫生间，能洗淋浴。我躺在中间的床上休息，谭娜守着窗户，又把她那大箱子掀开，开始捣弄东西，还去厕所换了套新衣服，真没白带。赵东阳洗了把脸，然后站在门外，扶着栏杆，跟楼下的女老板聊天，问她附近哪家饭店最好，人均多少钱，哪道菜值得一点。

八点半出的门，没走几步，就是女老板推荐的烧烤店。谭娜十分亢奋，进去菜单全点一遍，各种肉串，扇贝，烤气泡鱼，麻辣烫，锅烙，上来一大桌子，味道确实还可以，锅烙我吃了半盘，韭菜鸡蛋馅，有鲜灵劲儿。他们还叫了两提溜啤酒，各自开战。谭娜撸起袖子，唾星四溅，又是一顿猛白话，边讲边喝，直接对瓶吹。看得出来，她也是太郁闷了，压抑够呛，说着说着还哭了，我听着也特别心疼，然后还管赵东阳要烟。谭娜抽烟的间歇，赵东阳开始倒苦水，也不知这都是咋的了，媳妇丈母娘这那的，鸡毛蒜皮的屁事儿，最后搞得矛盾还挺大。其实我不咋爱听，他们的这些问题，总归会有一个解决办法，要么你进我退，要么你退我进，或者各让一步。我的问题就比较难了，基本无解。也可能正是这样，我从来都不爱一次又一次地去讲，没啥必要，自己难过就自己受着呗，往好了说，是不愿意给别人添堵，其实从内心里来讲，是不愿意成为别人日后的谈资或者素材。我活着可不是为了丰富他们的阅历的。所以生病以来，我跟很多亲戚朋友都不怎么来往了，每次听到他们假装关切的询问，我都想说，请收回你的怜悯并且要点脸吧。我也知道这种心态不对，但又调整不过来，总觉得自己委屈，凭啥啊非得是我摊上，越想头越疼，到后来，我干脆也破了戒，跟他们干了两杯啤酒，挺爽口啊，久违了。

喝到半夜，谭娜不再兴奋，情绪平复过来，并开始发蔫，眼皮打架，只听赵东阳一个人在说，他今天还挺出息，酒量见长。趁着上厕所的工夫，我悄悄去结了账，这一天都是他们俩在花钱，挺过意不去的。服务员给打了个折，二百八十元，连吃带喝，贵是不贵，但给钱时又有点心疼。我和赵东阳一起扶着谭娜出的门，她嘴上说没事，其实脚步踩不稳了。酒劲儿上头，我也有点迷糊，赵东阳喝得正精神，眼睛冒光，走着走着，还唱起一首老歌，我们也跟着他一起唱："只怕我自己会爱上你，不敢让自己靠得太近，怕我没什么能够给你，爱你也需要很大的勇气。"各种走调，唱完就傻乐，整条街都有回音，但也不要紧，反正这里没人认识我们。我记得初中时，这首歌和那个电视剧都特别火，一转眼这都多少年了，那些演员好像还是那么年轻，而我们现在却比他们要老得多，真他妈不可思议啊。

我躺在床上，伴着谭娜起伏的鼾声，一整天的回忆泛上来，我努力记起更多的细节，留待日后回味，可惜实在精力不济，没过多久也睡着了。最后醒着的几秒里，我仿佛听见浪涛的声音，由远及近，奔涌而至，太阳苍白，晒在上面，晃得人无法睁眼，然后我便彻底进入梦乡。还是场景片段，一截一截，没有逻辑，开始好像是梦见我和我妈，我那时还挺小，左手拉着她。右手拿着一根雪糕，天气很热，雪糕化得特别快，化掉的奶油不断地往下滴，我心里很着急。然后身边的人忽然变成了谭娜，我也长大了一些，她趴在耳畔跟我说了一句什么话，我没听清楚，让她再说一遍，她很着急，又讲一遍，我还是没听清，然后她就被几个戴面具的掳走了，情绪很激动，表情慌乱，气喘吁吁，像是被绑架了。我心里着急，也不知道该去找谁帮忙，到处都找不到人，急得要哭出来，心头一紧，忽然就醒了。我是侧着身子睡着的，睁开眼后，映着窗外的幽光，发现谭娜的那张床是空的，被子掉地上一半，而轻微的喘息声从我背后传来，显然，它不仅存在于梦里。

他们做得很小心，动作幅度不大。我猜，谭娜应该是捂着自己的嘴，或者是赵东阳用手堵住的，总之，能听出来，她是在尽力克制，不让自己发出声音来，但却更难听了，十分怪异，不堪入耳，估计脸都皱在一起了吧。刚听见时，我一动不敢动，心里委屈，还有点恨他们，出去不行吗，再开一间不行吗，听着听着，又有点不忍，我很担心他们发现我已经醒过来了，那以后互相该怎么面对啊。做完之后，我听见谭娜下床的声音，蹑手蹑脚，踩在水泥地上，去了趟厕所，撒了一泡很长的尿，好像又冲了一下，然后回到床上。我使劲闭上眼睛，但是泪水还是流了下来，一开始是几滴，后来变成啜泣，我咬住嘴唇，但还是出动静了。我心里说，对不起啊对不起，实在控制不住，也不知道为啥。谭娜和赵东阳反应过来后，都吓坏了，分别坐在床上，不知怎么办是好。后来赵东阳穿上鞋出门了，但也没远走，就在走廊里，靠着栏杆抽烟。谭娜坐过来，摸着我的头发，断断续续地说着，喝多了，对不起，当啥也没发生，行不，求你了，我现在连死的心都有，对不起，玲玲，你接着睡吧，好不。我一把打掉她的胳膊，坐起来接着哭，怎么劝也停不下来，我为什么要这么做呢，为什么要这么对谭娜啊，理解不了自己。我明明一点都不怪他们，相反，我很害怕，怕他们会就此离我而去。我害怕极了。

　　我不知道是怎么睡过去的，起来时也不知是几点，睁开眼睛，只觉脸皮发紧，大概是泪水浸的，头也痛，昨天真不该喝酒。屋内很亮，我翻了个身，发现只有我自己，起身下床，想找双拖鞋，但怎么也找不到。这时，谭娜推门而入，满脸笑容，腆着肚子，好像什么都没发生过一样，跟我打招呼说，起来了啊，早饭给你搁桌子上了，鸡蛋饼和豆腐脑，还热乎呢，你洗把脸先吃饭。我说，几点了。谭娜说，九点不到。

我说，对不起，起来晚了，没看成日出，你们去了吗。谭娜说，没去，那玩意儿看不看能咋地，谁还没见过太阳啊。我说，赵东阳呢。谭娜说，去旁边的海鲜市场了，买点干贝烤鱼片啥的，这边儿的好吃，还便宜，我让他给你也带了点。我说，不要，到时你都拿走吧，我不吃。

我洗完脸，坐在桌边吃饭，豆腐脑很好吃，又嫩又滑，鸡蛋饼也香，里面还有火腿肠，但我实在没啥胃口，也没心情，只吃两口，便觉得都堵在嗓子眼儿里，我拧开一瓶白水，喝了几口，想往下顺一顺。谭娜把电视打开，来回调台，又掏出车票，跟我说，晚上六点半的车，估计十点半能到沈阳，时间都来得及，今天咱是啥计划来着。我想了一会儿，也没记起来，胃却开始不舒服，总往上反，我跑到厕所里，呕吐起来，吐得还挺邪乎，昨天晚上吃的也都交待了。谭娜吓坏了，冲进来扶着，一个劲儿地给我拍后背，问我，没事吧。我也没回答，吐完之后感觉轻松不少，但浑身没力气，也冷，便躺在床上，盖了两床被。

赵东阳提着好几包东西回来，进屋之后，跟我说，咋还不起床了呢。谭娜在旁边接话说，刚吐了，正难受呢。赵东阳听后有点着急，东西放在地上，非要带我去医院看看。我说，没大事儿，不去医院了，走不动路，就想早点回家。赵东阳看了谭娜一眼，谭娜也说，早点走吧，还等啥，不然也不放心。于是赵东阳又去车站，改签车票，临走之前，跟我说，鱿鱼丝特别好，排队买的，你要是嘴里没味儿，可以尝一尝。我点点头，把被子拉过头顶，谭娜搬了把椅子，坐在我身边，手背碰碰我的脑袋，又碰碰自己的，动了动嘴唇，却啥也没说出来。

赵东阳打车去的车站，没过多久就回来了，动作挺快，中午没票，只能改在下午，四点出发，还是动车，一百多块钱，我有点心疼，但仍起身掏钱，赵东阳还是死活不要，他这一天话都很少，情绪也不怎么高。我让他们俩别管我，附近玩一玩，等到时候再一起走，别因为我白来一趟。但他们谁也不去，就在屋子里守着。出发之前，我跟谭娜说，你买的那件旅游纪念衣服呢，咱俩穿里面吧。谭娜听了很高兴，拍起手来，又把那个大箱子搁开，拿出来递给我。我俩换上衣服，又肥又大，不太合身，质量也不行，互相看着乐，像是往身上套了个面口袋。

我跟谭娜坐在一起，赵东阳的座位在另一节车厢，不方便换过来，跟我们说，有啥情况赶紧给他打电话，随时待命。我觉得状态有所恢复，刚上车就吃了一碗泡面，汤都喝干净了，谭娜看我吃完，也舒了口气。我靠在窗边坐着，胃里有底，精神就好一些，但这一路上也没怎么跟谭娜说话，不知道该说点啥，只好望向窗外，火车开得很快，景物急速飞过，让人来不及仔细辨认。路程过半，暮色降临，远处忽然有浓烟出现，火光在其中萦绕，连成一大片，烟尘浓密，滚滚袭来，不断变幻，仿佛有野马正冉冉升起，飞向天际。谭娜看了半天，挎紧我的胳膊，轻声地问，这咋还着火了。我说，可能是在烧荒，但季节又不太对，也搞不清楚。谭娜没有继续说话，转回身来，闭上眼睛，将头搭在我的肩膀上。

我们到沈阳北站时，六点钟刚过，晚高峰还没结束，一派繁忙景象，人们来来往往，细密如织，看着眼晕。谭娜提议一起再去吃点东西，赵东阳没有接话，我连忙摆手，说现在只想回家，好好休息一下，明天还要去医院，不想再折腾了，你们去吧，我就不陪着了。谭娜赶紧说，没有你，我俩吃个啥劲儿啊。好像还有后半句，但话说到这里，又咽回去了。我说我自己回去就行，但他们执意要送我到家。

公交车上的乘客很多，人挤着人，赵东阳与谭娜一左一右，为我隔开一片空间，坐了几站后，我催赵东阳下去换车，时间还早，没必要非得送我到家，绕很大一圈，不值。下车之前，他将一个塑料袋塞在我手里，说都是零嘴儿，特意给我买的，在家边看电视边吃。我不太爱要，想还给他，但他一转身就没影儿了，喊也没有回应。袋子很沉，我有点拎不动。

下车之后，谭娜陪我走回铁道边上，我说，你赶紧回去吧，我到家了都。谭娜说，都走到这儿了，送你进屋。我指着我家的窗户对她说，看见了吧，亮着灯呢，许福明在家，放心吧，几步道儿，没问题的。谭娜有点不舍，拉着我的手说，那你没事就过来找我。我说，肯定的啊，不然我还能去哪儿。

我目送谭娜离去，穿过楼群，消失在转弯处，然后一步一步往家里走。离近时，我才敢确认，家里正亮着两盏灯，厨房一盏，隔着塑料布也能看见许福明的身影，大概是在炒菜，卧室拉着帘，但有光从缝隙里钻出来。许福明过日子很仔细，只一人在家的话，是绝对不会点两盏灯的，更不会炒菜，从来都是对付一口就完了。我想了想，许福明还不知道我提前回来了，走之前他问过我，大概几点到家，当时我说的是，十点多到北站，回家肯定要半夜了。

我没有进屋，还有一点时间，是要还给许福明的。我绕到窗户后面，看见倒骑驴锁在栏杆上，我将东西放上去，一路拎在手里，愈发沉重，勒得生疼，然后也搭边坐在车上，背后楼群的灯火逐一亮起，有风经过，还是冷，延绵不断的冬季，似乎仍未结束。我缩成一团，不断地向后移，靠在车的最里面，用破旧的棉被将自己盖住，望向对面的铁道，很期待能有一列火车轰隆隆地驶过，但等了很久，却一直也没有，只有无尽的风声，像是谁在叹息。光隐没在轨道里，四周安静，夜海正慢慢向我走来。

安

妮

B在梦中飞行，掠过一片蛮荒之地，耳畔是起伏的风声，像一首进行曲，不断变幻的空气之诗，他在上空，俯视着行动缓慢的犬群，太阳渐渐落下去，而地上的灰烬升起来，环绕其身，像要将其隐藏。B想到了地狱，唯一需要征伐之所，以及关于那里的一首短歌："在垂落的暮色中，丧钟在远处敲响；我亡父的长笛啊，你究竟埋葬在何方？"想到这里，他又抑制不住自己的悲伤，落下眼泪，身体也随之下降，而后逐渐加速，景物模糊，时间被无限延宕，仿佛落入深渊。这时B忽然想通一个问题，他原本认为，深渊之所以令人恐惧，原因在于坠落在地的一瞬，其实并非如此，真正的恐怖之处在于，这种下落将是无止尽的。

　　未婚妻将其唤醒，把B从这种无尽之中拯救出来，这是新的一天，也是旧的一天，他们将在这一天做许多事情，一些已经习以为常，一些则尚存几分新鲜感，不过也终将丧失。

B 的未婚妻说着呓语，倒伏在 B 的身上，气息粗野，低头亲吻他的耳朵，接近吞食，她的长发垂落到 B 的脸上，令他有些不耐烦，B 将其拨开，便看见未婚妻迟钝而迷离的脸庞，稍显陌生，他再次闭上眼睛，两人开始做爱。整个过程剧烈、紧绷，完全不由他所控制，B 觉得世界旋转起来，越来越快，不可遏止，直至终点，仿佛又回落梦中，还是日暮时刻，却忽然出现许多身披火星的人，跟他一样，感觉不到自己的重量，从半空之中缓缓飘落。

未婚妻抬腿跨过他的身体，下床离去，他皱起眉头，无可奈何，流水声从外面传进来，时断时续，B 猜测，有一部分声音应是尿液冲击到瓷砖上。B 赤裸起身，伸出手臂，将窗帘拉开，太阳上升，投落暗影，对面的楼群距离很近，窗外挂着许多面镜子，样貌各异。此刻，光线经过镜面反射照在他的身上，形成一道道斑点，不停颤动，像是风拂过的叶片，正在对他进行探测或者治疗。

切片面包和酸奶摆在桌上，B 的胃口不错，迅速吃掉两片，拿起第三片时，他想起曾经看过一出话剧，其中一位金色鬓发、嗓音洪亮的绅士不断向世界宣告："早餐不错，早餐不错。"B 不知为何会对这一幕印象深刻，其实他认为那部剧有些吵闹，从头到尾都是。刚开场时，B 记得自己十分焦躁，剧场里有一股朽木的味道，从舞台中央向四周扩散，不知不觉间，他居然睡着了，灯光再次亮起后，他伸了个懒腰，又坐了一会儿，直至幕布合拢又拉开，舞台空无一人，他才离去。那大概是在十年之前，他对于此类活动还有几分热情。

未婚妻在诉说行程安排，B没有说话，表情严肃，偶尔点头回应，仿佛听得很认真，但心思完全不在于此，B开始回顾自己的青年岁月，如一条倒淌之河，但在某些时刻总被打断，到后来几近干涸，被沙尘截流，而未婚妻的话还没有任何想要停下来的趋势。她说，他们将在婚后的第七日出发，坐飞机到某城，再乘坐夜间航班，从该地飞至境外岛屿，开始为期数日的蜜月生活，乘船，吹风，潜水，悠游在丛林之中，感受当地特色风情。未婚妻催促着问他意见，B耸起肩膀，表示对一切安排没有异议，有时他会觉得自己像一个傀儡，任人操纵摆布。他也可以跳出这个角色，声调凌厉，在虚空之中发出质问，内心的真实想法究竟是什么呢，但又答不上来。这时，B会觉得十分挫败，仿佛自己从不存在，而是由别人的想法构成的。

十点钟时，B开车出门，路上很堵，未婚妻坐在副驾驶上，对着镜子化妆。他注意到，未婚妻今天穿的是一条旧裙子，他们刚结识时，她穿过几次，而后许多年里均未见过。行至途中，未婚妻问，还有多远。B说，也许二十分钟，也许四十分钟，不好说。未婚妻拨打电话，给她身处异乡的母亲，对他们可能遭遇的状况进行一番无谓的询问。未婚妻说话的声音很大，灌满他的耳朵，情态夸张。如恶作剧一般，B将收音机打开又关上，反复数次，未婚妻毫无反应，然后B摇下车窗，灰尘涌进来，他点了一根烟，换个方式与之对抗。

B选择了一条错误的路线，这导致他们被困在中央，既无法前进，也无法后退，右侧是一间集市，许多人不断进进出出，穿着雨靴，仿佛刚刚赶海归来，腥味也随之传出。未婚妻让他摇上车窗，他假装没听见，不为所动。车辆前进，又经过一座桥，B想起两年之前的晚上，暴雨倾泻，许久不停，井盖向上返水，城市交通瘫痪，桥下车辆熄火，甚至漂浮起来，人们站在公交车顶，像是困于孤岛。B也身在其中，雨水模糊视线，他没有呼救或者喊叫，而是试着让自己飞起来，在铁皮上滑行，然后飞在雨里，如鸟人一般，向下望去，那些车像一艘艘玩具船，在世界的澡盆里摇来荡去。想到这里，有那么一瞬间，B确定自己真的飞起来过，不然那些清晰的场景又怎么解释呢，有时候就是这样，做过的、没做过的，或者听说过的、梦见过的事情，在很长一段时间之后，会自动纠缠在一起，愈发难以辨清。

B是从继父那里第一次听说行星的消息。继父对他说，电视里报道，今夜将有一颗小行星坠落此处，目前相关部门正在实时观测。B表示毫不知情。继父说，大多数小行星体积很小，撞击只在大气层里发生，这次应该也是，无关紧要，我们甚至感知不到。B说，说不准每天都有，并不罕见。继父说，也不排除意外情况，新闻里说，五年之前，有一颗小行星，直径二十米，降落在俄罗斯深夜的大街上，震碎多户门窗，将天空照亮，如同白昼。B说，对我们有什么启示呢，该来的总归逃不掉。继父思考几秒，然后说，道理是这样，多数撞击也不会发生在城市里，但仍需要时刻关注它的轨迹。

午饭时，继父又提起小行星，与B的未婚妻讲述一番。未婚妻说，可能就是流星，对着许愿，梦想也许成真，远古时期的预言，电视剧里都这么演。B这时想到，她的大部分常识都来自电视剧，这点让他有些不满，继而又绝望地反省，自己的知识是从哪里得到的呢，无非也是类似途径。未婚妻给B夹菜，然后问B，你有什么梦想，今晚不要忘记。B觉得不可理喻，没有回应。B的母亲倒是颇有兴致，她说道，我希望我能早一点死去。继父听后脸色很差，放下筷子，不再咀嚼。B的未婚妻讲了一个笑话，试着缓和气氛，但效果一般。B依旧很沉默，思考着母亲数年以来的唯一愿望，可惜始终未能实现，B早就认识到，这个愿望不过是个说辞而已，她的生命力十分顽强，源源不断涌现，辐射并照亮四周，几无死角，而他大概是其中最为灰暗的部分。饭后，未婚妻帮助 B 的母亲收拾家务，二人窃窃私语，B 推开客厅的门，来到室外，继父正在给花园里的作物浇水，只是幼苗，还看不出种的到底是什么。他没有抬头，对 B 说，去将暖瓶取来。B 返回屋内照做，继父坐在台阶上，左手边是一张木桌，上面摆着两个杯子，他拎过暖瓶，沏好茶水，并递给 B 一杯，然后讲道，一九八六年，三月底，我与前妻结识，她家里条件一般，姊妹七个，四女三男，她排在中间，不受重视，我俩是经人介绍认识的，介绍人说，她在工会上班，活儿轻巧，发发劳保，能顾得上家，但身体一般，体质弱，走路也有点跛，你虽然有技术，会干车工，但也没啥了不起，不算稀奇，再者说，你母亲也卧病在床，有点负担，所以你们俩谁也别嫌弃谁，门当户对，我说好。第一次见面是在公园，起早去的，不要门票，绕着草坪逛好几圈，我总共说话不到三句，不成功，那天风大，回来之后满嘴都是沙土。第二次见面在一家饭店，我请她吃顿饭，两菜一汤，没浪费。晚上往家里走，她跟我说，想不想结婚，我说，那主要看你，我没啥意见，她说，想结婚，就两个条件，一是必须有单独住处，我家里人多，上下铺都住不开，天天吵架，嫁出去后，不想再遭这份罪，二是想要台电子琴，雅马哈牌，在同学家里见到过，一按钮就出声，真是好听，回家连续好几天，做梦都是那动静，光有声儿没有景儿，我说，都不难办，她说，别急着答应，你再想想。送她到家后，我又骑着车往回走，嘴上说得痛快，其实心里拿不定主意，夜里躺在床上，翻来覆去睡不着，披上衣服出门，那时住平房，后面是体育场，晚上没人管，随便进，我在跑道上走圈，就我一个人，也不知道走了多久，许是后半夜，恍惚看见天上有东西往下掉，开始零星几束，我以为是眼花，或者有人放鞭炮，后来发现不对，四周空旷，火光不可能由上至下，到地上就没影儿，而且逐渐增多，一束又一束，好像带点响儿，接近哨声，有的落在我身前，有的在后面，面积就体育场这么大，做梦似的，我琢磨，是不是遇见什么天文现象了，也不知是好是坏，有点怕，赶忙躲起来，藏在入场通道里。通道是水泥砌的，半弧形，里面没挂灯，很像防空洞，咳嗽都有回声，墙壁湿冷，还有水珠，我靠在上面向外望，后背湿一大片。后来火光渐少，我觉得意思不大，便从通道出来，准备往家走，刚迈几步，天上有一道闪电经过，照亮大地，雷声震耳，像是将天空劈开一道裂缝，之后，我看见一团巨大的光束朝我袭来，由远及近，拖着尾巴，速度不快。我忽然想起，之前在报纸上看过，哈雷彗星今年要来地球一次，裸眼可见，壮阔美丽，机不可失，每隔七十六年才经过一次，人要是好好活着，一辈子兴许能碰见一回，我看着光束匀速迫近，心想，许就是它，今天让我赶上了，这得珍惜，但轨道不太对，也可能是这次来了就先不走，做做客，那也得欢迎，毕竟礼仪之邦，情分不能落后。我就闭上眼睛，双腿立正，站在体育场中央，展开双臂，微笑面对，其实心里紧张，束手无策，也没有时间概念，一秒钟仿佛长过一生。

两杯茶饮尽，继父要给 B 再倒上，B 摆手拒绝，捂紧杯口，放到台阶上，一只猫跑进来，踩在刚浇过的泥土里，隔着窗玻璃望向屋内。B 说，今晚也有星要降落。继父说，也不知过了多久，我感到眼前一阵白光扫过去，鼻尖发凉，水雾萦绕，空气甘甜，然后一切又暗下来，我睁开眼睛，周围寂静，抬头望天空，什么都没有，闪电、彗星或者光束，全不存在，但我又感觉得到，刚才确实有什么东西穿过我的身体，为我注入一种新的精神。我觉得十分振奋，回到家里，还是没能睡着，第二天我没去上班，直接骑车去百货商场，刚一开门，我就进去买了台功能最全的电子琴，夹在胳膊底下，带到厂区门口，坐在草地上等，心绪不宁。她午休出来后，看见电子琴，可高兴坏了，合不拢嘴。我跟她回到工会的仓库，那里中午没人，就一条狗看着，叫得很凶，她摸摸它的脑袋，说句悄悄话，狗就不叫了，窝成一团，又像只猫。她拉紧我的套袖，一同走下台阶，我们待在仓库的角落里，变压器接上电源，她照着简谱弹了首儿歌，磕磕绊绊，说以后还能弹得更好，我说那是肯定的，然后告诉她昨天晚上发生的事情。

她想了想，说，许是个预兆，到底什么模样，看清没有，我说，头小尾巴长，像过年时放的魔术弹，她说，那时候你在想啥，我说，我想它要是来待几天，那还好说，要是奔我来的，顺道要接上我，那不能去，咱俩昨天的事情还没个说法，不能给你的后半辈子留悬念，她说，考虑得还挺周全，然后又弹了一首歌，边弹边唱，声音不大，但发音标准，唱得比弹得要好。B看看表，说道，我要走了，下午还有事情。继父说，最后两句，其实我没告诉她的是，那天晚上，群星降落后，我站在体育场中央，也听见有人唱歌，声音跟她一模一样。后来我俩摆酒席，闹得挺欢，婚后日子相对平淡，但我总觉得心中有东西时常燃烧，滚烫、炙热，冬天吃口雪，才能好受一些。我俩没有孩子，她的身体不行，从相识到送别，总共也就十多年。最后那段时间，她基本卧床，脾气不好，总爱发火，看啥都不顺眼，临走之前，回光返照，有一天叹了口气，然后跟我说，缠了你半辈子。我嘴上不屑，但心里咯噔一下，病人一旦这样讲话，就是能望得见尽头了，果不其然，没过几天，傍晚时走的，在厂医院，无声无息，遗体火化时就我一人守着，烧完之后，我背着骨灰出来，坐车又来到体育场，变化挺大，人来人往，中间还铺着草坪，我在上面坐了一下午，她就在我旁边，安安静静。我想明白一些事情，原本以为我跟别人不太一样，毕竟有彗星曾穿过我的身体，结果是没什么差别，有点遗憾。日子还得过，跟谁过都是过，这么讲不好，但是实话，今天晚上，要是能再见到有星坠落，我就去问问它。这次我有所预备，好几个问题，那天的光束到底怎么回事，是什么东西在我体内燃烧，歌声又是从何处而来，都得讲清楚，要是它这次要带我走，那我就跟着走，岁数到了，遇上老朋友，跟着去见识一番，未尝不可，这些年来，我就想着这么一个事情。

B与未婚妻驱车去商场，采购婚礼相关用品。在一片巨大的红色之下，B感觉自己正在被戏耍，他从不知道有这么多陈旧的规矩需要遵循，未婚妻记录得很仔细，极力避免不祥与诅咒，他反而很想尝试一二，看看到底会出现何种后果，但其实也没这个必要，所谓的后果，B可以预见得到，与这些并无关联。他看着售货员，像是一位天使，羽翼翕动，敲响钟声，要引领他们步入另一种生活，B略有不适，转身暂别，推开一扇铁门，去楼道里抽烟。有两个人在他来之前便在此地，一位是年轻女性，穿着制服，坐在高处的台阶上，靠着栏杆，大概也是售货员，见B进来之后，抬头看一眼，收紧双腿，又低下头去，另一位是中年男性，在下方打电话，外地口音，语气恶劣，但听不懂具体在说些什么。B将烟点燃，闭上眼睛，猛吸一口，打电话的男性迈下台阶，声音逐渐远离，只剩下 B 和那位年轻女性，年轻女性的手机里播放着视频，声音很大，楼道空旷，有些许回响，B 竖起耳朵倾听，也与今晚即将降落的那颗星相关，电视台正在采访，一位北方口音极重的专家正在讲述具体情况，它存在多少年，又历经多长时间，才来到这里，是我们的长者，也是先知，宇宙法度的一部分，他讲得不太流畅，语态拘谨，每说一句都要结巴数次。B 抽完烟后，立即推门走出去，并非对这条新闻不感兴趣，而是这位年轻女性使他想起另外一个人，尤其是双腿收紧的那一瞬间，近乎一种无力的遮掩。B 至今不知道那人的确切名字，却总能回忆起她来，在几年之前，他们短暂接触过一段时间。B 当时有女友，也就是如今的这位未婚妻，但二人不在同一城市，B 的工作繁忙，每天加班至深夜，下班之后，总会去一家营业至很晚的餐馆，独自喝上一杯。她是那里的服务员，个子不高，短头发，颌骨宽大，体形丰满，皮肤粗糙，总是冷着一副脸孔，话也很少，极不情愿地为他点菜端酒，B 注意到她的小臂上有几颗烟疤，造型别致，位置错落，仿佛可连接成明与暗的星象，便十分好奇，试着与之产生更多对话，但始终没说出口，只在自己脑中浮想联翩。终于有一次，B 喝得有些醉，在离开之前留下一张字条，上面写着他的联系方式，以及两句无关紧要的话。当天夜里，他便接收到信息，几行简单的字，没有标点，字与字之间是微小的空白，像是休止符，整条信息充斥着好奇、警惕和语法错误，B尽量使用简单易懂的词句，迅速回复，并适当展示自己的趣味，但那条信息如沉入海中，完全没有回音。直至数日过去，B再次光临该店，离去后又接收到一条信息，对方的笨拙与小心翼翼，反而令他觉得神秘，他开始发动一些攻势，但不太奏效，以往的经验完全派不上用场，毫无进展，B觉得有些失落，正陷入烦恼之时，他读到一首抒写自然的诗作，并随便将其中几句发送过去，那几句看似前言不搭后语，说的是采摘者、仁慈、甜蜜的火与死亡的火，以及一盏白瓷杯，出乎意料，却收到相当好的效果，她向B询问住址，在B即将进入梦乡并认为一切不过是场闹剧之时，她敲响了房门，将他彻夜吞噬。接下来的那段时间里，B保持着双重身份，一方面他要与女友继续接触，不时传递并非虚假的爱意，另一方面，他则完全释放自我，成为野兽，涎水四溢，饥渴并缺乏耐心，与一切卑微为伍，跪伏在地，持续下沉。B时而无法认出自我，时而认为这便是全部的真实，他觉得正在经历小说一般的情节，无比痛苦，却又被其吸引，如同旋涡，责任、道德与美全部退居其次，只向着未知的深处不断逃遁。白日里，他经常给远方的女友写很长一段文字，陈述自身的困惑，以及对世界的理解与求索，逻辑严谨，措辞恭敬，与所有迷茫的年轻人并无二致。而在黑夜，他继续沉浸，享尽惩罚与蜜，撕咬着叫不上来名字的异性，共同抵达彼此深处。这段关系维持近三个月，以另一方的消失告终，B无论如何都联系不上，只好又来到那间餐馆，经由侧面询问，得知她已辞职返乡，正准备结婚，B又喝掉几杯酒，开始自我劝诫，她也许只是不知如何告别，这也并非坏事，总要有一个结束，双方都会从中摆脱出来，步履轻松，展开下一段行程，所谓人生插曲，正是如此。一周之后，B逐渐发觉，自己陷入一种莫名的狂热之中，总在亢奋地回忆他们每次相遇时的场景，并尽可能详细地记录下来，地点、时间、衣着、语言、神态、动作，一次次地修改，反复补充，像是在完善一份口供。他隐约记起关于她家乡的部分信息，在一个著名景区附近，庄园与道路各占一半，他依据地图苦苦搜寻，最终确认大致地点，某天清晨，在上班的路上，他忽然从车上跳下来，跌倒路边，起身之后，掉转方向，来到车站，买票去往彼处。接下来，B度过了与世隔绝的四天，这里风景很好，泉水清澈，物价低廉，唯一的问题是，从他来到这里的那一刻起，热情便急剧损耗，短短几日，陌生的环境将之完全消解，虽是初秋，但B在每天夜里却倍觉寒冷，温度仿佛正从他的身上一点点离去，他觉得自己正在结冻，于是B又想起那首诗，关于采摘者、仁慈、甜蜜的火与死亡的火，以及一盏白瓷杯，试图借此唤醒自我，哪怕只有一刻钟，但还是以失败告终，他平静地接受了这一切。在离开的当日，他亲历一场婚礼，发生在隔壁，凌晨时刻便蓄势待发，各种声响逐一传来，他无心睡眠，走到外面，隔着被贴上红字的窗户向室内望去。人们聚在一起，面孔模糊，各自祷告，在灯光掩映之下，如同一场默剧正在上演。全部角色均由女性构成，相互问候、追溯、刺探，时刻准备饮泣或者痉挛，而陌生的新娘是其中的配角，缺乏主见，任人摆布，所有的声音都听不到，她久闭双眼，只去想象那些即将到来的日子。直至清晨，礼花在将亮未亮的天空里绽放，孤零零的星火，上升又降下来一点，悄然退场，随后，人们在巨大的声响里缓缓移动，只有 B 是静止的，他感觉天空正注视着自己，在这样一个无比空洞的时刻，B 终于将来时目的全部忘却，他觉得虚弱不堪，走回屋内，收拾行李，待到外面的一切恢复平静，才重新出门，踏上返程列车。

B 与未婚妻从商场出来时，外面下起小雨，雨丝落在前车窗上，像被利刃划过，道路也被分割成碎片，在每一块碎片构成的区域内，场景都极其清晰，引人遐想，但整体连缀起来，又是虚幻的一片。路上车辆较多，B 几乎感觉不到移动的速度，所有人都在极低的气压之中喘息、蠕动。他们即将奔赴今日的最后一站，与朋友共进晚餐。对方是一对刚完婚的情侣，女方是未婚妻的好友K，她们经历相似，因共同在某地生活而结下友谊。今天将是他们的第三次见面。第一次是在海边，未经约定，双方在夏日的同一片海滩相遇，B还记得，那天他的心情并不太好，原因是未婚妻旅途中始终在低声抱怨，而那些问题在B看来根本不值一提，又因B的这种态度，致使未婚妻开始阐述男性与女性在思维上的根本差别，并以一种极其浅显的方式进行举例比较，B当然认为这个问题不必多费唇舌，他的理解要更为透彻，以及，他觉得未婚妻所举出的那些事例也无法成立，相当于将同一种逻辑转至另一件事情里，初听没有破绽，其实完全是无稽之谈。在这种不太愉快的氛围之下，B和未婚妻遇见K和她的男友，他们当时正在海边试图将一顶紫色帐篷支起来，阳光曲折，海浪翻腾而至，未婚妻与K轻轻拥抱，又再分开，并未显出过分惊奇，她的男友站在一旁，面容淡漠，其汗水滴到沙地上，像是一株落泪的植物，B朝着K点头微笑，一番介绍后，K与男友留在原地，接着搭帐篷，未婚妻挎在B的胳膊上，继续前行，走到一艘旧船附近，她反复讲述K从前的一些经历，磕磕绊绊，总要停顿一下，仿佛是在思索或者追忆。B听着听着，略觉古怪，因为其中部分事件，他听到过不止一次，也就是说，同一个事件，经过未婚妻的描述，仿佛既在别人身上发生，也曾发生在K的身上，但那些事件并不具备普遍性，所以对于 B 来说，仿佛是读到两篇故事情节、叙事逻辑都很相符的文章，而两位作者却身处异地，完全没有任何接触，难以置信。当天傍晚，未婚妻接到电话，是 K 打过来的，邀请他们共进晚餐，未婚妻有些犹豫，B 很好奇，心中有些疑问尚待解决，于是劝说未婚妻，共赴约会。餐馆位于露天市场旁，塑料餐桌高低不平，桌布经常被风掀起一角，他们面对面坐下来，互相探问着点餐，K 的情绪很高，菜还没上全，便喝起酒来，她的饮酒速度很快，一杯接一杯，没过多久，便醉倒在桌上，晚餐无法继续，其男友将 K 扶走，面无表情，也没向 B 和未婚妻表达任何歉意。未婚妻在返回酒店的路上，非常不满，认为整个夜晚的经历糟糕透顶，完全是在浪费时间，B 听得很不耐烦，他反复想着 K 刚才讲过的一句话，这句话在其生父尚未过世之前，也曾反复提及，这让 B 的情绪有些激动，甚至认为或许在他与 K 之间，存在着某种隐秘的联系。在他们第二次见面时，念头就全部打消了，这次是在对方的婚礼上，K 作为新娘，光彩夺目，未婚妻向她献去真挚的祝福，B 在当日仔细观察 K 的家族成员，确认与他之间毫无相识的可能，于是有点灰心，希冀淡入水中。B 转到外面抽烟，待他准备回到场地时，典礼已经开始，宴厅大门紧闭，在窄陋的通道里，B 的位置并不恰当，他贴着白墙，站在 K 的身侧，等待跟随入场，看得出来，K

的情绪很紧张，不停调整呼吸，鼻尖微微出汗，音乐响起时，她转过头来，对B说道，我们现在要是一起跑掉，你猜里面会怎么样呢。B笑着摇了摇头，没有说话，K跟着笑了起来，笑容尚未收住，B忽然觉得不寒而栗，K也仿佛意识到了什么，面容变得严肃，一个微不足道的玩笑，却也像是一个不可挽回的错误。而大门已经敞开，宾客目光聚集，恢宏的弦乐催促着她，K神情恍惚，有些不知所措，几秒过后，在横扫过来的光束里，她仍向着刺眼的前方迈出一步，接下来是另一步，B停在原地，目送着她离去，几近窒息。这是他们之前交往的全部过程，双方并不能算是熟识，所以对于这次K的邀请，B其实觉得有些意外。

　　由于道路拥堵，B与未婚妻迟到三十分钟，饭店里只有K的丈夫独自等待，他今天与K分头行动，晚上约在这里会合，但目前K还没来，也联系不上，应该是被耽搁在路上。未婚妻连忙接过话来，讲述这一路的交通状况是多么糟糕，不然的话，他们也不会迟到，进而开始抱怨城市的规划建设，每逢阴雨，必定沦陷，让人无法忍受。B又想起上一次大雨，他站在公交车顶上，成为鸟人，向下俯视，城市如同河流，卷积着秽物前行，在这种洪流之中，他看见未婚妻、K、继父以及许多人，退却或者涌入。时间已经不早，未婚妻提议先点菜，边吃边等，K的丈夫点头应允。菜上得很快，未婚妻的情致忽然变得很高，话语密集，并向 K 的丈夫频频举杯，甚至怂恿 B 也一起，合力围攻，罔顾他们开车前来的事实，K 的丈夫一边极力招架，一边不停地拨打着无法接通的电话。这种状况让 B 十分诧异，因为经历整日，他觉得未婚妻多少会有些疲惫，没想到竟如此亢奋，B 甚至怀疑，今晚的饭局也许是一个未婚妻与 K 共同策划的阴谋，K 的丈夫和自己将是祭品，或者也有另一种可能，阴谋的策划者是未婚妻和 K 的丈夫，而牺牲者只有他自己，想到这里，他本应有些担忧，但接着又忽视掉这种近乎于零的可能性，只盯着眼前的这杯啤酒，泡沫从底部向上涌，迅速升起，在杯面上做短暂停留，随后破灭。此时，未婚妻正在对 K 的丈夫复述那条新闻：今夜有星将会坠落。K 的丈夫瞪大双眼，喧哗的雨声从外面传进来，他们之间的对话变得断断续续，仿佛被一道屏障阻隔。

K 的丈夫放弃拨打电话时，他们三人已经喝掉不少酒，B 也放松下来，未婚妻决定将车停在此处，明日再来取走。K 的丈夫始终愁眉不展，几度想要先行告退，被未婚妻拦下，并要求反省是否可能在生活中存有过失或不足，以致此次失联，并承诺在反省之后，会陪他一起去寻找 K。但在 B 看来，未婚妻其实在追问 K 与丈夫生活的日常样态，相当狡猾，K 的丈夫想了半天，也记不起有效信息，按照他的表述，他平时对 K 十分尊重，一切以她的意愿为主，相处和睦，他并不认为自己有问题，反而K的经历有神秘的部分，他一直没有问过，但现在有些怀疑。未婚妻听后微微一笑，认为这些都不关键，这时店里忽然响起一首外文歌曲，在许多年前的一部电视剧里出现过，三人试图寻找声音来源，却一无所获，随后，音乐声渐弱。K的丈夫仰头喝下一杯酒后，毫无征兆地开始陈述自己的一次经历，与K相关。大概由于酒精作用，他的嗓音听起来颇为怪异。他说，半年之前，K报名参加一个旅游团，他们利用假期前往，抵达后发现，所谓的旅行，更像是荒野训练，他们要在向导的带领之下，于几日之内穿过一片古老的密林，他对这种活动并无兴趣，也劝说K不要参加，去游览境内其余风光，K有些犹豫，并未表态，次日傍晚，在没有事先告知的情况之下，K忽然离去，无影无踪，其他成员也都消失不见，他猜他们已经展开行动，进入密林之中。考虑片刻，他整理行装，决定追随而去，路径狭长而茂密，光线丰富，雾气平移，他觉得自己的步伐足够迅速，双目足够锐利，却仍未发现任何踪迹，在夜晚时，他将自己视作一位潜行者，无比敏捷，游过黑暗，许多声音围绕着他，如一种轻柔的幻觉附在耳畔，这种体验他从未有过，有那么一瞬间，他很感激K与众人，将他引领再抛弃至此，他获得许多新的感受，以接近所谓的终点。等到第二个晚上，他的思绪重新回落，担忧加倍，且不止于K，他变得慌张起来，分不清开阔与狭窄，甚至想过后撤，但因无法辨别位置，只能减缓前行的速度。讲到这里，他的电话忽然响起来，铃声急促，他连忙接起来，B舒了口气，起身离席去卫生间，对他来讲，此刻的铃声似乎意味着一日的终结，抑或另一种起始，他不屑于再去推测。

B向另一侧走去，随意而闲散，接近门的那一瞬间，忽然改变方向，步伐紧促，却尽量不发出声音，像一只猫。他推门而出，来到室外，夜空深蓝，街灯忽明忽暗，B抬眼望去，雨已经停了，星辰取而代之，将睡眠照亮，许多身披火星的人，正缓缓下落，布满黑夜的背景，风吹过来，街边的树枝不停摆动，微妙起舞，B来到车旁，迅速钻入其中，驶离此处。

他将通信设备关掉，开了很久，沿着同一条街，到了尽头再掉转回来，收音机里播放着一首老歌，一位港台男歌手，不断地许下誓言，他唱道，他不能失去她，他无法忘记她，他用生命呼唤她，他将永远爱她。B笑起来，又摇摇头，一个人是不可能为自己失败的选择去负责的，也无法追回，他从此将一错到底。这首歌里，只有这四个字如约而至，长夜漫漫，的确，近乎真理，不可反驳。在一天的深处，空气变凉，黯淡无光，车灯只能照亮一小部分前路，耐心耗尽之前，他终于听到隆隆的声响，沉稳而广阔，与发动机的低频形成共振，仿佛有未知之物正在降临。是什么让一颗星与另一颗星产生交集，无法想象，他抬头看着这条街的名字，云峰。真是个好名字。现在他只知道，自己将会一直开下去，在行星坠落之前，加速，停止，再加速，穿过旷野与长夜，上行不停歇，像在云里，像在峰上。

渠

潮

一

李迢穿一件厂办发的背心，胸前红章洗得发白，松松垮垮，底下卷着边儿，肩膀搭一条凉水里浸过的毛巾，拧得半干，趿着褐色的塑料拖鞋，不紧不慢地从院内走回屋里，给自己倒上半杯开水，又敞开柜门，合页发出一声悠长的声响。李迢揉揉眼睛，拧亮立柜里面的电视机，调小声音，坐在炕沿上看节目，没两分钟，便有些犯困，头脑昏沉一片，忽然听见门外有响动，偏头望去，一道模糊的青白身影闪过。虽已是夏天，但窗上糊着的塑料布仍未揭去，李迢慌忙起身，刚将背心掖好，满晴晴便推门而入，先不讲话，提着眼睛四处巡视，又坐在木头椅子上，向后倚靠，伸展双臂，对着电视抬抬下巴，问李迢，演啥节目呢？李迢说，电视剧吧，译制片。满晴晴接着问，叫啥名字，讲的是何方神圣，一一道来。

李迢说，鬼片，《高楼轶事》。满晴晴说，光天化日，还想吓唬我。李迢说，不骗你，不信你坐下来看，这里面的人，一只手弯起来，在墙上敲三下，就能穿墙而过。满晴晴说，崂山道士。李迢说，民主德国拍的，东德道士。

两人坐着看了十几分钟，本集结束。满晴晴眨了眨眼睛，说道，没看明白。李迢说，都有前因后果，光看半集怎么行。满晴晴说，那你讲一讲，到底怎么回事，一字不落。李迢想了半天，不知从何谈起，便说道，那样就没意思了，还是得看他们演，活灵活现。满晴晴拍了下脑袋，说道，差点忘了，李漫呢，我新学个戏法，特意来变给你们看。阳光狡猾，四处窜动，满晴晴的额头上沁出细微的汗珠，轻轻闪烁，李迢抬眼扫去，一时有些恍惚，但很快便回过神来，说，估计在看书，等我喊他出来。满晴晴说，快点，我还得回家帮我妈洗衣服。

李迢走在前面，李漫紧随其后，从院儿的另一侧走下三层台阶。满晴晴等在门口，脚踢窗沿，神态焦急，倒像是房间的主人，进门之后，又迅速安排他们兄弟端坐正中，并摆好姿势，双手扶膝，目光直视，再从口袋里摸出半把扑克，开始洗牌，两撂对插，从后往前捯牌，反复数次，扣起手指，谨慎抬起一角，昂首展示。她清清嗓子，模仿播音员的口吻讲道，观众朋友们，请记住您眼前的这张扑克牌。李漫和李迢目不转睛。满晴晴又补充道，你们看好，我后面也没翘起来，这副牌也没记号，对不对，也就是说，你们知道这张是什么，但我是不知道的，对不对。李漫推推眼镜，说，对，你不知道，这张牌我记住了。满晴晴说，好，现在由你们来重新洗牌。满晴晴闭起眼睛，向前拱手，李漫接过扑克，又捯几轮，再递给李迢，李迢撇着嘴摇摇头，直接交还给满晴晴。满晴晴接过来，摆在缝纫机上，用手缓缓抹开，每张间距平均，思量许久，口中念念有词，指头来回点算，最后从中抽出一张，表情坚定，反手甩到桌板上，尖声喊道，草花儿钩，对不对。李漫和李迢愣在那里，没有回应，满晴晴着急地问，对不对嘛，给个动静。李漫用手遮在嘴边，咳嗽了一声，然后说对。李迢也附和道，对了，有一套。满晴晴笑着收好扑克，边往外走边说，是吧，新戏法儿，次次准，不带差的，师傅今天刚教我的。李迢忍不住跟上去问，哪个师傅啊。满晴晴说，还有哪个，我们街道厂子里的徐立松呗。李迢不屑地说，他啊。满晴晴说，你有意见？李迢说，没有。满晴晴说，走了，回家干活儿。走出几步，又转回来，两根手指拈起李迢的背心，拉成帐篷形状，又弹回到他身上，然后说道，礼拜六晚上，能不能别穿这件来。李迢摸摸脑袋，说道，那当然，那当然，今天我主要就图个凉快儿。

满晴晴哼着曲子往家走，几个孤零零的起伏声调，不成篇章，李漫和李迢站在院子里，腰板笔直，平视凝望，直至她迈开大步，转过弯去，消失在絮语般的流水声里。已有将近一年，地下自来水管还没修好，房子与房子之间形成一道清澈的、散发着氯气味道的溪流，蜿蜒而行，日夜汩汩流淌。李漫回到房间里，又立刻走出来，掏出一包烟，递给李迢一支，自己嘴上也叼起一支，分别点着，二人坐在窗台上默默抽着，天空划过几道雨丝，细长而温热，远方传来一阵沉闷的雷声，春天的最后两道闪电在彼处降临。他们将烟反掐，收至手心，以防淋湿，烟头忽明忽暗，烧得很快，雾气呛眼，猛吸一口，便有白灰散漫地飘落在红砖上。

　　黑色的二八横梁自行车，永久牌，链子盒儿刚用小壶机油蹭过，夕阳一照，熠熠生辉，后挡泥板有些掉漆，但不影响整体美观，车蹬子像一道笔直的光束，伸入湿软的泥土里，车把歪向一旁，没挂车筐，白塑料布套在鞍座上，上面还有几道滚动着的雨水。

　　这辆车在街口一停，便意味着李老师下课归来。最后一堂课四点半结束，讲的是焊接电工，基础课，黑板上写好公式，让学生计算直流电和交流电，又介绍几句弧焊变压器，传阅布满霉斑的教学图片，最后安排作业，回家观察电器标牌。下课铃响后，李老师推着车去食堂门口买豆腐，塑料袋装，挂在车把上，汤水在里面来回动荡，出了校门，他紧蹬几下，跨步上车。

李迢回来得更晚一些。待雨停后，他出发去市场买菜，时间不早，各家基本已经收摊，只有零星几户，路灯放着暗淡的光，满地纸壳和菜叶，李迢踩在上面，咯吱咯吱，响声清脆，使他想起另外一个时刻，李老师常在酒后对人讲起，翻来覆去，不厌其烦。那时他的次子，也即李迢，刚刚出生，妻子产后身体虚弱，下不来床。当时有说法，腰肝汤能进补，功效显著，李老师便总来这里搜寻猪腰和猪肝。集市尚未成型，只有一些推车进城的散农，有好几次，他刚赶过来，便听见喊声，"大盖帽儿来了"，只一瞬间，农户四散，人与马皆疯跑而去……商店里都是凭票限量供应，这些俏货更是不好买到，李老师走在满地的菜叶上，咯吱咯吱，响声清脆，一不留神，滑倒在地，许久未起，仰天叹息。家庭原因是一方面，此外，也适逢学校搞风潮运动，轮番起义，李老师每日睡不安稳，战战兢兢，上班就是批评自己，反思不存在的问题，也写检举材料，权衡利弊，两眼泛黑，内心煎熬，眼看着同辈一个接着一个倒下去，该说的，不该说的，他根本分不清楚，骑在车上经常是两腿发软，踹不动脚蹬子，像一片落叶，在风里左右飘晃。

有一次，东西还是没买到，正准备回家时，看见有人摆摊算命，李老师骑车转过去，单脚点地，有气无力地问，准不准？那人说，算着看。李老师说，你算算我，什么时候能买到猪腰和猪肝。那人抬起头来，仔细端详，说道，今天买不到，明天也买不到。李老师说，放屁吧。那人又盯着他看了半天，叹口气说，我瞎讲的，我也不是张屠户，不管这个。李老师说，那你管什么。那人说，我管讲故事。李老师说，来讲一个听听。那人说，五分钱一个，保管对你有用处，听完再给也行。李老师说，讲吧。那人说，我看你这一身儿，带毛料，至少机关干部吧，坐办公室的，我给你讲个你的同行，也是当官儿的，钟馗，认识吗。李老师说，听说过，古代人，会捉鬼。那人说，对，长得丑，谁都嫌弃，考试合格了，皇上也不要他，一头撞死，有点脾气，阎王爷怜悯，让他帮忙捉鬼。说有一次，正月十五，钟馗在灯会上闻到有阴气，腾挪闪转，来到近前，走马灯一照，嚯，果然，发现一只野鬼，想上去降伏，但灯会上游人太多，暂没打草惊蛇，静步跟在后面，走过集市，穿过房屋，来到郊外的一片树林里。李老师说，故弄玄虚。那人接着说，那只鬼走到暗处，除下衣冠，猛一回头，展现面貌，双眼看着钟馗，钟馗大吃一惊，嘿，你知道这鬼是谁吗。李老师说，故弄玄虚吧，还能是谁。那人说，想你也猜不到，这是个女鬼，原来与钟馗同住一镇，三代贫农出身，成分还可以，曾介绍给钟馗做妻，但当年嫌弃钟馗铁面虬髯，相貌难看，死活没有同意，一段姻缘就此作罢。钟馗见是故人，好奇便问，你怎么变成野鬼了呢？她就说，我后来嫁与一官宦做妾，被大夫人日夜折磨，最后遭陷害致死。过程曲折，讲得情真意切，字字滴血，戏里怎么唱的来着，夜色静，寂无声，故园热土一望中，物是人非倍伤情。钟馗听得也心生几分哀怜，想上前安慰两句，她叹了口气，又变换脸色，严正说道，但你今天也不用放过我，我是鬼，你是来捉鬼的，各司其职，我老远就看见你，特意引你来此，不要惊扰世人，请将我拿去吧。钟馗不解，问她，你既然知道是我，为何不逃？她说，逃不过命，都有定数，再活一次，我也不会嫁与你为妻，你也只能去捉鬼。我悄悄地来，也悄悄地走，做人做鬼时都一样，挨打也都一声不响，你不用同情我，我也不用你同情，别的鬼怕你，但我不怕，我知道你也是鬼，你我一样，相互折磨而已，各有劫数。钟馗听后，心头仿佛中了一箭，不捉了，跟跟跄跄，掉头离去，行在长夜里，捂着胸口，几步一停顿，明知那女鬼在身后，却也不敢回头去看。李老师听得入神，说，坏了，坏了，中了奸计了，苦情戏，一世英名。那人说，没有奸计。李老师说，然后呢。那人说，没有然后，钟馗睡醒一觉，眼泪沾襟，躺了半天，起床继续捉鬼，驱除邪祟，雷厉风行，保佑一方平安。李老师松了口气，说，原来是梦。那人说，你说是就是。

李老师往家里骑，想来想去，迎风流泪，到家时，妻子躺在床上，声音虚弱，看他眼眶通红，问他说，是不是又没买到。他点点头。她说，去了大半天。他说，听人讲了一个故事。妻子问，什么故事。他复述一遍。妻子想了想，说道，好故事，现在也都是自己人，互相折磨，各司其职，要宽忍，不要记恨。李老师说，我不记恨。妻子说，能不打扰的人，就别打扰，一觉醒来，该上课上课，该捉鬼捉鬼，一场梦而已。李老师说，我懂。李漫摇摇晃晃地走过来，摸着他妈妈的脸。李迢睡在床上，鼻息平缓，黄疸尚未退尽。李老师忽然想起火炕还没烧，便提着生锈的斧头，推门走出房间，去后院打出两天的劈柴。

李迢蹲在地上择菜，切好豆腐，洗干净一把小葱，李老师炸好鸡蛋酱，炒了一盘土豆片，又焖好一锅米饭，解开围裙，兀自拎着半瓶白酒上桌，给李迢扔下一句，喊你哥来吃饭。李迢不太情愿，走到李漫的房门前，轻敲两下，之后便坐回位置，捧起饭碗，望向不远处垂落在半空中的天线。

餐桌摆在院子中央，过堂风吹过，十分凉爽，不时有路过的邻居望过来，李老师跟人点头打招呼，来喝一口？那人摆摆手，改天，今天家里有菜，李老师喝好。李老师点点头，他的一位学生也住在附近，送来一袋虾皮儿，说是家人出差，特意从大连带回来的，鲜灵儿，李老师推辞几番，最终收下来，摊在桌上，卷好塑料袋，用手捻过几粒虾皮儿垫在舌头上，再抿一口白酒。

小半杯落肚，李漫晃晃悠悠地走出房间，又开腿坐在板凳上，自顾自地吃起来。李老师问，李漫，今天复习的是什么？李漫说，均值不等式，也背了一点古文。李老师说，还有一个多月了，这次好好考。李漫不耐烦地说，知道。李老师说，晚上还去同学家里吗？李漫说，得去。李老师点头，又问道，这次报哪里，想好没有？李漫说，等等再说。李老师说，要我看，锦州医学院。李漫没有说话。李老师继续说，刚成立不久，分数不高，离家近，渤海湾，日出日落，风景不错，另外，学医的话，毕业工作好，去医院上班，铁饭碗，朋友邻居以后也都能照应到，借得上光。李迢在一边接话，他咋能去锦州，报哪儿还用问吗，肯定是上海的学校啊，施晓娟写信说在上海等他呢。李漫放下筷子，盯着李迢，说道，你看我的信了。李迢不敢直视，轻声说一句，不稀得看。李漫说，侵犯隐私，在国外，你这就是犯罪，要判刑几年。李老师插话道，你去上海，我也不是不同意，但那边人生地不熟，毕业以后怎么办，分配到哪里，都是问题。李漫说，不用你操心。李老师又说，反正我是不同意。李漫说，我都说了，不用你管。李老师说，好，以为我爱管呢，你们两个，他妈的，我早都管够了，要不是你妈生前有话在。李迢抱怨道，说啥都非得带上我。李老师说，我恨不得天天烧高香，盼着你们滚远一点，我自己落得清闲，真的，我现在就这么一个愿望。

听完这句，李漫起身而去，回到房间，取出褐色公文袋，驼着背，夹包出门，几页油印的卷子露出白边儿来，桌上的饭还剩下一半，粒粒稻米在空气里变得透明，并重新发硬。李迢也随之离开，抽屉里翻出一副扑克，握在手里去找满晴晴，想去问问她的那个戏法到底怎么变出来的，琢磨了一下午，仍觉奇妙。只剩下李老师，独自坐在逐渐袭来的黑暗里，屋里的日光灯没关，炽烈的白光朦胧地映到外面来，镇流器嗡嗡作响，蚊虫乱飞，他一边驱赶，一边自己吃了很久。半截小葱搭在碗边，白酒喝得也慢，最后竟还剩下一些，他重又仔细倒回瓶中，拧紧铝盖，收拾碗筷，回到屋子里，打开半导体，沏上一杯茶水，准备听新闻，但还没等开水放凉，便坐在椅子上睡着了。

二

李迢跟着李老师去铁西副食品商店，也名圈儿楼，呈环形盘踞在齐贤街与六马路的交会处，李老师很喜欢这条窄街的名字，齐贤，取自《论语》，见贤思齐，能自省，有上进心。

门口挂着塑料布，齐齐落下，李遄锁好车后，直接掀开钻进去，没顾得上后面的李老师，几缕帘子遮在李老师的脑门儿上，他皱紧眉头，用手一一拨弄开来。

李遄和李老师转了一圈，人挤着人，贴着前行，胳膊打架，眼花缭乱，出了一身热汗，品类繁多，不知从何入手，正发愁时，迎面碰上一位李遄以前的同学，此时正穿着工作服站在柜台后面，胳膊上箍着花套袖，朝他摆手示意，面露微笑。李遄稍稍回忆，才记起她的确切名字，冯依婷，从前极瘦，皮包骨，脸色泛黄，看着营养不良，总请假，不怎么爱说话，但语文学得不错，能造句，成语用得恰当。李遄挤着过去，跟冯依婷打招呼说，好久不见，你在这里上班？冯依婷说，是，毕业就来了，家里安排的，顶我妈的位置，给人抓糖。她一边说着，一边拎着簸箕一样的小杆铝秤，撮起一堆糖块儿称重，动作娴熟，然后用牛皮纸包好，细绳勒紧，有棱有角，方正得体，双手递给顾客。趁着空闲，她问李遄，你来这里是要买啥？李遄说，准备进厂子，要拜师，想送点礼物，不知道买什么好。冯依婷说，怎么才拜，一直没上班啊？李遄说，没有，厂子刚开始招工，去年也没招人啊，在家里硬挺一年。冯依婷拎着秤杆想了想，说，来吧，我给你安排，拜师跟结婚差不多，四样礼，烟酒糖茶，意思到位即可。李遄很高兴，如遇恩人，连忙说道，那我可全靠你了，这几样你帮我买好。冯依婷摆摆手，笑容依旧，解下工作服，嘱咐同事两句，便从柜台里绕出来。李迢和李老师跟在她身后，穿梭在人群里，逐个击破，先取来两瓶鸭溪窖酒，又拿上一条大前门，两包牛皮纸茶叶，最后回到柜台，称了两种糖果，一包司考奇，一包运动糖，合并打起包装，拿在手里沉甸甸，颇有分量。李迢完全听从指挥，二人配合默契。东西置办齐备后，冯依婷将李迢父子送出门去，李迢挠着头说，不知道怎么感谢。冯依婷说，老同学，小意思，举手之劳。说完跳着走回商店，意气风发。李迢伸个懒腰，单手提着买来的礼物，跨上自行车。时间尚早，他们父子骑得很慢，浑身热汗逐渐被风吹干，抬眼是晴空万里，几只鸽子从头顶的电线上掠过，双翼扑动，鸽哨呼呼作响。

　　说是五点正式开饭，满峰还是迟到了二十分钟。刚一进门，先朝着空气敬了个礼，同时哼哈一声，以表歉意，中气十足，然后摘去前进帽，扔到沙发上，帽檐一圈油黑，又低头脱胶鞋。李迢起身，始终站在一旁，不敢言语，待到满峰整理完毕，才被满晴晴的母亲介绍一番，从小看着长大，品性好，心也诚，想去厂子里上班，学门手艺。满峰点点头，伸出粗糙的手，来回揉着李迢的肩膀，捏得关节咯咯直响。盯着李迢的古怪表情，满峰问道，我这手劲儿，你觉得怎么样。李迢说，厉害，咱们工人有力量。满峰敞开衣襟，坐下来边吃边谈，像一座落地摆钟，沉稳坚固，声音震耳。

满晴晴说，叔，夹菜，特意给你做的红烧肉，放的红梅酱油，高档次，不是散装的货。满峰摆了摆手，说，中午刚吃的风味楼，徒弟请客，四菜一汤，还没消化，暂时吃不下去。满晴晴又说，这个李迢，你好好带他，他笨，你多踢多打，随便收拾，不要钱。满峰靠在椅背上，举起筷子讲道，厂子里上班，三点最重要，第一，听话，第二，勤快，第三，孝敬。朋友用心交，师傅拿命孝，技术都是可以培养的，但这三点，是胎里带来的本性，缺一不可。李老师一边应承着，一边递去眼色。李迢转回身去，将备好的烟酒糖茶客客气气地双手奉上，没有说话，笑得十分腼腆。满峰接过来，质问说，这是啥意思啊，要让我报销呗。李老师连忙打圆场说，一点薄礼，不成敬意，孝敬满师傅的，日后多多关照。满峰哈哈一笑，说，我开个玩笑，这孩子我看出来了，挺含蓄，有内秀。李老师说，靠您栽培，不成气候。满晴晴的母亲从厨房里拎出一瓶白酒，递给李老师拧开，满峰在一旁说，老龙口绿磨砂，口感好，醉不口干。李老师说，满师傅识货，我都不认识这些，平时只喝点散白。满峰说，你们知识分子，现在待遇还没上来，这个有徒弟给我送过，红磨砂和绿磨砂，毛玻璃酒瓶儿，两种新产品，远销海内外，沈阳风味名品。李老师先给满峰倒满一杯，又给自己斟上，满峰手指敲了敲桌子，又点一下李迢的杯子，李老师说，他就不喝了吧，没有量。满峰说，锻炼锻炼，厂子里上班，不会喝酒要挨欺负。李老师说，也是，得听师傅的话。于是酒瓶递给李迢，李迢看看李老师的脸色，抖着往杯里倒了二两。满晴晴在一旁喝饮料，提着杯子，斜李迢一眼，李迢匆忙站起身来，双手握杯，毕恭毕敬，走到满师傅面前，杯口碰杯底，由下至上，仰脖喝下一口。辛辣力道直冲头顶，李迢龇牙咧嘴，险些流出眼泪。满师傅笑着拍拍他的肩膀，说，行，有诚意，以后看你的工作表现。

两杯白酒下肚，李老师和满峰找到共同话题，同样中年丧妻，都是苦命之人，李老师有情有义，越讲越辛酸，半夜里，借着板车推到医院，还是没救回来，生命里最漫长的一个晚上，一分一秒，记得清清楚楚，此后多年，独自拉扯两个儿子，来回算计，行事小心翼翼，艰辛不必多提。满峰膝下无子，更开明一些，劝他说，这回你儿子也有工作了，你也可以再踅摸一个。李老师说，不敢想，还有个大儿子，在准备高考。满峰问，第几年了。李老师说，第三年。满峰说，那得小心一些，我邻居家的孩子，恢复高考那年开始，一直到现在，三十多岁，满脸胡楂儿，也还在考，年年托关系报名。李老师说，怎么一直没考上，许不是那块材料。满峰说，那你可说错了，从第二次起，他就考上大学了，每次考的还都是不同学校，天南海北，但他就是不去读，去年考上的是天津南开，英国话专业，驰名中外吧，录取通知书上午刚发下来，他下午就给撕了，说是还不满意，今年要继续考，想上清华。李老师说，怕是魔怔了。满峰说，我看也像，他就是考上清华，也未见得能去念书，现在是每天点灯熬油，吃完饭后，碗也不捡，地也不擦，直接在圆桌上铺开几本书，打开台灯，埋头苦读。我去过他家两次，他都是低头写写画画，谁也不理，没有礼貌，我一眼瞥过去，那几本书上全是各种颜色的笔记，密密麻麻，看着瘆人。李老师说，家里人也不管一管，这很危险，有过先例。满峰说，知识分子家庭，处事太文明，没法儿管，这要是我的孩子，二话不说，上去两个耳光，直接扇个跟头，我看你他妈还考不考。李老师附和道，你还别说，有时候就得这招儿，管用，有个古代典故，范进中举，考试通过，疯癫了，最后也是一巴掌抽醒的，做回正常人。满峰指着李老师对桌上其他人说，听见了吧，不愧是老师，头脑清醒，我就愿意跟明白人唠嗑，对付不同的人，你得有不同的办法，我们车间主任开会也经常讲这个，因材施教。

晚上八点半，李老师已经微醉，挂着脑袋凝视桌沿。满峰喝得兴起，大嘴一撇，继续讲个不停，海陆空三栖，为主席献计献策。满晴晴吃完下桌，坐在沙发上看电视。李逗几次想起身，活动一下筋骨，陪她说几句话，却无奈师傅还在桌上，不好躲去一旁。他一直想着要去提醒满晴晴，她的师傅徐立松不太正派，蔫坏，当年在学校时，曾因扒眼儿进去过，要不是因为他爸徐卓是警察，估计直接就判流氓罪了，侮辱妇女，道德败坏。但这个事情，他又没想好要怎么开口，满晴晴比较单纯，委婉地讲，没有效果，直说的话，也不合适，怕是最后又落不得好脸色。

正在犹豫之间，外面忽然有人敲门，满晴晴的母亲念叨着，这么晚了，能是谁呢。满峰拍着桌子说，好几个大老爷们儿在这呢，怕啥，把门打开，看看到底是哪位不速之客。满晴晴的母亲拉开外门，惊叹一声，钻进来个大盖帽儿。李迢歪过身子，探出去看，心里一惊，怎么想谁谁就到。原来是四牌楼的片警徐卓来访，李老师也认识，连忙打起精神，招呼徐卓入座。徐卓的胡子花白，身板笔直，面容严肃，勉为其难地坐下来。满峰为之倒酒，说，热烈欢迎，初次见面，我是变压器厂的，搞生产。徐卓说，今天夜班，不方便喝酒。满峰说，来了都是客，警民一家亲，你不喝，显得我们招待不周。徐卓摇摇头，举起杯子，舔一口白酒。刚想说话，满峰一把搂住徐卓的脖子，喊道，这就对了，俗话说得好，交警队，树荫底下等机会，刑侦队，案子没破人先醉，不喝点酒，没有灵感，没法破案。徐卓又摇摇头，没有说话，板起面孔。

李迢小心地问，徐叔，你过来是不是有啥事儿啊，找满晴晴，还是找我姨，要是不方便的话，我和我爸先回避一下。徐卓说，不找她们。然后拽了两下李老师的胳膊，低声说，李老师，喝不少了吧，跟我出来一下，呼吸呼吸新鲜空气。李老师趴在桌子上，刚要睡着，此刻又被推醒，眼神涣散，扶着桌子起身，跌跌撞撞，走到门外。

满晴晴家的院子狭窄，磨不开身，两人跨过溪流，来到巷尾，身后是配件七厂的两排厂房，再后面是铁西体育场，刚种上青草，四周沉寂，风吹过来，仿佛身处旷野之中。徐卓划亮火柴，点着一根烟，吸了两口，递给李老师，李老师接过来，没塞进嘴里，徐卓转身回去，将自行车推了出来，立在一旁。李老师问，有事儿？徐卓说，有。李老师叹了口气，说道，跟李漫有关吧。徐卓说，是，李老师没醉，头脑清楚。李老师说，不然的话，也不会知道我们今天在满晴晴家里。徐卓说，是他讲的。李老师颤抖着问，事情大吗。徐卓说，可大可小。李老师说，谁说了算呢。徐卓说，谁说了也不算，看政策。李老师问，人在哪里。徐卓说，所里关着。李老师说，有什么办法，帮着想一想，走动一下，花钱也行，还有一个多月，考完再说。徐卓说，这就别合计了，赶的时候不好，一个月内，肯定是出不来。李老师点点头，说，都是造化吧。徐卓说，他进来的时候，我吓一跳，李老师有素质，不慌，我佩服。李老师说，不然又有啥办法，到底什么情况？徐卓说，没查清楚，不方便讲，我想了半天，到底要不要今天来告诉你，其实是有点违反纪律的。李老师说，心意领了。徐卓说，再抽一支吧，李老师，这次一定要吸取教训了。李老师说，喝多了，嘴麻，吸不动，先回去了。徐卓又说，看开一些，人各有命，李漫这孩子，脑瓜儿够用，有点可惜了，你看我那个儿子，虽然学习不行，调皮捣蛋，但没犯过大错误。李老师说，是，不如你教育得好。徐卓接着说，不全是教育问题，也看天性。李老师说，总之我得向你学习。

　　徐卓骑上自行车离开，身影消失在无边的夜色里。李老师跟跟跄跄回到满晴晴家，满晴晴的母亲焦急地问，啥事儿。李老师说，没事，徐卓在单位打六家儿，输了半宿，手头紧，管我借点零钱。满晴晴的母亲说，厉害，还能找来这里。李老师抬高嗓音，说道，满师傅收徒，徒弟是我儿子，这么大的喜事，邻居没有不知道的，能找来也不奇怪。满峰听后高兴，说，李老师，儿子交给我，你就放一百个心吧，我带他在厂子里站稳脚跟。李老师感激的话说了几遍，又深鞠一躬，说，既然有满师傅这句话在，那我死也瞑目了。满峰连忙起身，扶稳李老师，说，不至于，也不用行礼，咱不讲那套，工人阶级，有活儿干活儿，有话说话，再者说，同是天涯沦落人，都明白。李老师给自己倒上一两白酒，一饮而尽，杯口朝下，扣在桌子上，两滴挂在内壁上的白酒缓缓落下。李老师咂咂嘴，又给李逅倒上大半杯，然后说，满师傅，我今天不胜酒力，先回家休息，李逅，来，替我跟满师傅喝完这杯酒。满峰说，用不着，太见外了，李老师，以后机会有的是。李老师摆摆手，难得今天高兴，难得，难得。

说完之后，李老师起身，准备先行告退。满晴晴说，李老师，没喝多吧，用我送不。李老师说，两步道儿，送啥，喝得有点急，但没醉，问题不大。满晴晴说，您自己加小心，路上没灯。李老师站在门口向众人奋力摆手告别，像极了狼牙山的五壮士，慷慨激越，门外仿佛就是万丈深渊，而今万事俱备，树石呼啸，只待纵身一跃。

三

学校分房那一年，李漫即将出生，李老师未雨绸缪，头脑活络，背后走关系，校长主任全部打点一遍，最后分得一套老日本房，旁人羡慕不已。所谓日本房，即用日本青砖所砌，建筑有一定历史，但不耽误住，冬暖夏凉，古朴耐火，分上下两屋。上屋宽敞、通风，铺红地板，墙里掏空半壁，作为立柜，底下也挖一部分，以前是防空洞，战备所需，现在可做菜窖；下屋盘火炕，里面斜堆陶瓷碎片，形成一道坡，倒骑驴拉来一车保温土，均匀铺撒，三面靠墙，棚顶立烟囱，冬天烧起来，全屋弥漫着一层热浪，火气缭绕，直冲头顶。李老师和妻子原来住在下屋，刷一圈蓝色墙围，挂钟高悬，纪念奖章簇拥四周，旁边是几张黑白旧照，每日放炕桌吃饭，一凉一热两道菜，标准家庭。李漫和李迢住在上屋，一张大床，两人蜷着身体各睡一角。这两年因为李漫准备考试，有时要集中精力，熬夜复习，不愿被打扰，所以李迢搬出去，自己住到改造后的洗澡间里。

洗澡间狭长一条，三五平米的面积，摆下一张床后，基本上没有剩余空间。李迢手巧，自己画线刨板，贴近墙壁，打出一张折叠小桌，侧立门口，桌子下面堆着洗净叠好的衣物，上面摆收音机和日常用品。屋内不透风，只在最高处有个极小的气窗，边缘已经锈死，半握拳头轻敲半天，才能将其抵开。夏季炎热，洗澡间如同蒸笼，半敞着门，昼夜开窗，也不起作用，睡不踏实。李迢经常在半夜大汗淋漓地醒来，内心烦躁，周身黏腻，无法安眠。这时，他往往会去院子里透口气，慢走几步，扬起双臂，等待从灰蓝色的天空里吹来的那一阵风，风裹挟着黑夜的气息与贫瘠的凉意，总能在被呼唤的时刻迅速赶来，它是暗色的，嗓音低沉暗哑，从房屋与房屋的缝隙里升起来，并凝聚在一起，李迢在朦胧之中甚至能看见它奔袭而来的路径，这令他心生几分感激。闭起眼晴吹过风后，李迢心满意足地回到屋里，地上的蚊香已经烧尽，他续上一盘，划开火柴燎透一端，躺在浸湿的凉席上等待天明。

告别之后，李迢独自从满晴晴家里离开，眼前一片潦草，很难聚焦。他开始有意控制自己的步伐，心里不断告诫自己，满晴晴也许就在身后，默默注视，所以每迈出一步，他都十分紧张，仿佛要下很大的决心，结果反而变得艰难。走出一段之后，他擦去头上的汗，扭头回望一眼，发现背后只是一片空空荡荡的黑暗。他先是松了一口气，而后失落感持续上升，又被翻涌着的酒精所遮蔽，他扶着墙壁，裤脚垂在地上，歪着身子蹭回到家里，掌上都是生灰的味道。

下屋并没有开灯，李迢像是在做最后的冲刺，三步两步，直奔厕所，拧开水龙头冲洗，泵压十足，水流猛冲倾泻，他张着嘴，伏在水池上，任一部分甘甜的凉水流入口中，另一部分慢慢浇透后背，再从水池底下取出一个塑料盆，走回自己住的洗澡间里。他将塑料盆放在地上，以防半夜起来呕吐，然后上床躺好，这时，他发现整间屋子开始转动，时快时慢，不由控制，从气窗里透过来的微光，映照着这纷繁的黑暗，影迹斑驳，地覆天翻，墙壁、木箱与窗子轮番向他压迫袭来，一次又一次，即便闭上眼睛也无济于事。

李迢睡到第二天上午，阳光斜射进来，直晒在他的脸上，他用胳膊遮挡，眼前仍是通红一片，像是血的倒影，在这样的背景里，他又做了几个短暂的乱梦，现实交织其中，昨夜的话语与情景历历在目。他本想这样一直睡下去，终究抵不过盆里秽物散发出来的腐败气息，如溃败的逃兵一般，抱着脑袋下床，拾起塑料盆走向厕所。刚走没几步，便又是一阵眩晕，他低着头，靠在过道上，不敢再迈步，内耳嗡鸣，浑身冒着虚汗，咬牙坚持着来到厕所，冲刷几遍，便又躺回到床上，做次深呼吸，一切才又重归平静。

　　直至中午，李迢的精神稍稍恢复，趿着拖鞋走进厨房，发现没有早饭，于是想叫上李漫一起出门吃碗抻面。来到上屋门口，敲了几声，没人答应，推开门后，发现屋中无人，窗帘拉开，被子叠得十分规矩，紧贴在墙角，书桌上的参考书也摆得整齐，他心想李漫大概又去找朋友复习，毕竟考期将至，于是套上背心，独自一人骑车出门。

　　李迢口干舌燥，捧着面碗，先喝下半碗老汤。这种抻面多是以一勺浓重的酱油与肉渣铺底，鸡骨熬的清汤浇上去，味道咸，喝下去也能暖人心胃。李迢喝完汤后，碗里的面却一口也吃不下了，挑起几根，又放回去，他坐着不动，却仍在不断地出汗，鬓角始终是湿的，闪着光芒，他感觉得到，昨夜的酒精也正在随之缓缓挥发。

结完账后，他慢悠悠地骑车回家，路边有下象棋的，他停下车来看了一会儿，但精神并没有专注在棋盘上，而是回想着那场简陋的拜师仪式，提前离席的李老师，看电视的满晴晴，变压器厂工人满峰，在未来的一段日子里，他可能要跟这位粗犷、酒量极好的师傅朝夕相处。他没有读过技校，没有经历过专业实习，所以对于自己将要面对的是什么样的命运，毫不知情，想到这里，心里多少有些忐忑。下个周一，他就要去厂里正式报到，以后怕是不会再有现在这样的悠闲时光，那么在这最后的几天里，李迢想着，自己还有什么应该去做的事情呢？他觉得总要去一次观陵山，看看母亲的墓，扫掉落叶，摆上供品，但去了也不知道该说些什么，一切跟母亲离世时相比，似乎并无本质上的变化：夏季的白日漫长并且炎热，雨后的院内贮着淹没脚踝的积水，收音机的信号极不稳定，时好时坏，父亲仍在学校里教课，重复着同样的话语，李漫在复习高考，听半导体，给远方的朋友写信，而他自己呢，依旧不知所措，好像没有什么事情是他必须去做的。半裂的木头棋子啪的一声甩到胶合板棋盘上，楚河汉界，马后有炮，李迢双手扶着自行车把，眯起眼睛，地上的灰尘扬起又落下来。

　　李迢回到家后，依旧头昏脑涨，踩不稳脚步，便又躺在床上，睡去半个下午，醒后，去下屋看一眼挂钟，已经将近五点。在厨房烧一壶开水，碗架柜里掏出一盒茶叶，给自己的杯里装上几片，捧着热气腾腾的茶水正准备看电视，忽然注意到缝纫机的罩布上摆着三沓证件，摆放规矩，间距齐整，李迢上去翻看：第一沓红皮儿，是房产证、工作证、技能达标手册等；第二沓黄皮儿，通用粮票和零存整取储蓄存折，里面盖着模糊的公章；第三沓没有固定颜色，大小不一，是他和李漫自出生以来的相关证件，夹在一起，鼓鼓囊囊，印痕错乱，红戳模糊，其中很多李迢从未见过，有不少老照片，还有几张崭新的连号纸币，边缘锋利，他正看得津津有味，不知何时，满晴晴推门进了屋子，悄无声息，一身灰蓝工作服，映得脸色发沉。

　　李迢抬头看她，然后继续翻看证件，说道，也不敲个门。满晴晴魂不守舍地说，啊。李迢说，下班了。满晴晴说，嗯。李迢说，又学新戏法了吧，要变给我们看。满晴晴说，没有。李迢说，昨天喝醉了，回家难受，抱着脸盆干呕，半夜想吹吹风，见见凉儿，死活起不来，遭罪，再也不喝酒了以后。满晴晴说，都这么说，下次又要喝。李迢说，那是别人，我是我，说到做到。满晴晴说，嗯。李迢说，你今天话少，奇怪。满晴晴说，是吧，我妈喊你过去吃饭。李迢说，不了吧，还能天天去你家吃饭，那不像话。满晴晴说，天天来，也不怕。李迢说，今天不去了，等我爸回来。满晴晴说，李老师一般几点回来。李迢说，快了吧，今天有点晚，估计在批改卷子。满晴晴坐在床边，挨紧李迢，眼睛盯着窗外，屏住呼吸，又忽地松一口气，跟李迢说，看会儿电视吧。李迢说，这才几点，没啥好节目。但仍去将电视机拧开，按几个频道，里面放音乐，穿插着文字广告，雄厚的男性嗓音将广告从头念到尾，喜讯之后，是特大喜讯，然后又念第二遍、第三遍，没有任何感情色彩，绿底儿黄字，黑边描线，满晴晴盯着看，双眼发直，李迢伸手在她眼前晃了晃。

满晴晴说，李迢。李迢说，我就说吧，没有好节目，这广告怎么也看得这么认真。满晴晴也不看他，自顾自地说，我告诉你个事情，这个事情是不是由我来说最合适，也不知道，我妈不让说，但我想了半天，还是来跟你讲，你先不要打断我。李迢转头看着满晴晴，心悬起来，说道，好，你说。满晴晴说，我今天早上听徐立松讲，他是听他爸说的，他爸昨晚来过我家，你还记得吧，是找李老师来了。徐立松说，李漫昨天去补习，在一个朋友家，总共三人相约，又请来一位朋友帮忙辅导，这位朋友以前是李漫的同班同学，成绩不错，早他两年考上大学，在东北工学院读机械系，还是学生会成员，头脑聪明，学习不错，但嘴不好，讲话难听，又喜欢四处打听，补习期间，并没有专心给他们答疑解惑，而是反复问李漫的那个上海女同学的事情，问来问去，李漫有点不耐烦，张罗着要走，那个同学又劝下来，说不开玩笑了，继续补习，没过几分钟，又跟李漫要起那个女同学的地址，说很久没联络，也要写个信叙叙旧，李漫气血上头，笔摔在桌上，提了包转身离开。这个同学很坏，拉过板凳，在李漫脚下使了个绊子，李漫摔倒在地上，模样狼狈，大家都在笑，太阳穴磕在椅子角上，许是碰到神经了，李漫爬起来后，就有点反常，摇几下脑袋，忽然脸色一变，从包里掏出来一把美工刀，推开刀刃，直奔着过去就要往脸上划，从脑门斜着割过眼睛。另外两个人根本不敢上去拽，那个同学被逼到角落里，举着胳膊顶着，喘着粗气，不敢作声，李漫没有收手，上去又划了好几道……后面我不敢听了，这些我都是听徐立松说的，他讲得邪乎，有夸张成分，其实可能没那么严重，许就是皮外伤。满晴晴不再说话，看向李迢。李迢低着头，身体发抖，说道，昨天晚上的事情吧？满晴晴说，是。李迢说，后来经官了？满晴晴说，我听他讲的是，那个同学后来跑掉，李漫没有去追，面目冷静，用水龙头冲过刀片，又洗了把脸，拎出拖布，来回擦地，洗净一地的血迹，然后将辅导书和卷子留给另外两个始终没敢说话的同学，他的包里只留了两根油字笔，说进去后写材料用得上，就出了门，自己走路去派出所投的案。李迢沉默了一阵，然后说道，那现在怎么算，有结果没有？满晴晴说，还没有，估计是故意伤害罪。李逍又想了一会儿，然后低声说，他也不是故意的吧。

天色渐暗，李老师仍未回家。满晴晴端来的饭菜摆在炕桌，土豆炖豆角，高粱米水饭，纱网笼屉扣在上面。李逍斜倚在炕柜上，外面传来阵阵虫鸣，室内十分闷热，没有开灯，电视机一直没关，此刻正播着什么节目，声音极小，散发出微弱的单色光芒，映得屋内更加幽暗。李逍的后脊梁上不断渗出冷汗，一层又一层，他想着，大概是宿醉的缘故，今天的一切都显得那么不真实，滞在半空里，像一场磕磕绊绊的旧梦，绵长延伸，没有颜色，模糊一片，这里面的许多人在逐渐失踪，仿佛他们从未存在过。

李逍收拾好缝纫机上面的各种证件，分开装进铁皮月饼盒里，然后去上屋，坐在李漫的书桌前，拉亮台灯，再从折起来的草纸里抽出一盒烟，揣进兜里，来到院中央，划亮火柴，将烟点着，火的气息温暖着他的手心。他想，周一上班，先去报到，跟满峰师傅打个招呼，再去办公室里领工作服和手册，统一参观厂区，然后进行劳动纪律和规章制度的培训。他经常会根据他人的描述来想象焊接车间的情景，到处都冒着幽幽的蓝光，气焊气割，焊枪穿梭，人们拿拳头当锤子，直接往铝板上打钉子，一拳一拳凿过去，叮叮当当，哗啦哗啦，闪着强烈的银光，像处于高空里的云海，人徜徉其中，却无法聚视。

冷汗逐渐消散，李迢的身体慢慢热络起来。外面不断有自行车的铃声响起，那是有车行过那条颠簸的砖瓦小路，开始几次，李迢竖耳聆听，内心偶有波动，他期望那是李老师的自行车铃声，却总是事与愿违。直至夜幕如铁般沉沉垂下，他抽完小半盒烟，手握拳头，捏紧烟盒，奋力抛向屋顶。

在一册语文课本里，李迢发现了施晓娟的三封来信，信封各不相同，邮票尚未撕下，他挑出日期最近的那封，轻轻展开，三页印有学院名称的红格信纸，行隔宽阔，施晓娟的字写得颇为潇洒，笔画饱满，旁逸斜出，仿佛要以锋利的枝杈去挣脱某种束缚，他读道：

李漫你好：

　　展信佳。最近复习得如何？课业繁忙的话，可暂不复信，前程要紧，这次请全力准备，机会不会一直等你的。上次来信，除境况之外，你说的一些话，我并不能完全理解，也就无法回应，望见谅。那么这次只说说我最近的一些经历吧。

　　前几天，有位先生来我们学校做一次演讲，我本想自习备考，但被室友拉去聆听，在学校的千人礼堂，座无虚席，气氛热烈，我本来比较反感这类活动，结果当天很受震撼，这位先生讲述自己的亲身经历，语调谦和，抑扬顿挫，很具感染力。他也是东北人，家乡是某个县城，童年饱受贫寒之苦，刚刚成年，准备参加工作，其父却被横行的苏联军车撞死，当时有关部门非但没有提及赔偿问题，反而认定他的内心必定憎恨苏联，早晚会变成现行反革命，影响团结，于是不由分说，将其打成"右派"，送进监狱，后转至劳改农场。在遥远的边陲，他毫无依靠，每日重复劳作，身体日益衰弱，看不见丝毫希望，一度想要轻生，被一位当地女孩所救。几次接触后，他发现这个女孩质朴、善良、纯真，与他身处相同环境，都在一片贫瘠寥落的天地里周而复始，但在人生态度上，却跟他形成巨大反差，这个女孩热情充沛，对待生命有着无尽的向往，这一点深深地打动了他，也改变了他。他说，他的人生是被这个女孩所唤醒的，第二段生命正始于此处，对于任何人，他都没有恨意，包括以前草率行事的那些官员，正是这次艰苦的经历，使其人生得以彻底展开，从而寻觅到真正的自我。这个女孩如今变成了他的妻子，据说当天也在台下，流泪不止。

后来还讲了许多其他事迹，但只有这个故事最令我感动，也使我羞愧。无法身临其境的人，始终体会不到那一份绝望，想不出在无比严苛的注视之下，牵挂和眷恋是如何转化为勇气的。我内心十分敬佩，敬佩这位先生，也敬佩他的妻子，但自己却无法做到。对不起。我不知道是在向谁道歉。同时，我也很清楚，我是无法唤醒任何人的，也不值得成为任何人为之坚持的理由。

　　我始终在权衡，在躲避，在逃离，所有冠冕堂皇的理由，究其本质，不过是借口而已，别人反复开解，这种情况下，你只能这样选择，但我内心清楚，只能这样选择，意味着我做出的就是这样的选择，自私是无须进一步解释的。我没有可以再为自己辩解的话了。

　　之前的休息日里，我陪同学逛过几次上海，路街交错，热闹纷繁，但我唯独喜欢江边，现在，我自己偶尔也会出去走一走。上海被黄浦江分成两个部分，我看不出有何区别，在岸边漫步时，天空布满层积云，连缀成片，形似诗行，偶有帆船缓缓驶过，很美，桅杆倾斜，帆荡在水上，与我并肩摇晃前行，轻微的波浪在水中旋开。你问我是否想念沈阳，也想过，想念漫天大雪，以及走在冰上的人们，但那也只是一瞬间，很快便过去了。

　　昔日的身影犹在，回想起来，仍是自然、亲切，于我而言，已是颇为浪漫的事情，我对此没有更多奢望，一切顺其自然，望你也能调整好心态，毕竟道路漫长，还有许多未曾领略的风景。另，最近我也开始担心毕业分配问题，留在上海并不容易，我可能要为之付出更多的努力。望你这次一切顺利，考出理想成绩。

友施晓娟 于地质楼

李迢把这封信来回读了两遍，仍然没有完全读懂。他折好信纸，放回信封里，又把台灯关上，打开窗户，正对着的是黑暗狭小的后院，冬天里剩下的木柴仍堆积在地上，雪浸没这些枯枝，风又把那些水分带走，它不分昼夜地吹拂，发出轻微的沙沙声响，那也像是再次生长的声音。李迢很久没来过夜晚的上屋，已经忘记了这里是如此凉爽。

他没有回自己的屋子，而是脱去上衣，直接躺在床上，这曾是他和李漫共同的床，当时他们各睡一角，使劲贴向两侧的栏杆，互不打扰，中间反而留下极大的空隙。但现在李漫不会回来了，至少这几天不太可能。李迢心里想，从今开始，他要回到这张床上，等候李漫归家，而这是他的第一个晚上。床上没铺凉席，被单刚刚浆洗过，干燥并且粗糙，躺在上面，仿佛在温柔地摩挲着他的脊背。他伸出手去，想从被摞里拽条毛巾，却在旁边摸到斜挂下来的绝缘皮电线，一侧系在床头，另一侧系在顶柜。他在黑暗里顺着摸上去，发现电线上穿着的是李漫的半导体，红灯牌，黑色外壳，中间有波段挡，右侧两个旋钮，悬在这条电线上，用力一拽，半导体由上至下，沿着电线滑下来。李迢躺在床上，伸手正好可以拧动它的开关，他的手臂举向半空，缓慢仔细调台，沙哑的小提琴曲从里面传出，像从前的一些时光，陈旧而朦胧。听到的第一首，他觉得旋律十分熟悉，却怎么也想不起来名字，第二首则完全陌生，时而婉转，时而激昂，每一颗即将到来的音符都令他惊奇，也是在这种惊奇之中，他蜷缩在一侧，紧靠床栏，沉沉睡去。半导体独自演奏许久，直至最后发出空白的长音。

四

相约苗圃见面，李迢先到，自行车立在一旁，远远望见冯依婷款步走来，衣着鲜艳，头顶绑了黑色发卡，透着深色花纹。冯依婷走到近前，李迢踹开脚撑，推着自行车跟在她身边，共同前行，草叶发亮，深处有蛙鸣，古怪而低沉。冯依婷说，迟到了几分钟，不好意思。李迢说，没关系，这里风光好，看看景儿，心事也就忘掉一半。冯依婷跟他讲，她小时候，这里面还有蛇呢，她过来串门儿，老舅非要带她去捕蛇，她有点害怕，站在水草边上，不敢进去，手里拎着小竹篓，里面装的是刚给她抓的扁担钩儿，两头尖儿，绿莹莹的，不蹦也不叫唤。她看了一会儿，腻了，又试探着往里面走了走，水漫过鞋底，波纹荡过来，凉快儿，但瞧不见人影，又往前走几步，水过膝盖，她心里发慌，便大声喊道，老舅，老舅，你在哪呢。结果老舅就在她前面不远处，忽然起身，戴着迷彩帽子，穿着胶靴，右手食指放在嘴边嘘气，意思是让她安静一些，不要大声叫喊。然后老舅缓缓抬起左臂，上面裹着好几层厚毛巾，打扮得像战场伤员，几股水绺从毛巾里坠下来，滴个不停，透过间隙，看见一条小蛇正死死咬住，不肯松口，后半截左右摆动。老舅右手拽紧蛇的尾巴，运足气力，往后使劲一拽，砰的一声闷响，小蛇的尖牙便都留在毛巾上了，还挂着几道血丝。老舅假装要把蛇扔给她，并说道，小水蛇，拿着玩去，没牙了，咬不了人，有意思。她当时吓得哭出声来，跌坐在水里，老舅立马把蛇扔了，抱着她上了岸，不敢再开玩笑了。李迢说，你怕蛇啊？冯依婷说，其实本来也不怕，见过好多次，在脚下来回窜动，互不侵犯，也不知道为啥，那次看见小蛇的牙都没了，反而害怕，张着大嘴，里面通红一片，不敢回想。

冯依婷说，老舅停薪留职后，跟舅妈也分居了，自己搬去公安农场，帮朋友守过几年大棚，说是想图个清静，每天弯腰干活儿。后来舅妈来找他，发现他的腰直不起来了，背驼得厉害，脑袋顶着舅妈的裤腰说话。舅妈要离婚，老舅死活不同意，假装消失，自己搬回丁香湖旁边，削了长杆，挂上花钩儿，每天弯着腰钓鱼，条件得天独厚，每天不用低头，脸跟湖面平行，水里有啥动静，看得是一清二楚。那阵子咱们放暑假，我总来找他玩，他在那边钓鱼，我就在旁边看书，学校图书馆借的，一天能看两本。天黑了老舅就给我炖鱼吃，小二斤的鲫瓜子，活蹦乱跳，劈柴生火，上面架铁锅，一点土腥味也没有，炖得差不多了，用手当菜板，切一块豆腐扔进去，慢慢咕嘟着，时间越长越好吃。老舅说，千滚豆腐万滚鱼，都有数的。

李迢说，没想到，你的经历还挺丰富，以前在班级里，也没咋见你说话。冯依婷笑着说，公共场合，我不怎么爱吱声，总怯场，但跟熟人话也挺多的。李迢说，给老舅带条鱼好了。冯依婷说，老舅现在不吃肉了，只吃素。李迢问道，为啥呢。冯依婷说，没细打听，好像说是对功力有影响。

老舅穿着一身旧中山装，双手背在后面，戴着粗框眼镜，站在房门口向远处望，背后是湖边孤零零的砖房，上面刷着白字广告。冯依婷和李迢赶紧走过去，冯依婷说，老舅，等挺长时间了吧。老舅笑着说，没有，发功算了一下，感受到你们的能量了，这我才出来的。李迢连忙递过去两盒点心，说，老舅，听说你烟酒不沾，也不知道给你带点啥好，就让她帮我装了两盒天津糕点。老舅表情严肃，接过点心，又打量一番，说，小伙子，进屋吧，坐一坐。

屋内发暗，桌椅泛着黑光，几个破旧的筐箩立在一边，一套茶碗摆在炕上。冯依婷想拽开灯绳。老舅说，大白天的，不用打灯，电流有干扰。于是冯依婷又缩回了手。

老舅盘腿上炕，李迢和冯依婷并排坐在对面的条凳上，像两个准备听课的学生。老舅拽开纸绳，点心盒的纸壳已经被渗出来的油脂浸透，他用两根手指拈起来一截碎掉的麻花，塞进嘴里，嘎吱嘎吱嚼了一阵儿，指着李迢和冯依婷说，你们也来吃。冯依婷摇头，说，天天摆弄这些，看着就饱。李迢也推托说，实在不饿，老舅你自己吃吧。老舅吃完麻花，又吃半张凤元饼，一块佛手酥，脆渣掉落一地，老舅说，有点噎，我去坐壶水。说完去外屋烧水，李迢说，老舅不驼背了。冯依婷说，不驼了，听了两场带功报告，第一场还没啥反应，第二场坐在第一排，听完后直起腰背走出影剧院，出来才发现驼背好了，给自己吓了一跳。然后追着听讲座，翻山越岭，从沈阳到广昌，几双皮鞋都磨没了底儿，走了大半年，回来时就带功了，浑身充满能量，总有人找他看事儿，但也不是谁都给看，老舅不图钱，就是乐于助人，关爱同胞。李迢说，还是得感谢你，这次多亏你，不然我都没主意。冯依婷说，先找到李老师再说吧。

老舅往暖壶里面加茶叶，然后倒进去一壶滚烫的水，立即堵上瓶塞，说，得闷一会儿，不然香味儿跑了。冯依婷说，老舅，你帮帮忙，李迢他爸，走一个月没回家了，你看看在哪，情况怎么样，他比较担心。老舅说，别着忙，我先问问你这个朋友的基本情况。李迢说，老舅你问。老舅说，在哪单位上班呢？一个月能开多少钱？李迢想了想，然后从兜里掏出来一张字条，递过去说，老舅，这是我的饷条儿，上面写得一清二楚，我这是头一个月上班，以后还能多点，属于特殊工种，保健费高。老舅接过来，戴上眼镜，看了两个来回，然后还给李迢说，你们现在还有洗理费，不错，家住哪里，什么情况。李迢说，住兴华大合社附近，平房带前后院儿，家里三口人。老舅说，挺实诚，我这个人，帮人看事儿，必须得先问明白，你也别见怪，主要是我得分辨一下，帮忙可以，违法乱纪的事情不能参与。李迢说，老舅，我懂，还有啥想问的。老舅想了想，说，没啥了，你等我喝点热水，把淤积之气打出来，发功感应，就会更准确些。冯依婷说，老舅，你快点的吧，天黑之前我还得回家呢，我一出来，我妈就不放心。

　　老舅抖搂双手，对李迢说，你帮我排气，顺便见识一下我的功力。李迢说，老舅，信得过，不用见识。老舅说，别客气，我有没有功力，你试试便知，不骗人的。说着，老舅

逍遥游

伸出双手，将李迢的左手拽出来，说，我现在把体内的淤气逼干净，我的食指和中指是泄口，你别紧张，来，手掌打开，五指并拢，眼睛闭上，感受一下我的真气。李迢闭上眼睛，挂钟嘀嗒作响，老舅举起两根手指，骨节突出，置于李迢的手掌前方，大约半寸的距离，开始循环画圈儿，也像在写书法，频率不快，稳准有力。冯依婷在一旁不敢说话。画了几分钟，老舅闭着眼睛问李迢，怎么样，感觉到一股凉风儿没？李迢惊诧道，没有啊，哪来的凉风儿。老舅说，你心不静，效果没达到，不要乱想，再继续感受一下，要有静气，每临大事有静气。

　　李迢单掌伸在半空里，像是要跟谁握手的姿势，他闭着眼睛，尽量什么都不去想，老舅的手指还在画圈儿，频率越来越快，也不知道过了多久，李迢真的感觉到凉气从他的手心里灌入，像一阵微风，开始是一点点，随后逐渐形成规模，像一场小型的风暴，盘踞在他的掌心里，来回旋转。李迢倒吸一口气，把手抽回来，老舅也不再发功，递给冯依婷一个眼色，说，你也摸摸看。冯依婷好奇地过来，抓住李迢的左手，说，怎么这么凉。老舅说，我没发全功，不然容易起冻疮。冯依婷说，夏天还能生冻疮？老舅说，信不信由你。冯依婷兴奋地双手握着李迢，来回翻看，李迢愣了片刻，又赶忙抽回手来，哆哆嗦嗦，相互搓动，说，老舅，厉害，帮我看看我爸的情况吧。

老舅长吁一口气，说道，给我一点寂静。冯依婷说，啥意思？老舅解释说，寂静，是我们发功时所需要调整到的状态，一切诸法本来寂静，非有非无，寂静分两个层次：一个身寂静，闲居静处，避免精神刺激，祛除一切不良习惯；另一个是心寂静，远离贪嗔痴，意识保持稳定，不做任何伤情志的活动，我达成寂静之后，神游物外，宇宙通透，尽在眼前，想看谁就看谁。冯依婷说，好，这要我们怎么办。老舅说，你俩在外面待一会儿，不要大声说话，别惊动，我调整一下状态。

冯依婷跟李迢一并出门，靠着墙根坐下来，天色渐暗，风将青草的味道吹过来，然后仿佛停驻在他们面前，之后又吹走，如此反复。李迢抬头看着灰色的天空，说，寂静。冯依婷问他，你的手刚才怎么那么凉。李迢说，我也不知道，一瞬间的事情，感觉真有风灌进来。冯依婷说，老舅还是有功夫。李迢说，佩服，给我个大致方向就行，我自己慢慢找。冯依婷说，放心吧，相信老舅。李迢说，发功一般需要多久，你还要着急回家吧。冯依婷说，我也不知道具体多长时间，有点急。李迢说，晚上我请客，下饭馆，感谢你。冯依婷说，今天不行，改天的吧，常来常往，机会有的是。

冯依婷等得着急，忍不住起身向屋里看。李迢蹲坐在地上，用碎瓦在地上勾画，斜着望上去，看见冯依婷不断地踮起脚，双臂微张，身子极轻，像是要飞起来。

又过一会儿，老舅推门出来，皱紧眉头，说，今天不行，环境复杂，什么都没看出来。冯依婷问，到底是什么情况。老舅说，惑星失联，金木水火土，五颗星星，少了一颗，目前联系不上，看啥都模糊，累，改天继续。李迢有点失落，说道，辛苦老舅。老舅说，但是你这个名字，我刚才分析了一下，不是很好，迢，拆开怎么讲，行在刀口之上，危机四伏，慢慢显露，我看你家里最近不止这一个事情吧。

李迢让冯依婷搂住自己的腰上车，这样坐得稳些，冯依婷低着头，只拽着李迢的衣角，上车之后又慢慢放开，衬衫上的褶皱也逐渐摊平，车胎半瘪，李迢蹬得吃力，冯依婷坐在后座上，二人沉默，各怀心事。路上有积水，李迢弓着腰加速骑车，轮子滑过去，后座颠簸，激起一点水花，落在他们身上。

冯依婷低声说，对不起，白忙活半天，耽误你时间了。李迢摇摇头，言语里有怨气，说道，也属正常，谁能想到，星星也能失踪，跟我爸一样。冯依婷说，什么意思，不怪我吧，我也是一番好意，不知道会是这样的结果。李迢叹了口气，说，怪我，最近家里事情多。冯依婷说，谁家事情不多，我也多，帮忙也落埋怨。李迢说，没这意思，你误会了，我感激你的。冯依婷说，用不着。李迢说，别生气，我这个人不大会说话。冯依婷说，未必吧，话都让你说了。

骑过铁道时，忽然响起警报声，红白栏杆挡在他们面前，仿佛从天而落，一列火车自远处驶来，冯依婷下了车，站在后面不说话，李迢回头看她，仍没有表情，便苦着脸说道，我诚意道歉，掏心掏肺。冯依婷仍然不讲话，火车开过去，她走在前面，李迢推车轧过铁道，咯噔乱响。

李迢说，我心太急，其实老舅说得挺对，算得也准，我还有个事情，之前没有告诉过你。冯依婷望一眼火车远去的方向，说道，都不容易，互相体谅吧，世上的活人，没有一个容易的，问题之后又是问题，一个接着一个。李迢说，是。冯依婷缓了口气，说道，古今中外，全都一样，刚才我情绪不好，也道歉，我给你讲个故事，最近看的一篇小说，法国人写的，叫福楼拜，名字好听吧。李迢说，我哥李漫，不知道你有印象没有，比我瘦，也比我高一些，也是咱们学校的，往前几届。冯依婷说，主角叫啥我也记不清了，反正是个孤儿，女的，自幼寄人篱下，无父无母，命运比较惨。李迢说，李漫本来一直在复习高考，想考去上海，也是一个月前吧，跟几个朋友补习时出了点事情，捅伤了人，目前关在分局，具体情况未知。冯依婷说，你讲完了吗。李迢说，差不多了。冯依婷说，等你不讲我再讲。李迢说，那你讲吧，我不讲了。

冯依婷又说，这个主角毕业后，有个男的追求她，跟她处上对象，海誓山盟的话讲了许多，最后还是屈从现实，为了逃避兵役，跟别人结婚，离她而去。李迢说，没遇上好人。冯依婷说，她自然是很难过，跑到一位贵妇家当女仆，全心全意照顾贵妇家里的孩子们，自己不搞对象了，所有的爱奉献给下一代。李迢说，是个寄托，人都得有个寄托。冯依婷说，不幸的是，几个孩子也相继离世，再后来，别人给她一只鹦鹉，她与鹦鹉共同度日。李迢说，也能互相说说话。冯依婷说，最后鹦鹉也死掉了，做成了标本，总之，身边的事物全部离她而去，怎么讲呢，悲恸欲绝，推开大门，人们穿着盛装，街上熙熙攘攘，但没有一个是她爱的人，她孤身一人，临死之前，把鹦鹉标本奉献给教堂祭坛，随后，她的心脏越跳越慢，离世的那一瞬间，她很恍惚，在敞开的天幕里，看到一只巨大的鹦鹉，在她的头顶上飞。李迢说，鹦鹉接她来了。冯依婷说，你猜猜这个故事，名字叫啥。李迢说，这我怎么猜得到。冯依婷说，总结一下嘛，中心思想。李迢想了想说，鹦鹉圣女吧。冯依婷说，不对，叫淳朴的心，但你说的这个也不错。李迢说，李漫的事情，你刚才听到了吧，那天我在圈儿楼，本来就想买两盒点心，提着去问问他的情况，当时你问我，我没好意思全讲，就先说了我爸的事情。冯依婷说，这个故事的女主角，前半生跟我妈的经历基本一致，唯一的差别是，那个逃避服兵役的男人给她留下来一个孩子，也就是我，我的身体也不太好，现在，她的下半生要开始了，这个小说看完之后，我好几天没睡过好觉了，辗转反侧，闭上眼睛就有鹦鹉飞过来，像来做接引的大天使，心里很害怕，淳朴的心，一颗淳朴的心，除此之外，她什么都没有，我也不知道为什么要跟你说这么多，我快到家了，你哥的事情，我不太想知道，最近总是头疼，不愿意想事情，记忆力不行，你说了我也记不住，最后这段儿不用你送了，我自己走回去。

五

徐卓翻开黑皮记事本，上面字迹缭乱，他将眼镜挂在鼻梁上，仔细辨认，低声说道，突击抓捕，计划一共搞三次，第一次是五月四号，青年节，夜里集中实施抓捕，也叫"五四行动"，抓的都是带案底的，从前在派出所登过记，此次行动取得较大成功，缉拿犯罪分子若干。李迢说，李漫没有案底。徐卓合上记事本，说，但是时间相近，归到同一类别里了，都关在一起。李迢说，徐叔，那咋办。徐卓说，也只能从侧面打探一下，不归我们处理，目前应该在分局那边。徐立松从屋外走进来，说，李迢来了，今晚在我家吃饭，喝点小酒，别太上火，我妈在厨房炖鸡呢。

徐卓家里的物件整洁、规矩，屋前展开一张折叠桌，桌面印着松鹤延年的图案，上面有几个烟烫的痕迹，泛着黄黑。徐立松光着膀子，从厨房往外面端菜，一碗榛蘑炖鸡，一盘芹菜炒粉，两沓折好的干豆腐，半碗炸酱，还提了一只水桶，里面横竖摆着几瓶黄牌啤酒。

徐立松横握瓶起子，开了啤酒，递给李迢，说，来一瓶，凉快一下。李迢接过来，低着头说，谢谢，就一瓶吧。徐立松仰着脖子喝了一口啤酒，问他说，《青春万岁》你看没呢。李迢说，还没，听说是不错。徐立松，我看了，一票难求，礼拜天早上排队买的票，困得眼睛睁不开。李迢说，是吧，哪里看的。徐立松说，和平影剧院。李迢说，跟对象去的吧。徐立松有点不好意思地回答，跟满晴晴，她非要去看，我本来是没多大兴趣的，片子拍得不够真实。

李迢心里的事情放不下，愁眉苦脸，举着筷子不知道该夹哪道菜，徐立松说，李迢，别客气，该吃吃，事情已经发生了，尽力就好，结果也不受咱们控制。徐卓从里屋走出来，也坐在桌旁，说道，李迢啊，我又想了想，主要是你哥赶上的节骨眼儿不好。李迢说，什么节骨眼儿？徐卓说，反贼层出不穷，听说没有？李迢说，厂里听说了个大概，具体不太清楚，到底咋回事，叔。徐卓说，广播电视还没展开报道，有个机电设备厂的计划员，平时不务正业，有点小权，心术不正。李迢说，听说是出事儿之前就犯错误了。徐卓说，对，贪污一笔公款，搞了一场腐化。徐立松问，爸，什么是腐化？徐卓说，说白了，婚外恋，非法同居，那女的也有家有室。徐立松说，算个能耐。徐卓白了他一眼，继续讲道，我听同事说，事情败露，涉及数额不小，连夜奔逃，还弄来两把枪，十几发子弹，买好飞机票，第二天准时登机，进机舱坐稳，开始时相安无事，在天上看故事书，喝葡萄酒，有礼有节，后来趁着上厕所的机会，对了个眼神，结果在万米高空之上，男的接过来化妆盒，咔嚓一开锁，直接掏出两把枪来，一男一女，在飞机上，直接往头顶上一举枪，夺命枭雄，跟演电影一样，告诉大家，谁也别说话，都老实点，说一句话，打一条腿，说两句，打两条，照着拨棱盖儿瞄准，直接粉碎，也不要你命，就让你痛苦后半生，拖累朋友家人，全机没人敢吱声，只能听之任之，这一下子闹得很大。李迢说，不敢想象，疯狂，什么样的胆量。徐立松说，也正常，现在的情况就是，撑死胆大的，饿死胆小的，这一战，青史留名了。徐卓放下筷子，骂道，这是什么狗屁话。徐立松嘟囔一句，本来就是。

李迢说，徐叔，这个事情，跟李漫的案子有啥关系。徐卓说，怎么没关系，一环扣一环，领导听说这个事件后，气得直拍桌子，说，怎么搞的，二月份里，在四六三医院开枪的兄弟俩，那个案子还没破，又冒出来个上了天的，这回可好，全国人民都在看笑话，然后下来一份红头文件，非常时期，一切严肃处理。李迢抱着脑袋，叹了口气。徐立松拍着他的肩膀，喊他喝酒，然后劝慰说，没事儿，应该没事儿，一码归一码。徐卓说，要是真能那样，也还好，顶多是个伤害罪，目前不好讲，这个条文很关键，处理不好目前的这几个事件，谁都没有好日子过，上级要全部换掉，压力颇大，压力颇大。李迢举着杯子，往底下沉，磕了一下徐卓的杯沿，说，徐叔，我也不知道该说啥，但李漫的事情，我也不认识别人，真的只能靠您。徐卓说，这话我不敢打包票，偶尔我去分局，条件要是允许，能帮你问一问情况，但也没法疏通，目前这是风声鹤唳，成典型了，按照上边报告里的话，叫作犯罪行为屡禁不止，但又能咋办呢，害群之马太多了，两只手抓不过来，抓过来了也教育不过来，老百姓总结得好，有道是，站在高楼往东看，一帮穷光蛋，站在高楼往西看，全是少年犯，妈了个×的，世界看沈阳，那是越看越彷徨啊，再来一瓶，再来一瓶。

两瓶啤酒喝光，李迢告辞往家里走，徐立松从后面追上来，喊道，李迢，等我一下。然后递过去一支烟，又说，我陪你往家走走。李迢说，不用，歇着吧。徐立松给李迢点上烟，然后说，我知道，你从前对我有一些看法，但我对你的印象一直不错。李迢没有说话。徐立松接着说，怎么说呢，我过去，在有些事情上，做法是欠考虑，可能让你比较反感。李迢说，没有的事，立松，想多了。徐立松说，这个其实也不要紧，你对我的看法呢，我全盘接受。李迢说，我能有什么看法，这其中有误会。徐立松说，但是我这个人呢，也有优点，心肠热，待人比较真诚，这个不是我自封，朋友们都这么说，受人滴水之恩，涌泉相报是谈不上，但总归会报答的。李迢说，立松，今天的这些话，我听不懂啊。徐立松说，李迢，那我也不见外了，我想求你个事情，我和满晴晴过几个月可能要摆酒，目前手表和电视都买好了，差一些家具，知道你手巧，会做活儿，你看能不能帮我们点忙，抽点时间，打一套家具。李迢愣了一下，然后说，你跟满晴晴啊？徐立松说，对，满晴晴跟我，我跟满晴晴，处了有一段时间，说出来还有点不好意思。李迢说，恭喜啊，立松，好事情，不早说。徐立松说，好是好，但也发愁，囊中羞涩，家具不说，满晴晴她妈，还总嫌我工作不好，我得抓紧时间往高层次上走一走，天天糊纸壳子不是办法。李迢说，家具别担心，我答应你，喜欢什么样式的，画个图纸，有个轮廓就行，我琢磨琢磨，材料我来安排，你们摆酒，大喜事儿，家具算我随的礼，说到做到。徐立松说，李迢，怎么说呢，谢谢了，哥们全记心里，李漫的事情，我会催着我爸去盯着。李迢说，立松费心了。徐立松说，到时候一定来喝酒，千万别客气，在薄板厂食堂，鞍钢请来的厨师，提前几个月预订的，技术顶级，上级领导来视察时，都是他做饭，焦熘虾段那是一绝，外酥里嫩，回味无穷啊。

倒骑驴是向满峰借的，不过没有说明用途，满峰特意从屋里多拎一条链锁，跟李迢说，加一道锁，挂电线杆子上，安全起见，现在偷车的挺多，车丢了，我又不好让你赔。李迢笑着说，师傅，放心，我还车时，连本带利息。满峰点点头，望着李迢跨步上车，一路左右晃荡，脊梁扭出好几道弯。李迢直接骑向九路市场，挑了几根东北红松、水曲柳和半张榆木，几块胶合板，一并拉回家里，堆在院子中央，照着徐立松画的图纸琢磨起来。

第二个周末，天还没亮，李迢睡不着，便起床去归还倒骑驴，车板上摆着两把新打的椅子，上了高漆，乌黑圆润，又用两层破袄裹好，以防磕碰。满峰见了高兴，说，这俩，是你打的？李迢说，对，我打的，周末劳动。满峰说，还有这一招儿，没看出来。李迢挠挠头说，以后师傅家里缺啥，吱一声。满峰说，他妈的，我缺个师娘，你也打不出来，别走了，中午留家喝酒。李迢推托说，实在不行，下午还有事情。满峰关切地问道，你爸还是你哥，都没个动静呢。李迢说，我爸是没有消息，我哥那边有动静，估计是要判。满峰说，有缓儿没？李迢摇摇头说，够呛，最近咬得紧，赶上关口了，听天由命吧。满峰说，看开些，总会过去。

院子里已经堆了一层木屑与刨花，风吹过来，满地乱飞，轻盈细密，像一层雪。李迢每天回来便对着图纸反复试验，又买几件新工具，精雕细琢，一套组合柜的雏形已经出来了，连绵数米，高矮错落，梳妆台打一道弧，以后挂圆镜时用，各个柜子之间有两道写意的曲线，像书法，一起一伏之间，染蓝白漆，相互交错，又融为一体，再挂亮油，低处隐隐闪光，像是半幅天空图景。

柜子里的茶叶已经基本喝完，一茶缸白水摆在木板上，李迢午饭也没吃，耳朵上夹着铅笔，对着胶合板横竖画线。满晴晴穿着珊瑚衫，哐啷拽开外门，看着满头大汗的李迢抿着嘴乐，又递过去半根滴着水的黄瓜。李迢抬眼看她，说道，心里高兴吧，要结婚。满晴晴说，心情一般，我来看看我的家具怎么样了，这个比较重要。李迢说，凭票供应，不接受退换。满晴晴说，行呗，你办事，我放心。李迢放下尺子和木刨，说，这么大个喜事，咋也没早点告诉我啊。满晴晴说，不爱说，没啥意思。李迢说，婚后你俩怎么考虑，还在一个单位，我听说徐立松在想办法调走。满晴晴说，他调个屁，最新决定，我们以后不去上班了，街道工厂，干一辈子能有啥出息。李迢说，那去干啥？满晴晴说，徐立松他爸出钱，送我俩去南边见见世面，来回倒弄点东西。李迢说，准备下海了。满晴晴白了他一眼，继续说，他爸的战友在那边，做买卖，据说整个南方都在做买卖，没人上班，街边都是椰子树，椰子垂到你面前，随手摘下来就吃。李迢说，是吧，改革开放，成果斐然。满晴晴说，可不，听说去那边的人，都不愿回来的。李迢说，那这套家具用不上了，我白费心思。满晴晴说，我又不是总也不回来了。李迢靠着墙坐在刨花中间，说道，没心力了，你也要走，过得没劲儿。满晴晴说，打起精神，来，去买两瓶八王寺，然后带我上房。李迢说，上去干啥。满晴晴说，坐一会儿，吹吹风，到时你就知道了。

　　李迢在底下扶着梯子，还没立稳，满晴晴三步两步便爬了上去，动作敏捷，身手矫健。在梯子顶端站住之后，横劈开腿，一只脚侧挂在房檐上，双手一撑，来到房顶，毫不吃力，然后拍拍双手的灰尘，低头看着李迢，此刻，阳光正好晒在她的头发上，李迢只能看见一个模糊的轮廓，眼睛被周围的光芒刺痛，他赶忙低下头，拎着两瓶汽水往上走，翻身过墙，跟满晴晴并肩坐在屋顶上。一阵风吹过，他们轻轻闭上眼睛，互不说话，直至风彻底离开，他们才又缓缓睁开，眼前的景象像被冲刷一次，陌生而清澈。

　　满晴晴指着瓦片上的无数烟盒，说道，这些，你抽的吧。

李迢点点头。满晴晴笑着说，给我来一根儿。李迢说，你也会啊？满晴晴说，学习一下嘛，新鲜事物，不能落后。李迢从后兜里掏出半盒烟，抽出两支，分别点着，两人坐在屋顶上，用牙咬开汽水瓶盖儿。满晴晴用夹着烟的手指着东面说，看见没。李迢说，看啥。满晴晴说，铁西体育场，今天下午有球赛，中国男足，跟外国队比，友谊赛。李迢抻着脖子望过去，说道，怪不得，刚才干活时听见有哨声，还以为哪个单位今天开运动会。满晴晴说，你家的位置挺好，不用买票，虽然远了点，但也能看个大概，你能看懂足球吗。李迢说，懂一点，知道什么叫越位，但球星不认识几个，李漫比较喜欢，从前总看转播。满晴晴说，那你等会儿给我讲讲。

待到比赛开始时，附近的屋顶上已经挤满了人，一声长哨，两队正式开始交锋，你来我往，李迢想学着电视里的解说，却怎么也学不像，阵容打法看不懂，球衣号码也看不清楚，说得十分吃力。满晴晴说，累啊，看着他们，跑来跑去，这么热的天儿。李迢说，就是这么项运动，我师傅说过，干哪一行就是要遭哪一行的罪。满晴晴说，怪道理。李迢说，慢慢体会。满晴晴忽然扭过头来，说，我走了以后，别太想我啊，想也没啥用。李迢斜着眼睛看她一眼，不在乎地说，你走了，我高兴还来不及，没人烦我。满晴晴说，嘴硬吧。李迢说，汽水儿喝没了，我再去换两瓶。

下半场的哨音响起，双方队员继续拼抢，中国队场面被动，好不容易送出一记妙传，正当此时，球场的西面一侧忽然轰隆作响，像是爆炸，一阵浓重的烟尘平地升起，所有人都吓了一跳，场上队员也愣在原地，四处张望，不知所措，球停在脚下。几分钟后，人们分辨出来，西侧那一排房由于爬上去太多人，房顶不堪重负，直接造成坍塌，烟囱、瓦片和看球的人一并栽下来，卷在烟尘里，声音四起，纷乱复杂。李迢和满晴晴坐在房顶上，底下人来人往，血是黑的，染在砖上，两位伤者从里面被翻出来，抬至板车，面容痛苦，拉去了医院，也有人蹲在那条自来水溪流旁边，自己清理伤口，衬衫破烂，脸色灰暗。灶台塌陷，铁床斜倾，各种物件掺杂在灰黑的废墟里，难以分辨，盆碗散碎一地，一只燕子形状的风筝落在上面，迎风微微摆动，像是从里面生长出来的，此刻正在等待适当时机，振翅飞行。满晴晴有些害怕，头靠过来，搭在李迢的肩膀上，李迢一动不动，两人不再低头去看下方的情形，转而望向空无一物的更远处。直到天黑，人群散去，周围才稍稍安静下来，尘土回落，油烟升腾，吃过饭后，每家打开电视机，微弱的电流声在上空凝结，成为夜晚的背景音，有人在废墟里捡拾物品，居民变成拾荒者，静悄悄地踩在砖块上，又弯下腰去，艰难地维持着平衡。满晴晴是什么时候起身回家的，李迢完全没有印象，也没人知道那场比赛最后到底是以何种比分结束的。李迢回顾整日，只记得对方卷发守门员向前探身的模样，紧皱眉头，喘着粗气，双手撑在膝盖上，满脸不解，他相信，在那一刻，乃至接下来的很长一段时间里，那位守门员都不会相信这一幕真的发生过。在他的视角里，那些爬上房来看球的人们，就这样平白无故地消失不见，变成滚滚烟尘，又随风散去，真像一场伟大的戏法。

六

一条瘦窄的索道贯穿南北两端，半空拉开一张大网，中间部分垂得极低，快要触碰到头顶，像是抛撒在海洋里，随时准备收拢，将经过的人们与震颤着的车床藏至深处。涂在两侧墙壁上的生产口号日渐斑驳，到处蒸腾着机油的味道，已经是午休时刻，厂区内安静下来，但仍亮着刺眼的黄灯，李迢提着工具箱从一侧走过，热风不断从头顶灌入，他有点口渴，想先回到休息室喝一缸茶水，等高峰期过后，再去食堂吃饭。还没走出厂房，师傅满峰便从后面追过来，走在他身边，问道，李迢，你哥的事情处理得如何。李迢说，判完了，已经转监，我下个月去马三家子看他。满峰说，倒霉吧。李迢说，一点办法也没有，对方不肯松口。满峰说，赔钱也不行？李迢说，钱也要赔，人也要判。满峰说，他妈的，把把都要和啊，又不是人命案子，谁还没有两道疤了，不给活路。李迢叹了口气，说道，毕竟犯错在先，证据确凿。

满峰说，对了，我过来找你，是想问个事情。李迢说，师傅，有话您讲。满峰说，那我就直说了，你有没有对象呢？李迢说，师傅，我现在这种情况，这个条件，上哪处对象去。满峰说，车间调度特意来跟我说的这个事情，他的二女儿，情况我比较清楚，大你三岁，也还没对象，俗话说得好，女大三，抱金砖，我见过几次，长得文静，也是咱们厂子的，面相上来讲，十分旺夫，眉长过眼，锦上添花，属相跟你也配，你看要不要认识一下，可以先做个朋友，谈谈看，你也没有损失。李迢说，师傅，调度的女儿，我不合适吧。满峰说，我还没说完，这个女儿呢，哪里都好，就是脾气一般，性格急，另外，身体也有些小缺陷，走不了道儿，得坐轮椅，不过也不用你常年推着，她自己也能轱辘，动作比较灵活，目前在工会的办公室里上班，填填单子，发发劳保用品，待遇不差，至于未来，生儿育女方面，我看也应该问题不大，你们要能一起过，那不用我多说了，一辈子不用操心，前面的路都有人铺好。李迢犹豫了一下，说，师傅，还是算了，最近实在没有心思。满峰的脸拉下来，说道，李迢，时不我待，机会不等人，想介绍你们认识，主要是觉得你人品不错，勤勤恳恳，手也挺巧，你要是觉得不行，我就要介绍给你师兄了。

李迢在家里收拾半宿，整理出来几件衣服和两条毛毯，其中一条还是全新的，上面印着建校周年纪念品的字样，估计是李老师从前攒下来的，压在箱底一直没有使用，李迢决定也带过去。第二天早上，他将这些物品塞入编织袋里，用玻璃绳儿扎紧封口，扛着去坐车。车上的人很多，极其拥挤，李迢身边的妇女掏出粉饼，趁着停站时，不时往脸上扑，粉的香味与车里的汽油味混搅在一起，李迢闻着有些反胃，只觉周身汗液黏稠，呼吸愈发重浊，索性把编织袋扔向前车室，自己后退几步，悬在无轨电车的转盘中央，身体被动地来回扭摆。这一路上，车开得很慢，到达南站时，已经将近十点，李迢跟着人群走下去，呼吸几口新鲜空气，忽然想起还没吃早饭，便在附近买了个面包，一瓶汽水还没喝完，便听见售票员要发车的呼喊声，于是又紧跑几步，换上前往太平庄的小客车。

小客车的内部设施较旧，只在司机头上有一顶电扇，棚顶黑黄，铁皮拉门摇晃不停，四角螺丝显然已经松动。车开得倒是飞快，十分颠簸，李迢睡不着，将车窗打开，任城郊的风剧烈拂过，没过多久，便在脸上结了一层尘土。沿途的景色极为生疏，许多平房似乎无人居住，满是杂草，大门前的对联已经褪成白色，字迹难以辨认，门口的水缸倒在一旁，盖帘散落；火车在另一侧与他们同行，窗户半敞，水汽腾腾，经常有人低身探出脑袋，与他对视，之后又缩回去，半闭眼睛，故意不看。随着小客车上的乘客越来越少，李迢一人占据两个位置，抵达终点之后，他立即提着编织袋下了车。有的乘客仍蛰伏于时断时续的鼾声里，直至司机走过去轻轻摇晃，他们才醒过来，打着哈欠，眼神发直，仿佛正在回味刚刚做过的那场大梦。

满地都是水坑，人的倒影在其中积聚，青草埋伏在一旁，没有一条好走的路。几辆三轮车停在附近，车夫向他们挥手，李迢跟着人群走过去，问车夫，要多少钱。车夫比画了一个数字，李迢点点头，然后将编织袋塞进后车篷里，三轮车也装着简易马达，车夫拧足油门，一串如同鞭炮的声响过后，车便在草丛里跃动，冒着难以散去的泥泞烟尘，途经几个岔口，有喜鹊低飞环绕。李迢心里想，这里的空气不错，风景也鲜艳、生动，人迹罕至，正是李漫喜欢的地方，可惜他不再自由，无法经常出来看看，怕是过不了多久，就要安排进行劳动改造，翻沟挖桥，抬土搅泥，去建设一些叫不出名字的地方。

远望过去，高耸的围墙刷着两行白字：积极改造有前途，脱逃抗改无出路。三轮车不送到门口，车夫说，这是规矩，门口有巡逻的，全天候，脖子上挂着枪，容易走火，以前出过类似的事情。李迢下车之后，挽起裤腿，从高高的野草之间穿过，那些草的边缘都如同锯齿一样锋利，他小心躲闪，草丛间的雨水还没有完全蒸发掉，踩在上面十分松软，泥水有时也会渗到鞋里面，传来一阵舒适的凉意，直抵心肺。

他将编织袋递过去检查，每一样东西都被摆出来，所有人都在看，李迢觉得有点难堪，便去账上存钱，然后在食堂里等待李漫。过了有一段时间，李漫才从另一侧走出来，他梗着脖子，剃了劳改头，眼镜腿用胶布缠着，变得更加黑瘦，但精神不错，李迢刚开始没有认出来，随后连忙起身，冲着李漫点点头，然后走上前去，跟管教握手，并向其口袋里揣进去一张纸币。管教轻轻按了按口袋，然后跟李漫说，不该讲的，一句都不要讲。李漫说，是，政府。管教又说，就半个点儿啊，快吃。李漫说，记住了，政府。

窗口推过来几盘菜，标准餐，价格是外面的几倍，李迢自己端上桌，有素有肉，热菜罕见，多是凉菜，香肠丸子拼成一盘，李漫埋头不看他，也不说话，撮一满筷菜，直接送到嘴里，奋力咀嚼。李迢吃不下东西，几次想询问近况，但那些话又吞了回去。食堂不通风，且始终有一股消毒液的异味萦绕，李漫根本不在乎，只顾吃喝，吞咽的动作很大，额头上不断冒出汗珠，整整吃了三十分钟，没有停歇，到后来速度渐缓，还剩下小半桌子菜，他擦擦嘴，推推眼镜，愣一会儿神。直到管教过来提醒，他又打了个饱嗝，起身原路返回。刚走出去两步，李漫跟管教说，报告政府，刚才光顾着吃了，还没说话。管教说，你又要干啥。李漫说，我申请，跟他说最后一句话。管教看看他，又看看李迢，说，有屁快放。李漫低头说道，谢谢政府。然后转过身来，变换语调，对李迢说，从今往后，要是有我的信寄过来，不要看，直接撕了，以前的信，你帮我翻出来，全部烧掉，一封不留，还有，没事儿的话，也不用过来看我，管教对我都很好，不用担心，这里讲的是以法管人、以理服人、以情动人，我改造好后，就能回家了。

李迢整个上午都在轨道里干活，戴着手套推大桶，没到中午，便饿得受不了，跟同事出去抽了根烟，再奔去食堂吃饭，饭后回到休息室，里面吵吵嚷嚷，好几个人围坐在沙发上听人讲话，那人背对着他，头发花白，驼背，声音洪亮，元气十足。李迢没有上前，离得较远，搬板凳倚在角落里，闭上眼睛准备眯一会儿，但声音不断地传入他的耳朵里，抑扬顿挫，颇有节奏，犹如敲击一截干木。

他说，满师傅，你姓满，应该懂得一个原理，月盈则亏，水满则溢，万事都要讲求一个度，物极必反，所以说，你的那位朋友，每天练习，已然是走火入魔，方法不对，一切白费。满峰说，你讲的有些道理。他又说，不过有时，坚持也是必要的，这个很有奥妙，以我为例，从前一直练习，没见效果，忽有一日，任脉和督脉重新连接起来，也就是说，我的小周天通了，那一刹那，天地万物，其中隐藏着的规律，运转的流程，全部清明起来。满峰说，厉害。他继续说，层次不同，天外有天，我还见过一位高人，俗话叫开了天眼，实际上是百会穴贯通，什么体验呢，就像用水舀子从深缸里提一股凉水儿，慢慢从上往下注，一道白光垂下来，你走进去，那是一条记忆通道，什么都能看见，从婴儿到青年，从青年再到老年，前世今生，很多事情都是这样，你以为已经忘了，其实没有，需要等到合适的机会，一旦被激发出来，你会发现，原来什么事情都记得的，你本来是谁，谁对你有恩，你跟谁有仇，吃过的苦，享过的福，你的灵魂都去过哪里，最终又停在何处，他妈的，历历在目，但是，记得又能如何呢，各有痛苦，最后也只能是一声叹息。满峰说，您是高手，我受教育。

听着听着，李迢靠在墙上昏昏沉沉地睡过去，过了一会儿，满峰把他摇醒，对他说，几点了，还睡。李迢说，到点儿上班了啊，睡着了，不知道。满峰说，我批准你接着休息一会儿，高手是来找你的。李迢精神恍惚，然后发现，刚才说话的那人正藏在师傅身后，驼着背，双肋凹陷，表情凝重，李迢又揉揉眼睛，才记起来，原来是冯依婷的老舅。

李迢跟老舅走出厂区，递了根烟，说，老舅，腰又不好了？老舅说，老毛病，最近没练功，有点荒废。李迢说，老舅有心，能来车间里找到我，也有本事，都爱听你讲道理。老舅摆摆手，说，嗐，午休时间，我跟他们说点闲话，主要是过来找你，来是想跟你说一声，有空就去看看冯依婷，正住院呢，成天孤单，话少，老皱眉头，我看着有点心疼，别说是我让来的。李迢拍着脑袋说，怪我，上次分开之后，一直忙事情，没有联系。老舅说，看着办吧，我的话今天是到位了，你们同学一场，有情有义，不难吧。李迢连忙说，不难，老舅，我这两天就过去。老舅又说，这不是强求，知道你家的事情也多，但怎么说呢，都是历练，俗话讲，大起大落看清朋友，大喜大悲看清自己，这也正是一个认识自我的好机会，好好把握，还有，上次你让我帮着看你爸在哪，那天没看清楚，后来我又观察几次，模模糊糊，还是找不到踪影，只好托一位功力更高的朋友，一目千里，他帮我看了半天，最后说是在东边，没出沈阳，具体位置不清楚，你要是有心的话，就往东边去寻，兴许有戏，但也别抱太大希望。

李迢请了半天假，坐车去职工医院，走进病房时，冯依婷正在看书，她的妈妈在一旁打着算盘记账，戴着花镜，李迢走到近前，冯依婷才发现他，面露惊讶，笑着说，老舅告诉你的吧。李迢说，对。冯依婷的妈妈起身让开座位，说，是李迢吧，听依婷提过，你们聊，我去打水买饭，一会儿在这里吃。李迢略有羞怯，连说不用，然后把水果递过去，小声对冯依婷说，也不知道你生病，一直忙，忘了联系，听说之后，赶忙过来了。冯依婷的头发剪短，脸色发白，但精神很好，说，这种事情嘛，知道的人越少越好，你最近怎么样。李迢说，老样子，没变化。冯依婷说，家里的事情怎么样了？李迢说，也是老样子，没进展。冯依婷说，李老师还没有找到？李迢摇摇头。冯依婷说，我前几天陪人去小南教堂，里面发油印的小册子，我看见一句话，觉得有道理，特意记下来，你等我找出来。冯依婷双手撑起身体，往后靠了靠，从枕头下面拿出一个记事本，翻到其中一个夹页，然后念道：你施舍的时候，不要叫左手知道右手所做的；要叫你施舍的事行在暗中，你父亲在暗中察看，必在明处报答你。李迢听完后，想了想说，没听明白，你解释一下。冯依婷说，意思就是，不管你去做啥，李老师是都知道的，不要做让他失望的事情，更不要轻易放弃，往深了说，我个人的理解，人与人之间就是如此，相互努力维系着，鼓励对方多走几步，仿佛一直走下去，就能到达终点，答案也就在那里，实际情况到底是不是这样，没有把握，说不好，也没别的办法，就只能这么去做。李迢叹了口气，说道，你这话赶着话，高深。冯依婷说，其实我也不太明白，算了，不谈这些，太沉重。

两人静默半天，李迢说，我给你打个苹果。然后起身走向水房，洗干净苹果，又回来，问冯依婷是否有水果刀，冯依婷从抽屉里掏出来一把折叠小刀，递给李迢，看着他削皮，然后说道，这也太像电影了。李迢没有听清楚，说，什么？冯依婷说，像电影里演的，典型场景，看望病号，帮着削苹果。李迢说，下一步呢，剧情怎么安排。冯依婷说，说几句闲话，笑一笑，镜头便转移开了，外面天高草绿，鸟儿歌唱，一片好风景。李迢说，确实都是这样。冯依婷说，所以说，医院这地方，就是个过渡，没啥人在意，患者永远也是配角。李迢说，苹果削好了。冯依婷说，我话太多了吧。李迢说，不多，你接着讲，我愿意听。冯依婷说，你有没有什么新鲜事儿要告诉我？李迢想了想，说道，我有个好朋友，上个月结婚，结完婚去了南方，那边天气热，满街椰子树，熟了垂到你面前，随便吃，不要钱。冯依婷说，早听过，不算稀奇。李迢说，我还没讲完，水果随便吃，但瓜果皮核不能随便扔，这个你听说过吧，我朋友在那边吃了个香蕉，香蕉皮也没有随地乱扔，拿在手里，走到一个垃圾桶前面才丢掉，还觉得自己很讲文明，结果忽然冲过来好多人，噼里啪啦，句句方言，听不懂。冯依婷说，什么情况。李迢说，后来才知道，那个不是垃圾桶，说是那边家族祭祀用的，拜祖先。冯依婷说，亵渎了。李迢说，反正就那意思。冯依婷说，好玩，长见识，工厂里有什么新事情？李迢说，我的师兄，最近处了个对象，车间调度的女儿，先天残疾，两个人去逛公园，师兄推了大半天，好几站路，才到地方，天气热嘛，她就派师兄去买两根雪糕，自己在树下乘凉，师兄回来，发现人不见了，找了半天，来来回回，也没找到，最后傍晚时候，在假山后面发现她了，旁边还有个男的，穿一身戏服，扮得像孙悟空，俩人手拉着手，缩在假山的石洞里，轮椅摆在一边。冯依婷说，这又是啥情况。李迢说，原来两人是对象，从前在舞厅认识的，偷着交往许久，情投意合，但是双方家里都不同意。冯依婷说，用你的师兄去打掩护？李迢说，对，借力让师兄推着去公园，然后偷摸约会，那男的正在公园里搭棚，晚上准备演出，没有正经工作，杂耍演员，会变戏法，也能唱三打白骨精。冯依婷想了想，说道，骗人的吧，坐着轮椅怎么跳舞啊。李迢说，这你有所不知，照样能跳，不要小瞧，他们在朝馆，当年那是一景儿，快四慢三，来者不拒，顺逆时针，轮子滴溜乱转，双人配合，乐队都跟着他们走，据说能达到国际标准。

凉风习习，李迢继续讲着他们在舞厅里的情景，一高一低，两只手臂拉缠，合为一体，再斜摆下来，多姿多彩，一曲跳毕，掌声四起。冯依婷听着听着，身体往下滑，然后便睡着了，头歪向一边，呼吸匀畅，李迢不知道是应该悄悄离开，还是等她醒来告别后再走。外面有低沉的雷声，从大地的另一侧传来，李迢拿起床头旁倒扣着的文学杂志，一字一句读起来，动物小说两则，旁边是作者简介，阿雷奥拉，墨西哥人，只上过四年学，一九三六年，他回到故乡当了一段时间的店员，终日在柜台后面用包装纸写诗。李迢想起冯依婷用过的那些包装纸，瓦片一样的灰色，粗糙油腻，钢笔在上面几乎无法写字，墨水洇成一片，李迢想象着柜台后面的冯依婷，她也会写诗吧，至少应该尝试过，但个人的诗句终归只能记在个人的心里，然后再慢慢忘记。

冯依婷的几丝头发垂在枕头旁，湿润的风帮着李迢翻至下一页，动物们的故事开始上演，走廊里有人开始低声说话，由远及近，言谈克制，像一封简略的电报，后又逐渐离去，消逝在尽头。一道暗影从窗外飘进来，李迢没有抬头追随，但他知道，此刻它正在头顶上，绕着日光灯低飞，掠过病痛与苦难，室内忽明忽暗，这是鹦鹉的影子，也是那颗淳朴的心。窗外的天空渐渐抬升，云如洪流一般席卷其间，李迢想着，雨就要来了，鹦鹉就要来了，大天使就要来了，来接引她，或者我们所有人。

七

　　两个月过后，已是深秋，李迢原路乘车前往，去给李漫送过冬衣物，另提一包满晴晴的喜糖，透明塑料袋封装，糖纸色彩缤纷，外面绘有一盏红灯笼。这次，李迢已经预先想好要告诉李漫的事情。他准备讲一讲满晴晴的那场婚礼，她在秋天刚结的婚，跟徐立松，意料之外，也是情理之中，两人赶时髦，举办自行车婚礼，一台飞鸽，一台凤凰，比翼双飞，都是新车，漆面反光，二人骑车，并肩而行，穿街走巷。满晴晴穿着大红旗袍，下摆拘束，单脚沉不下去，每次只敢蹬半圈，来回晃悠，速度不快，绕着他们的新房骑好几圈。新房在永善里，板式三楼，格局不错，楼下就是市场，生活便利。结婚这一路上，围观亲友较多，不时有人上前扰乱，随手放炮的，生拖硬拽的，拦路喝酒的，十分热闹，早上七点不到出门，来接新娘，各种仪式折腾一番，两人八点半从娘家启程，直到十点，还没在饭店落座。当天结婚的很多，不止这一份，满地红纸，几份典礼相互交错，队形全部打乱，等快到饭店时，发现新郎徐立松居然消失不见，所有人都很着急，满晴晴已经换好另一身礼服，死活等不来新郎，后来集体出动，逐街搜寻，最后还是我和另外两位朋友找到的，在路官巷那边，身后是煤厂，卡车正往里面送煤，翻斗向后一扬，黑烟滔天，徐立松蹲坐在煤厂门口，明显已经喝醉，穿着西服，领带歪向一边，靠在电线杆子上，看门口的两个老头儿下象棋，自行车也不知道哪去了，眼神发直，半睡半醒，讲话前言不搭后语，我们带他走时，他还跟其中一个老头儿说，叔，你为什么不跳马，喊声凄厉，震慑人心，老头儿吓得瘫坐在地上。我们连忙搀起他，送回家里，徐立松倒头便睡，怎么叫都不醒。当天的仪式也没有搞，我们回到饭店，递上红包，简单吃喝几口，便散场了。

周日来探视的家属较多，中午时间，许多人都来就餐，犯人列队进入，李漫排在队首，形容憔悴。进入食堂之后，队伍解散，李迢在桌旁喊他的名字，李漫连忙走过去，眼神警惕，点头示意。还是那些菜，没有变化，刚吃两口，不等李迢开讲，李漫便故意咳嗽，李迢皱眉不解。李漫神神秘秘，使了眼色，低声问道，后面有人在看我们没？李迢向李漫的身后望了望，所有人都在聊天，声音嘈杂，狱警跷着腿抽烟，没人留意他们，便也小声对李漫说，没有。李漫说，接下来，你不要刻意看着我，继续低头吃喝，我要给你说个事情。李迢说，好。李漫说，要是有人过来，你就假咳几声，提醒我一下，我住嘴。李迢说，好。

李漫一边用筷子轻敲菜盘，一边讲道，我刚进来时，先是集体过堂，排队脱裤子检查，合格之后穿好衣服，这时，我感觉身后有人拽我衣角，我转过头去，是个五六十岁的长辈，两道鹰眉，鼻梁鼓起，毛发茂盛，我没有搭理，继续往前走，结果他又拽上来，我回过头去，怒目圆睁，问他什么意思，他说，咱俩以后是一个号儿里的，听你刚才说话的口音，像是沈阳市内的，我说我是铁西的，他说我也是，标准件厂一带，然后问我怎么进来的，我说打架斗殴，他点点头，说，第一次进来吧，我说是，他说你等会儿跟着我走，我说，凭啥，你是哪位，他说，我们俩人，不要讲话，进去就开打，这里的规矩你不懂，要占把角儿的位置，打不过也要打，头破血流更要打，这样以后不挨欺负，你跟着我，长长经验，我把大角儿，你以后就是二板，不遭罪，我假装点点头，心里当然没打算听他的，他妈的，无稽之谈啊，我俩一前一后，走过长廊，狱警开锁，我们进屋，牢门一关，四周黑下来，静了几秒，我忽然感觉到有人来扯我的手，刚想发力反抗，却被按在墙上，灯光拉亮，三个人围着我，那位长辈也被按在墙上，物件已经备好，准备砸盆儿，进来的第一道手续，凉水浇头，来一个下马威，刚要动手，旁边有人喊道，且慢，天圣哥，是天圣哥吗，我转过头去，看见几个人围着那位长辈，他舒一口气，说，是我，没想到，这么多年了，还有人认得，之后便被请到墙角，倚靠着坐下来，他也把我拉在一起。李迢说，到底是谁呢。李漫说，这我也是后来知道的，听里面的朋友讲，曲天圣，标准件厂子弟，年轻时劫富济贫，行侠仗义，在卫工街抢过粮票，送给困难户，后来失手被抓，刚进去时，不服管制，弄残一位狱警，加刑一次，五九年，按照盲流标准，发配去青海开拖拉机，在当地见义勇为，与官员起冲突，掏出自己削尖的半截钢筋，扎在对方大腿里子上，好几个窟窿，汩汩冒血，结果又被加刑，本来注定此生无法离开，但他不气馁，天性乐观，跟着上海过去的工程师学技术本领，也学数理化，会做土炸弹，每天坚持锻炼身体，精力十足，后来在沈阳的家人去世，他没有收到消息，一年之后才知晓详情，万念俱灰，一气之下，准备报复社会，开始计划越狱，有志者，事竟成，辗转反复，最终成功逃离。李迢说，以前恍惚听说过，以为是传说，没想到真有这么个人物。李漫说，属实，人不错，对我极为照顾，他当时所在的劳改农场，基本算是荒原，海拔三千米，沙地环绕，进去出来就一条道，寸草不生，没人知道他怎么逃出来的，我问过好几次，他微微一笑，拍拍肩膀，也不对我讲，我听有人提过，不知真假，说他逃跑前，舌头底下垫着一块糖，补充能量，然后在外出作业时，趁着间歇，憋紧一口气，开始狂奔，两腿不停歇，他妈的，简直是夸父逐日，喝干黄河水，两天一夜后，遇见第一个活人，他喘着气，停下脚步，对着那人，舌头往前一抵，那块糖竟然还没全化开，在阳光下晶莹剔透。李迢说，神了，瞎编的吧。李漫说，无从考证，反正在此之前，他沿途游历一番，祖国的大好风光看过一遍，最后扒上油罐车，回到沈阳，皇姑屯站跳下来的，到了市内，反而困惑，家人朋友均无踪影，他离开的时间太长，旧房拆掉一片，完全无法辨识，标准件厂也已搬走，之后停留数日，风餐露宿，也没有遇见熟人，最后两天，他坐在卫工街的水沟旁，看着里面的工业油污漂过，顶着太阳观赏两个下午，五彩斑斓，起身拍拍屁股，前往派出所里自首，所长亲自接见，说，上午刚接到治安通报，说你已越狱，让家乡附近人员注意，下午你就来自首，你跟电报速度一样快啊，神行太保转世。李迢听得愈发困惑，说，李漫，你到底想说啥。李漫说，你听好，我要说的是，这个月初，这位长辈死在里面了，肺病，咳嗽吐血，临走之前，告诉我一个事情，说他在卫工街的水沟旁边，埋着一包东西，我问他是啥，他开始闭嘴不说，后来说是一包炸药，还有金条，再后来又说不过是几页笔记，我想来想去，始终觉得蹊跷，你这两天帮我去找一找，在卫工街的水沟旁边，从北数第七根电线杆底下，左跨五步，紧挨着是一棵钻天杨，你朝着西面先磕几个头，拜一拜，喊一声，曲天圣前辈，多有得罪，以示尊敬与礼节，再往底下挖，刨地三尺，无论挖出来什么东西，直接捧回家，不要张扬，挖的过程不要抽烟，禁止明火，然后你等我回去，我们共同研究，不管是什么，以后都能派上用场。李迢看着李漫，眼神困惑，时间已到，有狱警走上前来，李迢连忙捂着嘴咳嗽几声，李漫冲他点点头，表情严峻，被架走之前，又对李迢说一遍，谨记谨记，弟弟，后会有期。

李迢怔怔回到家里，越想越不对劲，次日夜里，他从后屋收拾出来一把铁锹，扛着走去卫工街的水沟，来到最北方的天桥之下，开始数电线杆，默数到第七根，做好标记，左跨五步，掀开两排地砖，脚踩铁锹往下挖，刚开始比较容易，半米过后，泥土如铁一般坚硬，他累得满头大汗，又捡来啤酒空瓶，从水沟里灌满水，倒入洞里，等待泥土被慢慢浸润，再继续挖掘，不断有卡车在路上飞速驶过，喇叭声撕裂整夜。到后半夜，李迢仍一无所获，便将卷边的铁锹丢在河道，骑车回家，留下一汪浑水在身后。晨幕幽蓝，有光出现在天空的边缘，李迢回到家里，从水龙头里接出大半盆凉水，端到院子中央，双手翻扬，往脸上扑着水，地面逐渐湿润。他双眼红肿，喉咙发出咯咯的响声，本来准备起身，却双腿发麻而滑倒在地，水盆也被顺势掀翻，盆底生锈的囍字转了几个来回，最终跌落在红砖上，发出一长串琐碎而急促的连音。

管教说，你想好了就签字，出了门，关系就算撇清，不走也行，留在这里的话，有啥说啥，遭罪，受不受委屈，我们不好控制，政策紧缩，最近又抓一批，满坑满谷，全是犯人，新来的都要关在防空洞里，不可能面面俱到，我们照顾不了。李迢说，我理解。管教说，出去之后，抓紧时间带他看病，最近我听说的情况是，他每天晚上都在大声喊话，天上地下，前后不搭，影响他人休息，虽然相互之间也有体谅，但很多人还是意见不小。李迢点点头，说，添麻烦了。管教说，记得定期带他过去报到。李迢对着笔尖呵一口气，在文件的末尾签下名字。

李迢将李漫接回家来，用的也是满峰的倒骑驴，从马三家子骑回铁西，大风使得路上的景色变得沉寂，李迢甚至听得见自己的心跳声，李漫被绑着坐在一角，白寸带儿捆在腰间，底下是破烂的棉被，他也不挣扎，一动不动，如同雕塑。李迢从白天骑到晚上，中途他们只停过一次，在抻面店里吃饭，李漫吃到嘴里一半儿，漏下来一半儿，老汤洒在前襟上，李迢扯出一截手纸，揉作一团，探出身子，用力擦拭，纸屑纷扬，不断地落在他的衣服上，李漫吸着鼻子，眨眨眼睛，一言不发。

李迢跟厂里请假半个月，在家里照顾李漫。李漫回家之后，情绪日渐平复，忆起许多事情，但有两点仍跟从前有所不同：一个是头发，他再不留发，必须刮得精光，不然便要做噩梦，大声喊叫，为此，李迢特意去商店买来一把手推子，一把刮刀，套上报纸，每周一剃；二是不知冷热，已是初冬，李漫却披单衣站在巷口，不言不语，看着令人难过，不过身体倒是很好，连站三天也不生病。其他行为方面，李漫时而清楚，时而糊涂，糊涂时要写信，邮去上海，在信纸上肆意乱勾，字迹杂乱，根本没法读懂，思维清楚时，他能收拾屋子，择菜烧水，递他一把扫帚，他站在院子里，能从早上划拉到晚上。

春节前夕，李迢所在的车间生产计划没有完成，开了一次动员大会，全车间的职工都要连夜赶工，三天三夜，吃住都在单位，做最后冲刺。当时李漫在生活方面，基本可以自理，但李迢仍不放心，便委托满晴晴的妈妈抽空帮忙照看。李迢工作一天一夜之后，眼睛睁不开，吃过早饭，喝碗豆浆，回到休息室，准备睡一会儿，此时，满晴晴的妈妈急匆匆来找李迢，对他说，昨天晚上，她本要给李漫送饭，去了两次，结果都不在家，她不太放心，今天起了大早，发现李漫仍未回来，更加担心，不知如何是好，连忙来厂里告知李迢。李迢听完之后，脑袋嗡的一声，也没顾得上请假，直接回到家里，搜寻一圈，没任何线索，空腹灌下两杯凉水，打起精神，骑车出门去找李漫。

从重工街骑到卫工街，又从卫工街到保工街，从保工街到兴工街，李迢呈十字形每条街巷寻找，漫无目的，几个他能想到的李漫常去的地方，一一经过，没有寻到任何踪影。直到晚上八点，他准备去报案，此时天色全黑，路灯微弱，他骑得极慢，力量耗尽，双腿无力，忽然两眼一黑，倒在路边。半夜时候，温度骤降，平地起风，李迢被冻醒过来，眼冒金星，他缩紧领口，额头滚烫，坚持着推车回家。在门外时，李迢看见下屋里仿佛亮着灯，塑料布里透出一层光，也有声响传出来，他连忙冲进去，看见李漫正在屋子里，衣衫破烂，坐在床上，满脸黑印，表情凝固，满晴晴的妈妈守在他身旁，对李迢说，你回来就好，李漫今天晚上回来了，不知道去了哪里，也不知道摔过多少次，像刚从战场下来，浑身是口子，我给他做了饭，也不吃，只喝自来水，怕是要生病，你明天记得买紫药水，给他涂上，别再感染。李迢谢过之后，帮着李漫擦脸洗手，换好衣衫，像伺候襁褓中的婴儿一般。之后，二人对坐无言，拧开收音机，在哗哗的响声里等候天亮。

不知何时，他们都睡着了，李漫先醒过来，伤口凝结，精神恢复，李迢醒来的时候，已是傍晚，他去了厨房烧水，炒了半棵白菜，两人坐在院子里，各吃一碗水饭。李迢问他，你这几天去了哪里。李漫说，我去了爸爸的学校，很久没见他了，我很想他，结果没有找到，许多人跑出来，要赶我走，我出去后不甘心，悄悄返回，躲在侧楼里，想等他出现，却又被撵跑，后来有人小声告诉我，说在文官屯见过他，但也不敢确定，于是我边骑边问路，去了文官屯。李迢重复一遍说，文官屯。李漫说，对，我骑了很久，边骑边喊他的名字，从中午找到下午，再到晚上，都没有找到，我太困了，蹲在墙角里眯了一宿，第二天凌晨，我去附近的早市买口饭吃，当时很多人还未出摊，刚走进市场，就看见了他，从我身边经过，骑着横梁自行车，老了很多，头发几乎全白，手背有斑，后座上还有一个孩子，五六岁的样子，手里攥着几个嘎拉哈，来回数着玩。李迢问，那孩子是谁。李漫说，不知道，不是他的，长得黑瘦，脸盘尖，跟我们完全不像，他骑着骑着，在街边一间店铺门口下了车，推着走过去，孩子放在地上，掏出一把钥匙，打开门锁，顺势拉起挡在玻璃上的白帘，两个美术字显现出来，原来是个豆腐坊，我在旁边盯了很久，过了一会儿，又有个女的打着哈欠走进去，换好一身白褂，推了两板豆腐出来，我看着眼熟，想了半天，终于回忆起来，她从前是在校办工厂里卖豆腐的，为人热情，童叟无欺，我见过几次，据我推测，目前他们应该是在一起生活。李迢说，好，过起新生活，那他见到你了吗。李漫说，见到了，我开始不想过去打扰，后来实在是没有忍住，三步两步，走进豆腐坊，他正在劳动，孩子在地上玩，看见我后，愣住片刻，也不说话，搬来一把凳子，让我坐下，自己继续做豆腐。李迢说，你没讲话？李漫说，开始没说，后来问了几句，问他为何不辞而别，他跟我讲，主观来说，并不想走，完全是情势所迫，逼不得已，有件事情，之前一直没有告诉过我们，在他年轻时，学校里搞运动，开始内部搞，后来转移到外部，从校园里走出去的几个小兵，还是他的学生，手狠心黑，在上课的路上，拦住两位老师，不分青红皂白，一顿棍棒，血流遍地，人也没了呼吸，他在旁边藏起来，吓得要命，那天全市都在大闹，伤亡不计其数，他回到家里，躲进上屋的防空洞，睡到半夜，内心不安，想到尸体被弃街边，无人处理，即将腐败，心里过意不去，便推车去拉来冰块，敷在尸体上面，血水逐渐化开，半条街道染成殷红，十分骇人，恰巧此举被其中一位死者的家属看见，误以为事件与他有关，从此结下仇怨，因果报应循环，如今这位家属当上领导，刚来学校视察过，双方对视，那一瞬间，彼方的恨意外涌，他避之不及，想到日后被报复在所难免，偿命倒不要紧，糊涂时代，怎么算都是一笔糊涂账，但要再搞起运动，牵连到家庭，那就相当麻烦，毕竟下一代的前程要紧，所以决定暂时躲起来，等风头过去，再来跟我们会合。李迢听完之后，低声叹道，也好，不管是真是假，算是换了个人。李漫说，不用我们挂念，新生活过得蛮好，充实，老来有子，自得其乐，看着老，其实更年轻了。李迢听得将信将疑，又问，到底在哪里看见，具体哪一条街道，什么市场，附近有什么标志性建筑。李漫沉默了片刻，然后说道，弟弟，你不要去找了，《桃花源记》背诵过吧，最后一段怎么说的，南阳刘子骥，高尚士也，闻之，欣然规往。未果，寻病终，后遂无问津者。弟弟，无论你多么高尚，去找的话，那也是永远都找不到的，我们的爸爸，在桃花源里。

八

来帮忙搬家的人里，李迢是第一个到的，穿着工作服，精神十足。满晴晴刚刚起床，正在水池子旁低头洗漱，睡眼惺忪，听见李迢的说话声，立马冲出来，不顾头发滴水，上下打量了李迢一圈儿，大声说道，你咋也没个变化，不见出息。李迢笑了笑，说，我能有啥变化，上班下班，买菜做饭。满晴晴说，来，你看看我。李迢由头到脚，仔细观察一番，说道，头发烫了卷儿。满晴晴说，还有呢？李迢说，皮肤好像白了点，气色不错。满晴晴说，是吧，南方空气湿润，比较养人，不像咱们北方。李迢问，立松没回来啊？满晴晴说，他啊，忙呗，找借口不回来，你是哪天搬走的。李迢说，拆迁通知下来之后，就去签了字，一点一点开始搬东西了，我自己一个人，蚂蚁搬家。满晴晴说，住哪呢现在。李迢回答道，单位的独身宿舍，条件可以，就是爱跳闸，保温杯煮个面条都要断几次电。满晴晴说，还总吃面条呢？然后向外面喊了一句，妈，我不在家吃早点了，跟李迢出去。于是拾起毛巾，擦干头发，拉着李迢走出巷口。

满晴晴深吸一口气，说道，北方的清晨。李迢说，假装外宾。满晴晴说，你不懂，咱们北方的早上，有种特殊的味道，一闻就能闻出来，但说不好是什么感觉，说是空气清新吧，又稍微带点呛。李迢说，好闻吧。满晴晴说，好闻。他们来到一家早点铺门前，满晴晴点了两根馃子，一碗豆腐脑，李迢推托说已经吃过，只点了碗浆子，加了几勺白糖，两口喝光，胃里涌上一点暖意，他坐在一旁，盯着满晴晴发愣，满晴晴有点不好意思，笑着问他，没见过我吃饭咋的。李迢说，以前见过，最近没见。满晴晴说，有啥不一样。李迢笑着说，没啥，还是狼吞虎咽。满晴晴说，处对象了吧。李迢说，处了，不见得能成。满晴晴说，眼光太高。李迢说，高啥，我自己啥条件，心里有数。满晴晴说，也是你们单位的吧，长啥样。李迢点点头，又说，不是我们单位的，同事介绍，普通人，一般长相，比你矮些，跟咱们同龄，在电影院上班，画广告牌。满晴晴说，不错，画家啊，有手艺。李迢说，也刚上班，还是学徒，帮师傅用尺子打方格。满晴晴说，以后让她给我画一张肖像，我挂在你打的家具上面，好吧。李迢笑着摇摇头，没有回答。

吃过早点，铁西体育场大门敞开，满晴晴说，时间还早，人没到齐，搬家的车也还没来，我们过去再走一走。李迢说，好。体育场里的草坪已经荒芜，变得十分不均匀，球门两侧杂草成堆，其余大部分区域则已变得光秃，露出本来的土色，有人围在球场四周跑步，一位父亲带着两个孩子，在讲述规则，嘴里叼着哨子，孩子们摆好姿势，双臂夹紧，在起跑线上跃跃欲试。

　　李迢说，你过得怎么样？满晴晴说，对付着过，徐立松那人，你还不知道，三天两头有新把戏，我睁一只眼闭一只眼。李迢说，那还要继续过下去？满晴晴说，南方不像这边，比较自由，顾得上自己就行，两口子也讲合作关系，我也有自己的事情在做。李迢说，是吧，环境不同，社会在变。满晴晴说，李漫的事情，我听了个大概，我妈没讲清楚，到底什么情况，不是已经接回家了吗。李迢说，非得讲吧？满晴晴说，非得讲，我这次回来，两个目的，一是帮我妈搬家，二就是回来看看你，解解心结。李迢说，有时候不爱提。满晴晴说，我又不是看热闹的外人，跟我讲讲，能好过一些。李迢说，李漫接回来之后，我请假照顾一段时间，怕出事情，结果见他有所好转，逐渐宽心。满晴晴说，有没有异常表现？李迢说，基本还好，主要是称呼方面，跟以前有点不同，你知道，一直以来，我们都互称对方姓名，这次回来之后，他开始叫我弟弟。满晴晴说，更亲近了。李迢说，听着像是，后来回忆，有点古怪，当时我认为他会慢慢康复，有一次，我单位连续加班，他彻夜未归，四处找不到人，两天一夜后，自己回来了，满身伤口，对我说，找到了李老师，说他正在卖豆腐，两人详谈一番，那副情景，说得有板有眼。满晴晴说，真找到了吗。李迢说，我也心存疑问。满晴晴说，在哪里看见的。李迢说，文官屯附近。满晴晴说，你后来没去找过？李迢说，去过两次，都没找到，文官屯那边到处在挖坟，墓碑全部掘开，黑土翻涌，说是要盖殡仪馆，骨灰统一管理，大白天，也是阴风阵阵，别说卖豆腐的，人都很少。满晴晴说，说得吓人。李迢说，是，后来李漫的病情也有所反复，时好时坏，说话半真半假，不好分辨。满晴晴说，吃过药吗。李迢说，坚持在吃，但效果一般，吃多了便睡得很久，愈发没精神，六月入夏，我觉得总这样不是办法，应该与人多加交流，回归社会，于是求了师傅，他帮我找到以前的师兄，给李漫帮忙安排了个临时工作，在第一粮库新成立的门市部，他负责推平板车，从厂内来回抬运米面，早晨起来推过去，晚上清点数目，再推回来，这个工作不用讲多余的话，比较适合他，上班之后，李漫的情绪不错，能交流，吃喝正常，每周还自己洗工作服，我逐渐放心，没出俩月，有一天晚上，李漫回家较晚，我问他原因，他说遇见一位老同学，请他吃了饭，聊了许久，我问他具体遇见的是谁，叫啥名字，他也没有讲，第二天是周日，我们休息，吃过午饭，李漫要去散步，我跟他走到卫工街的水沟附近，发现正在改造，新名字已经刻在石碑上，四个大字，卫工明渠，两岸正在栽新树，我问在种的是什么树，工人师傅告诉我说是樱桃树，外国品种，能开出来两种不同的花，俩色俩味，我又问明渠这个名字怎么来的，工人师傅说，光明的明嘛，以后沿岸全挂着霓虹灯，晚上一闪一闪，歌里唱的，听过没有，沈阳啊沈阳，我的故乡，马路上灯火辉煌……很快就要实现了。满晴晴说，改天我也要去看看。李迢继续讲道，李漫听完这两句歌词，愣住半晌，仿佛想起什么，开始小声哼唱，那天，我们在岸边坐了很久，水沟的东侧是工人文化宫，夏天一到，露天游泳池也开始营业，场地里撑开几把大伞，用水泥砌了个三五米的高台，不断有人踏着台阶走上去，再跳入水中，不像电视上那种，大头朝下，而是双臂抱胸，直挺挺地向前蹦去，落下时激起巨大的水花，旁边人抹抹脸，看着跳水者笑。我们盯着看了半天，李漫问我，游泳池跟明渠是不是相通的，那些跳下去的人，过不了多久，就会游过我们身边，我说，不是，我们背后是泳池，面前是明渠，以前叫臭水沟，化工厂、卷烟厂、冶炼厂和味精厂都往这里排放废水和油污，加了许多漂白剂，但还是有味道，这里是不能游泳的，李漫说，不对，你看里面，植物茂盛，我往里面一看，确实有一层厚密的水草，藏于油彩下方，全部倒向一侧，轻微摆荡，若隐若现，李漫又问我，那这条明渠，通往哪里，我说，绕城一周，进入浑河，最后流向大海吧，他也没有说话，后来又下起小雨，我们就回家了。第二天，我照常上班，回家时等不到李漫，有些心急，四处找寻不见，报了失踪人口。三天之后，派出所来通知，凌晨环卫工人发现的，半悬在明渠里，上身浮动，下身被水草缠住，我当时完全愣掉，不会走步，瘫倒在地，脑子一片空白，现在都回忆不起来，到底是怎么把他送走的，毫无意识。后来一段时间，我每天晚上骑车出去，还以为能找到他，走在马路上，没有目标，视角却越来越窄，像要经过一条不知通向何处的隧道，黑夜极大，我极渺小，偶尔会有一点亮光，孤零零地浮在高处，分不清是火还是灯，白天晚上都像在做梦，随时都要倒下去。这段时间过后，我又去了几趟派出所，询问警察，当时到底是什么情况，有没有被害的可能性，警察让我翻查记录，说没有其他痕迹，明渠里面是倒着的梯形，两侧浅，坡度平缓，半大孩子掉下去也淹不死，能自己爬上来，不说百分之百，但最大的可能，李漫是自己一点一点走下去的，一步又一步，直到深处，双脚被水草缠住，无法用力，越挣越紧，最后跌在水中。

满晴晴的眼角有泪，说，李迢啊。李迢说，事情过后，我想起一位朋友，她曾告诉过我一句话，说你施舍的时候，不要叫左手知道右手所做的，这句话我反复琢磨，也一直认为自己是这样做的，可惜的是，我本以为我是右手，默默照顾，其实不对，李漫才是右手，以为自己是我的负担，一步步走下去，我这个左手，反而什么都不知道。满晴晴说，不要自责，由不得你。李迢说，想了很久，还是想不通，我可能要花很久的时间去想这个事情，有时跳出来，换个角度来看，更不明白，前一分钟，马上要考大学，活蹦乱跳，吃饭摔筷子，跟我吵架，后一分钟，人就不在了，泡得浮肿，失去人形，理解不了。满晴晴说，你要接受现实，每个人都有自己的命，过阵子你来我这边，带着对象，一起散散心。李迢说，李漫刚走的时候，我夜夜失眠，有时候会做很浅的梦，梦见他在里面跟我说，弟弟，不要怕，我游到终点了，原来卫工明渠直通黄浦江，这里到处是帆船，漂得很慢，岸上的人都很有礼貌，天气闷热，我尚未完全适应，不过倒也不孤独，这里有一些旧相识，也有新朋友，人人不一样，有意思，我也很想你和爸爸，等一有机会，我就会回家看你们，然后他轻轻地哼起了那首歌，闭着眼睛，唱得缓慢，但好听，一字一音，轻轻诉说:有朝一日我重返沈阳，回到我久别的故乡，我和亲人就欢聚一堂，共度那美好的时光。

李迢扛着最后一件炕柜，从巷里出来，溪流结冰，地上很滑，他小心翼翼地向前蹭步，好不容易抬出巷口，满晴晴看了一眼，说，这个不要了，以后都是楼房，床上铺席梦思，没地方放。然后拍拍李迢的肩膀，又说，辛苦了，忙完了一起下饭馆去。李迢摆摆手，说，改天吧，今天有安排了。满晴晴说，要去约会吧。李迢笑着，没有说话。满晴晴说，那也行，今天先放过你，等我回去之前再找你。李迢说，好，好。

半截货开走之后，李迢点了根烟，坐在炕柜上，望向旧屋。屋墙斜切，拆得只剩一半，如同一道陡峭、曲折的阶梯，却只能通向半空。油漆剥落，青砖显露，缝隙里杂草滋长，半枯半绿，上一个夏天的时候，李迢便注意到它们了，只是没想到生长得竟然如此迅速。

门前的小路上埋着无数碎砖，那是当初建房时剩下来的，不成形状，无法使用，便被大家埋在地里，天长日久，磨光棱角，形成一条暗红色的甬道。许多年前，李漫、李迢和满晴晴，经常在这条甬道上游戏，那时候，李迢的妈妈身体不好，一直没有上班，在家里办起简易托儿所，附近的几个孩子都由她来帮忙照顾。他们玩累了，便回到院子里，李迢的妈妈坐在板凳上，给他们念书，读卡片，阳光晒过来，有鸟在叫，叽叽喳喳，雨后的潮气上升，每个人都被暖意环绕。绿叶使大地变暗，李迢坐在树影的中央，种种温柔的声响传入耳畔，他总是觉得很困，睁不开眼，摇摇欲坠，仿佛马上就可以睡去。

　　烟抽完之后，李迢便起身离开，炕柜的双门半敞着，里面空空荡荡。雪花在李迢的身后飘落，悄无声息，这是冬天里的第一场雪，下得极其安静，几乎没有风，大朵的雪花从云上直接落下来，仿佛它们也是云的一部分，天空逐渐变得稀薄、清透。这些雪花，伴随着远方微弱的歌声，穿越北方的部分天空，落在烟囱上，落在碎石与瓦片上，落在沉寂的溪流上，落在所有人的身前与身后。它们将不再融化，在这个冬天过去之前。

山

脉

Chapter 1 Review

雪，或者灰烬

《山脉》这个名字，很难不让人联想起胡安·鲁尔福那部消失的著作。传闻在二十世纪六十年代，鲁尔福写毕生平最后的作品，即一部名为《山脉》的小说，但还没有等到出版，他便自行销毁，理由是，这部小说无非是对从前作品的重复，这已经不是他第一次这样对待自己的作品了，传闻他的首部小说也同样遭受焚逝的命运（那是一篇描摹孤独的习作），现在我们知道，鲁尔福不喜欢他的开始与结束。而谈到重复，并没有任何一位作者能够幸免于此，或许我们可以用一种更浪漫的方式重新表述：所有的写作者，终其一生，只是在不断地修饰同一件作品而已。

在这种前提之下，我们不难窥见班宇这篇小说的致敬之意，某种程度上来说，亦可看作是一种野心的彰显。他承接鲁尔福的衣钵，用北方的寒冷精神去对接拉丁美洲的魔幻热土。从前作品里的那些标志性元素，诸如精巧的叙事结构、戏剧性的情节冲突（conflict）、轻松幽默的笔调等全都消失不见，取而代之的，是一道道沉重而严苛的拷问，他化身为经过专业训练的特派员，以探究人性为目的，如同打字机一般，编写出一份冷漠、荒凉、神秘的北方调研报告。

对于《山脉》中的角色，班宇几乎没有一丝同情，那些神明、异人与外来者，几乎全都深陷困境，而其所追寻的，却是一条错误的救赎之路，他们在相互欺骗、攻击、毁灭之中，逐渐沉沦，偶有微光透过裂痕照射进来，但无人被其融化，只是望着它流逝，直至熄灭。

我们知道，胡安·鲁尔福在他的小说里，有着对时间与空间层面上的扩展与解构，死者之间的数度相遇，事实上，他是在试图创立一种新的叙事秩序（当然，这不乏福克纳的影响），而班宇则做得更为彻底，甚至也更危险。他将其搅成混乱的一团，弱化句子之间的连接力，对文本进行充分破坏，有时我们需要反复阅读几次，才能搞清对话双方到底是谁。这与意识流等现代技法无关，而是刻意去营造障碍，我们可以这样认定：《山脉》并不是一部友好的作品。

但同时，他也并非满怀敌意地去挑战读者。要清楚的是，以这样精悍的篇幅（总字数暂时保密）去撬动一个更大的命题，作者要求读者所付出的，显然不仅是想象力与耐心，还要有十足的侦查能力，每次变化都有晦暗的隐喻紧紧相随。在第三章里，他舍弃掉如匕首一般锋利的短句写法，转而开始撰写繁复而致命的长句，一种炙热的、连绵不绝的雨林精神，那些句子更像是产自湿润的南方。摘录一段：

> 他们带来了消息……在那锈迹斑斑的废弃牧场边缘人们如蚁群般迅速聚成乙字形，居于首尾的人恭顺地传递着滚烫盲目的词与句，那一声声由连接而形成的微弱喧哗笼罩在雁阵刚刚经过的天空之中，不断起伏并相互靠拢的乌云向着北方、北方与北方一并移去，树上的露水房顶的露水我们的露水滴落在干涸贫瘠的硬地上后很快便又蒸发掉……他们带来了消息。

这一段闷热、压抑，呈环状，像是暴雨来临之前的湍流运动，神与水汽相互溶解，而读到最后，我们掩卷反思，便会发现，正是在这种氛围之中，那巨大谜语的一角展露出来。接下来便是含混的语义，作者借文中的主人公之口，将命题抛向虚无，他说道：

承受所不能承受的，才可称之为承受；原谅所不可原谅的，才可称之为原谅。

这种投机取巧的箴言，无须辨明的真理，更像是一枚烟幕弹，为后文铺设。在重重迷雾之中，诗在山脉里隐隐出现，如云亦如雾，滚落谷间，第四章里，我们似乎看到了作者的真正意图，但只一瞬间，又消失不见。

我认为在《山脉》这篇小说里，关于第四、五章之间的那个未命名章节的解读（或者说补充，它更像是一场填字或者数独游戏）至为关键。这一章节的文字极少，大量的省略号穿插其中，作者所描绘的是隘口之间的两个人的对话，断断续续，近乎梦境，我们跟作者一样（这时作者又跳出来，以第三人称进行叙述），只能听见只言片语，风将大部分语言淹没，那些省略号便是风声（这种写法很容易让人想起法国作家塞利纳的小说《死缓》[*Mort à crédit*]）。像是一幕话剧，我们与作者都变成台下观众，而台上的演员正逐渐失控。此处与第二章末尾的那些诗句相互对应，全诗分成三部分，散落在文间（第二节最早出现，其次是第一节），现整体摘录如下：

午夜时分，我们敲响为数不多的街道
威胁屋内的睡眠，惊起被困于此的一生

它被绿酒的福音长久浇灌，已生成一张环环相扣的网

但仍奋力将自己想象成巨浪，试图连接不断发霉的
远方

直至清晨，推窗望山，风乘虚而入

半垂的云如钟摆般飘浮，将时间激荡成怪异的曲线

从集市上漫散过来的，还有丰富的越冬精神

毕竟只在盛大的寒冷里，他们才知道如何保持尊严

神明日拱一卒，以缓慢而精确的速度驱逐、重建无

人在此久留，即便他们匆匆而去时，也心怀愧疚过去并

不是谁的发明，那不过是他们本来的名字对于部分邻人

而言，陌生之剧，即将再次上演

　　这是一首有着世俗精神的诗作，随后逐渐攀升，这点与
整篇小说的气质接近。比如在第一章里，我们认为它与作者
从前的作品类似，北方现实主义题材，接到讣告，然后以一
场葬礼作为开端（这也不是他第一次这样去写）。值得我们注
意的是，文中的"我"作为一名小说作者，在去参加葬礼的火
车上，举着手电筒，盯着自己一篇未完成的小说《东方之星》，
精神恍惚，整夜未眠，我们再来回顾一下其中出现的一段：

工人村里，所有人都直呼李福的姓名，无论长幼。李福推着倒骑驴，缓慢行走，态度谦卑，眼神明亮，脸上常有微笑，跟路过的每一个人打招呼。我爸也点头示意，他们擦肩而过，又走了好几步，偶尔我爸会转回头来，对他喊道："李福，今天有雨。"

李福抬头望望天空，云像灰尘一般散漫，然后回答说："谢谢您。我觉得下不起来。"

没过多久，一阵风吹散另一阵风，温热的雨便落下来。李福绕着那些书奔跑，将塑料布的四角掀起并遮盖起来，又将那些书逐一搬回车上，用隔板拦截雨水，那顶草帽被扔在道边。他稀疏的头发被雨水浇透，成缕贴在额头上，样子十分狼狈。

我爸撑着伞带我出门，看见忙碌的李福，笑着说道："早都跟你讲过了。还不信天气预报。"

李福又抬起头来，眯着眼睛，对我们说："雨水使人精神。"这是李福告诉我们的第二个道理。那一刻，他的脸上有金灿灿的光芒，看着确实比平常要神气一些。

工人村，倒骑驴（一种活跃在东北地区的人力交通工具），雨水，失败者……这是班宇的小说里经常出现的意象，正因这些语汇，我们曾经将他定义为一位肮脏现实主义（dirty realism）的模仿者。对于读者来讲，这个片段更像是一种诱导，我们会误认为这是一篇元小说，或是作者在进行双线叙事（毕竟他曾十分热衷于 short story circle 这种结构），但事实上，从第二章开始，小说呈现一种几何裂变趋势，向四周伸展，这个短小的开头迅速枯萎，并被遗忘，直至焚烧木偶那一幕，它才重又出现，文中的"我"在被迫施暴之后，高举稿纸卷成的火炬，引燃半个山谷。我们想起来，那篇未完成的小说正是写在这几页稿纸上，将其付之一炬，也许意味着与过去的一种断裂与告别？无法肯定。而落在肩膀上的，也分不清到底是雪还是灰烬。但最终的情况是，这篇小说又回来了，甚至先于《山脉》发表（需要说明，本来它在文中的时间设定也早于《山脉》），这点也很有意思，这个急促、风趣的短故事更像是一道开胃菜。

这种不断越轨的写作行为，子集和真子集的吞噬与僭越，实则是矛盾体的怪异中和，很难自洽，它既不是卡夫卡式的，也不是博尔赫斯式的（虽然都有相似之处）。在这一部分的处理方面，班宇显得十分迟疑、犹豫，甚至胆怯、失语，最后不得不做出某种结构上的休止与停顿，从而形成小说里有如黑洞一般的缺陷，或者说，一种幻化出来的虚无之空。至于目前公布出来的，作者在创作《山脉》时期的那三篇日记，我认为也是一种障眼法，他试图通过虚构的人物勘察员C（是的，我认为C并不存在，请思考，谁能相信一个小说作者的日记呢）来进行遮掩，但老实讲，我认为这是无济于事的。

现在，让我们再次回到文本中央。时间成为又一个关键词（毕竟是向鲁尔福的致敬之作，我个人始终这样认为），"我"与所有人在寻找与探索的过程之中，为充斥着暗语的诗行所惊叹，进而完全忽视掉时间的功用。在这样一个闭塞之地，历史始终是缺席的，但时间依然奏效。我们惊觉，那位女诗人已近暮年，幻景不再。一切重又真实起来。"我"要回到新世界之中，如诗句所言："为神明驱逐，以缓慢而精确的速度。"

火车经过，而"我"身陷丛林之中，来不及赶上，又一次被遗落于此，无法离去，越陷越深，成为内循环的一部分。作为读者，我们在为其深感痛苦时，又不得不提醒自己，要谨记加缪《西西弗斯神话》中的警句："西西弗斯无声的全部快乐就在于此。他的命运是属于他的。他的岩石是他的事情。同样，当荒谬的人深思他的痛苦时，他就使一切偶像哑然失声。"

即便如此，我们也应该认识到，这终究不是一篇西西弗斯故事，而荒谬者深思着的，也正是自我的痛苦。山脉交错，地狱里的游荡者往返于此，缓慢吞噬人际、教义、未来与温度，往复的死寂之间，仍有奇观（spectacle）出现。在最后一章里，线索全部失效，命运回溯，一场关于身份的表演再次开启，"我"与年轻的女诗人各执谜语一端，开始在大雪中行进，这是令人激动的时刻。我们明明知道，在这样的境地里，他们根本不可能相遇，却又抱有期待，为万分之一的可能而付诸全部热忱，乃至泪水盈眶，我不知道有多少人像我一样，在那一时刻，将自己想象成了那位陷入错误范式、向着徒劳般的永恒所不断行进的朝圣者，并且已为这样的命运做好充足准备。

Chapter 2 Obituary
讣告

阿什库生于六十二年前的冬天，也有人说是六十一年前的春天，无从考证，对于那些最初的时光，他自己也毫无印象。我们中的大多数人第一次见到阿什库时，他已长成一位健硕的青年，面庞英俊，目光深邃，须发茂盛，臂膀十分有力。他独自从山顶拖下一棵被闪电劈开的树，滚声如雷，我们误以为是有巨木滑落，奔走相告之时，那棵树忽然放缓速度，平稳降落，我们站在山下，一动不动，如同瞻仰神迹。过了很久，我们才发现阿什库，他隐藏在茂密的树冠之中，神情骄傲，目光坚毅，从我们中间疾步走去。

没人知道他的来历，也没人想要知道，那时有许多人从山上下来。阿什库很少讲话，行为正常，待物谦敬，并未引起注意。他来到平原，修建一所房屋，并住了下来，没过多久，便拥有了一条狗，一头鹿和几只羊，他的腰间斜插一柄精美的弧形花刀，不分昼夜，将那棵巨树雕成一艘木船，以雨作漆，几经洗练，颜色渐深。其形制精巧，简洁流畅，路过的人总会多望几眼。

我们知道，这附近并没有海。这样说来，木船便让人很难理解。同样难以理解的是，在阿什库的语言里，居然还有另一个词：潮汐。

木船在门前放置多年，后来成为他的摇篮，他的妻子端坐一旁，轻轻摇晃，在星辰之下，万物宁静。那是他们结婚的第二年，如你所知，阿什库娶了一位本地姑娘，她在家里排行最末，没人知道他们是怎么在一起的，毕竟双方讲着不同的语言。忽有一日，他们宣布结婚，请我们所有人痛饮烈酒，自从那次，我们发现阿什库的酒量和勇气都十分惊人。

彼时，但凡是从山上下来的人，袖管里都藏着半截枪，从前是打狼兽，后来几年，我们在夜里也常常听到枪声，虽不太真切。清晨时分，我们从梦中醒来，推开大门，雾里有血的味道，物资也消失大半，这实在是令人沮丧。即便在这种情况之下，我们仍然坚信，阿什库绝不是其中之一。他不会同流合污。他不会。他是我们的人，在雨季，在山谷里，在云端，他是我们的阿什库。

我们都在等着那一天的到来。阿什库与其他几位勇士出发时，雾气弥漫，房屋与树都消失了，他们看不见彼此，肌肤却贴合在一起，义无反顾，进入峡谷。我早就说过，阿什库是我们的人。在他的脚步经过之后，山脉重新变得清洁。

如今，我们这里的人太年轻了，年轻到对如此重要的时刻毫无记忆。那天的情形，却牢牢刻写在我的头脑之中，我仍记得那天的全部景象，乃至每一粒微尘，日光昏沉，露水蒸腾，而不断起伏并相互靠拢的乌云向着北方、北方与北方一并移去。午后，他们带来了滚烫的消息，伴随风声，接续传递。

直至傍晚，众人沉默，又逐一散去。夜间，阿什库对他的妻子说，浓雾之山，倒映出一片清澈的海，终有一日，他们将乘舟而去，荡在山谷之间，在海之间。

这是在所有语言之后的语言。他的妻子并未在意，只是抚着他的额头，阿什库躺在摇篮里，很快便睡着了，在此之前，他已经有十个昼夜没合过眼。

阿什库睡了很久，所有的声音都没能将他吵醒，包括嘶吼与喊叫，还有离别时的啜泣。待到他睁开眼时，恰是正午，太阳凶狠，金光从天而降，他觉得很热，便从船中站立起来，却发现自己正在海的中央。

阿什库去了所有人都没去过的地方，经历苦难、仇恨与战争，凭借勇气杀出一条生路，他想，他要回去，回到家乡，那里有人还在等着他。但我们都知道，没人能抵抗命运，他又有了新的家庭，新妻年轻貌美，教他如何吃饭、如何讲话、如何相爱、如何背叛，阿什库忘却了自己的来处，整个过程并不轻松。而他昔日的妻子，在这艘木船旁边守候多年，始终在等他醒来。

杀戮将他唤醒。阿什库所得到的一切，又全部失去，他沦为败者，一无所有，渐行渐远，他走在雨季，走在山谷里，走在云端，心无杂念。没人知道阿什库是怎么回来的，但所有人都知道，他已经遭受巨大的惩罚，时间之力将其摧毁，多年过去，他依旧那么年轻，英俊，充沛，宛若初生。他的妻子，却变为干枯的老者，奄奄一息。他们看起来更像是一对母子。他轻轻搀扶着她，如同携带一件宝物。

还记得他腰间的那柄弧形花刀吗？最终还是它结果了阿什库的性命，凶手残暴，尸体让人不忍直视，伤口遍布其身，覆上燃尽的书页，显然是来自远方的复仇者所为。许多人都看见了那一幕，但阿什库的妻子却不肯相信，是的，她太老了，眼前只有一片昏沉。

而后，一场大雨落了下来。在雨之外，空旷无物。

阿什库的告别仪式，定于七月七日上午十点在牧场北门附近举行，在此，我谨代表本地全部与阿什库有过交集的人们，诚挚邀请远方的您和您的丈夫，也来送他最后一程。毕竟，按照我们族人的说法，阿什库的妻子，正是您的姑姑，您是这个家族唯一的后辈。她跟随阿什库远行之时，始终在唱着异族的谣曲，那些歌声在山间折返，日夜不息。若能及时赶来，也许还可以听见她最后的吟唱：

六十白骏从天落，总有一匹陷入河滩

三岁的孩子阿什库，来到世上总孤单

雏菊开满野山，繁星彻夜眨眼

阿什库，别哭泣；阿什库，妈妈就在这里

那犄角似的火焰，桦树做成的摇篮

那浓雾与雷声，河里倒映的夜晚

起风的白天，我像牧草一般，拥你入眠

阿什库，别哭泣；阿什库，妈妈就在这里

力大无穷的阿什库啊，总有梦魇缠绕你

山谷里回声阵阵，是谁在喊着本来的名字

谁要你以命换命，谁又要你放光明

阿什库，别害怕；阿什库，我就在这里

阿什库，有没有鹿告诉过你

爸爸早就化作飞鹰，而妈妈变成风

茫茫山脉如潮汐，这世上只剩我和你

阿什库，别害怕；阿什库，我就在这里

所以，现在你知道了，这是两个人的告别仪式。在未来某一天的清晨，我们要将门前那艘破旧的木船葬在山谷之间，以示纪念。

Chapter 3 Diary
日记三则

七月十日　阴

今日跟随勘察员 C 共同出行。数年之前，他完成学业，被分配至某市，进行规划测量工作，后下派并常驻此处。C 大概五十岁上下，曾有过一段失败的婚姻，现单身，子女情况不详。我们步行许久，来到地区边缘。得知我在写小说之后，C 的神情极为兴奋，认为其研究结果会对我的写作有所裨益。他站在高地上，像受上苍委任的官员，指着一道深渊对我讲解。以下为他的录音转述，部分词语没有听清，暂且简记，有待日后核验完善：

亲爱的朋友，我经数年考证，发现你眼前的此地，非同一般，或许正是后稷的葬身之处。《山海经·海内经》有言："西南黑水之间，有都广之野，后稷葬焉。爰有膏菽、膏稻、膏黍、膏稷，百谷自生，冬夏播琴。鸾鸟自歌，凤鸟自儛，灵寿实华，草木所聚。爰有百兽，相群爰处。此草也，冬夏不死。"什么意思？你不懂，我讲给你听，这几句说的是在西南方向，黑水流过的地方，有一处很肥沃的土地，后稷就埋在这里。这里出产膏菽、膏稻、膏黍、膏稷等，各种谷物自然生长，无论冬夏，均可播种。鸾鸟歌唱，凤鸟舞蹈，灵寿树开花结果，草木繁茂。此外，还有各种奇异鸟兽，群居相处。这里长出来的草，无论季节，都不会枯萎。

研究葬身之所，须要参照周族历史，这一段极难考证，后代杜撰成分较大，但古公亶父迁都于岐之后的历史，却有几分可信度。岐，普遍认为是现在的周原遗址，后文王迁都于丰，武王迁都于镐。七十年代，曾对周原遗址进行大规模发掘，凤雏官殿基址由此展露，邹衡先生撰写《论先周文化》，首次提及先周文化的陶器与铜器。之后，先周文化研究逐渐丰满，但也有不少分歧，不一一列举。总体来说，普遍认为周族来自西北，其祖先可能在稷山生活过，而稷山，便是葬后稷之所。但是不要忘记，在《国语·周语下》里，伶州鸠说："我姬氏出自天鼋，及析木者，有建星及牵牛焉。"姬姓周族有出自天鼋（天鳖或天渊）和析木之津这个分野的可能吗？不能说完全没有。但天渊、天鳖、建星、牵牛都在南斗附近，斗柄所在的地方"有建星及牵牛焉"。将自己的族群和这个天区的星座联系起来，很明显，这是在讲星座对于族群的重要性，极其神圣。所以有"则我皇妣大姜之侄，伯陵之后，逄公之所凭神也"之说法。周族的女性祖先大姜，通太姜，即姜嫄。逄公伯陵，炎帝姜姓后人，商初受封于逄地，并在此建立逄国，是为伯爵，世人称之为逄伯陵。其文化内涵是祖先与神圣的星座相互联系，拥有神的能力，且享有神的地位。"岁之所在，则我有周之分野也。"也就是说，周族的分野在"岁在鹑火"的鹑火，即星、张二宿。"月之所在，辰马农祥也，我太祖后稷之所经纬也。"月在房、心二宿附近，房、心二宿是农作物丰收的吉祥象征。后稷经天纬地，掌握天地之奥秘，其实就是房、心二宿所指示"辰马农祥"之奥秘，所以他发现了稷，即粟，成为旱作农业之始祖。

七月十七日　雨

我决定要在这里写完《山脉》这篇小说。今早我与妻子通电话，并表达出这个意愿，她当即表示十分不满，认为葬礼既已结束，我就应该立即返回，再做停留，毫无意义，况且她有孕在身，独自在家，诸事不便。我说我在这里看见一些奇异景象，并试图讲给她听，但她却将电话直接挂掉，拒绝沟通。思前想后，我仍决定留在此处，至少要将小说初稿完成。《山脉》我已经准备了很久，动笔数次，始终不顺利，来到此处后，这几天的经历前所未有，仿佛每日都有人在暗中施给我一点线索，让我根据这条线索去继续行进，直至落入未知的陷阱。我知道这如同一种游戏，一次诱引，却也乐在其中，不愿脱身。

雨很大，今天我没有出门，写完了小说的前两章，其中拆解了一首我很喜欢的诗歌，前几天在地方文献室内发现的，写得有些笨拙，却跟同时代诗人的气质完全不同，希望它用在这篇小说里合情合理。明天是勘察员C的葬礼，他在与我对话三日之后，便突发急病，一命呜呼。葬礼我也会去参加，他将毕生贡献于此，临死之前，却嘱托我们，要将他埋在远方的故乡。我们站在床边，点头应许，而在他断气之后，我们才发现，并没有人知道他的故乡到底是哪里。连他从前的妻子也不清楚。

此外，夜间，我又将与勘察员 C 那次会面的最后一部分对话整理完毕，不知为何，这一部分整理起来极为吃力，背景十分嘈杂，想来应是山风猛烈。我反复聆听多次，记录如下：

说多了，朋友。我这几十年的成果，你未见得都懂，有些话，怕是也只能说这一次了。我们继续来说后稷的葬地。根据考证，后稷葬在稷山，但在《国语·周语下》中，伶州鸠却说姬氏出自斗、牛二宿之间，《山海经》里有所提及，说是葬在西南黑水之间的都广之野。这些文献记载都只能当作传说来看。只有综合实际情况来解读，方可通晓内涵。

什么是实际情况？只有一种路径可以抵达真实，我的朋友，那便是科学。我在文献中寻求只言片语，依照工具进行推演，仅以《周髀》为例，简要分析。黄赤交角的变化周期约为四万一千年，变化范围是22.1°至24.5°，变化幅度为2.4°。当前，每一百年减小约47″，也就是说往前推的话，每一百年增加47″，推两万八千年，进入一个轮回。往后推的话，每一百年减少47"。目前减小的趋势还会持续一万三千年左右，之后转而增大。这将影响地理纬度的确定，选择不同年代的黄赤交角，得出的观测地点不一样。1976年，第十六届国际天文学联合会通过决定：将2000年的北回归线位置定为：$\varepsilon = 23°\,26'21.448"$，约23.44°。《周髀》记载："夏至晷长一尺六寸"，"冬至晷长一丈三尺五寸"。据公式，可反推算出测量这个晷影长度的纬度和时代。根据两个公式计算测量地点的方法：$\tan\zeta = Lx/Lb$（太阳高度角），$Lx = Lb \times \tan(\phi - \varepsilon)$，$Ld = Lb \times \tan(\phi + \varepsilon)$，据此算出$\phi = 35.33°$，$\varepsilon = 24.02°$，当此二公式求出来的这两个$\varepsilon$值相同或相近时，说明这个观测点正确，即再次观测所得的两个晷影长度的值是相符的。再往上，年代与位置，均以此类推，寻求正解，我算了很久，一直推至龙山时代早期，距今四千五百年左右。那时累积$47" \times 45 = 0.59°$，$\varepsilon = 23.44° + 0.59° = 24.03°$，当时的南北回归线变成了24.03°。这是尧时代太阳在二至点直射的纬度。用这个方式再求出这两个值，$\phi_1 = 11.30° + 24.03° = 35.33°$，$\phi_2 = 59.35° - 24.03° = 35.32°$。至此，这两组数据终于基本重叠。

　　整个过程耗费数十年心力，不断求证以及反证，其中艰辛不必再提。现在，朋友，我们来谈谈结论。

　　刚才我告诉过你，西南黑水之间有称为都广之野的乐土，这个地方沃野千里，农作物繁盛，花鸟虫鱼数不胜数，还记不记得，最后一句是什么，是在说这里还有一种四季常青、永不死亡的神草。很多人认为是周而复始的荒草，野火不尽，其实不然，它指的是一棵树，这棵树名为建木，是上古先民崇拜的一种圣树，众帝以此树为梯，往返天庭人间。所谓西南黑水，便是银河裂缝之所在，是万物之源，所以万物自生，你我亦如是。与此同时，这里也是万物的归宿，所以神木恒久不死，变作虚空，伸手即可捕获。从天文及先民信仰角度，我推测后稷最先葬身此处，随后万物回归。此处原本为一道大峡谷，经年累月，山峰倾移，所谓裂缝，正逐渐聚合，有风渐起。我，你，乃至我们的先人，去世之后，不远万里，皆要奔赴至此，回到这道狭窄的山谷里。这是生命的最后，万本归一，却也如初生一般，我站在这里，每天都能看见无数的亡者，操着各地的方言，前仆后继，化为乌有。

七月十八日　晴

　　终于放晴，勘察员 C 今日下葬，几乎所有我见过的人都

来送别，而我是抬棺者之一。棺材很沉，我有些虚脱，但仍被风景所吸引，这是我第一次进入山谷之间，亦即莒地，我走在后面，发现此处墓冢的位置很有趣，似曾相识，趁着埋土之际，我掏出纸笔，迅速将其画下来，随后返回室内，重新整理，其分布如图所示。

画完之后，我猛然想起，其坟冢分布与勘察员C家中的一幅挂画有些接近，于是在下午四点多时，我连忙又回到勘察员C的家里。他的前妻坐在炕沿上，身边还有一位年轻女性，衣着素朴、洁净。我跟她们打过招呼，经过允许后，便将这幅陈旧的星象挂图取下来。那位年轻女性送我出门。我们在门口发生如下对话。

她：你不是本地人。

我：您是哪位？

她：他的女儿。

我：节哀。您的父亲非常了不起。

她：你认识他多久？

我：几日而已。

她：什么时候离开？

我：写完这篇小说。

她：山脉。

我：你怎么知道？

她：所有来这里的人，写的小说都叫这个名字。

　　我刚想进一步问其缘由。她转身回去，将门锁死，放下长帘，我看不清室内。我的胳膊底下夹着挂图，又敲了几下门，无人应答，便也离开。明天吧，也许我会再去找到她，一问究竟。

　　补记：刚做了个梦，记录几笔。勘察员 C 的女儿进入我的梦里，擎着火炬，引我步入丛林深处，火光映照之下，她的样貌比在白日里更为清晰，一袭白衣，优雅而轻盈，我跟随她的脚步，穿越谷底，凉风不断吹拂，我内心有许多不解，尤其想知道这条路将通向何处。我走得很累，想呼喊却发不出声音，不知不觉间停了下来，剧烈喘息，勘察员 C 的女儿也在前方站住，回头望向我，眼神温柔，对我说一种听不懂的语言，音调起伏，伴随着地底鼓声似的震动之音，仿佛是施放巫术时所念诵的咒语，而我正处于这场庞大祭祀的中央。风景逐渐聚拢过来，乌云、山泉、火光与树，C 的女儿向我走来，赤裸身体，苍白而虚弱，却又很美，我感到十分紧张，接着又是一阵眩晕，我迫切想要逃离此处，回到熟悉的事物之中，便闭紧双目，努力想象，想象着在几千公里之外，我的故乡，东方之星，那颗东方之星已经升起，在这场幻梦醒来之前。

Chapter 4 Story
东方之星

电线杆的阴影只能遮住一小部分地面，这是李福告诉我们的第一个道理。他戴着纱制的灰白草帽，双手扣在膝盖上，穿着布鞋，齐整的白牙折射出刺眼的光芒，像漫画里的人物，那些四处游历的浪荡者，却总能拥有不错的运气，逢凶化吉。

他说："树下太暗，对视力不好。阅读要有充足的光线。"

我们觉得不无道理，便顶着直射的阳光，席地而坐。我从地面上拿起一本书，不久之后又放下，再换一本，封面很鲜艳，上面画着一男一女，男的表情孤傲，高高跃起，向下发射数枚飞镖，底下的女子用嘴接住。

李福从我手里把书抢走，并对我说："不要读。"

我说："为啥？"

他从屁股底下抽出一本书递过来，说道："你要读这本。"

那本书散发着热烘烘的气息，我拎着其中一角，搁在面前的塑料布上，封面是一个微笑着的外国人，看起来颇为友善，他身后是一条笔直的公路，两边是红色的土地，书名叫《未来之路》，我将书捧起来，盯着封面，读道："美，比尔·盖茨著。"然后打开书，随便翻几页，满满当当全是字儿，我问他："李福，这本是不是科幻的？"

李福说："不是。盖茨写的，聪明人，全球首富。讲的是未来的事情。"

我说："什么未来？"

李福说："人的未来，世界的未来。"

朋友在一旁插嘴说："我们班有个同学叫未来。"

我说："李福，你具体讲讲。"

李福说："其实我也没看呢。"

我把书扔向他坐着的方向，《未来之路》在空中划过一道漂亮的弧线,落在地上,一阵风吹散书页。我说:"不看这个,给我刚才那本。"

李福看看表,又看看手里的本子,说:"五毛钱半个小时,现在已经四十分钟,你的时间超了。"

我说:"就跟我多想看似的。"我喊上朋友一起离开,朋友站起身来,拍拍屁股,盯着李福说道:"我是后来的,今天你差我十分钟,先记上。"

我们过了马路,回到工人村,我跑上楼回家喝水,半杯凉白开,喝完打个寒战,浑身轻松,走到阳台上,看见楼下的李福仍保持着刚才的姿势,倚靠在电线杆底下,缩进那一道倾斜的阴影里。

工人村里,所有人都直呼李福的姓名,无论长幼。李福推着倒骑驴,缓慢行走,态度谦卑,眼神明亮,脸上常有微笑,跟路过的每一个人打招呼。我爸也点头示意,他们擦肩而过,又走了好几步,偶尔我爸会转回头来,对他喊道:"李福,今天有雨。"

李福抬头望望天空,云像灰尘一般散漫,然后回答说:"谢谢您。我觉得下不起来。"

没过多久,一阵风吹散另一阵风,温热的雨便落下来。李福绕着那些书奔跑,将塑料布的四角掀起并遮盖起来,又将那些书逐一搬回车上,用隔板拦截雨水,那顶草帽被扔在道边。他稀疏的头发被雨水浇透，成绺贴在额头上，样子十分狼狈。

我爸撑着伞带我出门，看见忙碌的李福，笑着说道："早都跟你讲过了。还不信天气预报。"

李福又抬起头来，眯着眼睛，对我们说："雨水使人精神。"这是李福告诉我们的第二个道理。那一刻，他的脸上有金灿灿的光芒，看着确实比平常要神气一些。

但他的神气并没有维持太长时间，我们回到院子里时，听见李福和他的妻子正在吵架，声音很大，字字清晰，穿透雨声，飘然而至，落到许多人的耳朵里。他们吵架时，将窗户全部敞开，仿佛要让大家评评理。

李福的妻子说："你瞅瞅你那德行。"

李福说："我又怎么了？"

李福的妻子说："你一个月赚多少钱？"

李福说："数百元。"

李福的妻子说："放他妈屁，我怎么都没看见。"

李福说："进货了。我在学做生意。"

李福的妻子说："真能说得出口。吃我家的，住我家里，一分钱不交。不怕别人背后笑话。你不怕，我还怕。"

李福的声音稍显低沉，但仍无比清晰地说道："也不要怕。

我们不怕。"

李福的妻子说:"滚吧,求你了,行不行。滚出去。死在外面,我都不会多看一眼。"

雨已经停了,面对着这些争吵声,人们却再也打不起精神。

李福的妻子并不总是这样蛮横霸道,她平时较为沉默,喜欢围着斑点纱巾,让人辨不清面目与表情。走在路上时,我们会尽量避远一些,怕她的命运分摊在我们身上。我们都知道,她比李福要大好几岁,李福是她的第二任丈夫,前一任在结婚后不久便离她而去,据说原因是无法生育,说她只"怀了个空壳儿"。老实说,迄今为止,我仍搞不清楚到底什么是空壳儿,只能想象一只打光了的弹匣。

她与李福结婚那天,我是第一次见识到男人是如何嫁过来的。他们从我家里借了不少碗碟,在院子里摆宴席。天刚放亮,李福便从外面走进来,西装革履,手里提着满满一篮子鲜花。那是真真正正的鲜花,红白黄,娇艳欲滴,散发着露水的气息。我们跟着他走上楼梯,湿润的泥土不断从篮子底下掉落出来,形成一道浅显的印迹,像是森林里的幼兽在标记回家之路。

李福满脸笑容,肩膀撞门,走进新房,郑重地将那篮鲜花摆在床上，又从口袋里掏出数个红包，分给在场的亲朋好友。我也抢到一个，小心翼翼地揣在兜里，回家才敢打开，里面是张崭新的一元纸币。

房间的四角扯着拉花，摇摇欲坠，反射着各种颜色的光，李福的妻子坐进光的背面，表情古怪。按照规矩，新娘的脚不能落地，新郎需要背着新娘下楼，否则会惹来霉运。李福的妻子显然并不相信那些说法，众目睽睽之下，她先是光着脚下床，又将那篮鲜花扔到地板革上，然后用力地拍了拍床上的泥土。

李福躬下身体，架起双臂，满眼期待，李福的妻子双手搭在他的脖子上，极不情愿地伏贴上去，在众人的簇拥之下，李福吸足一口气，站起身来，大步流星向外迈去，而他的妻子却不住地回望，床上那片泥土的污渍无比清晰。

放过几轮鞭炮，宾客入座，轮到新郎致辞，李福掏出准备好的纸条，刚要照着朗读，却被妻子一把抢过去，握成拳头，攥在手里，不肯放松。李福站在台上，红着脸说不出话来。台下的几桌开始上菜了，人们将目光移到餐桌上来，音箱发出强烈的回授声，鲜亮并且刺耳，人们单手堵住一侧的耳朵，皱着眉头去夹菜，没人知道他最后到底说了些什么。

我当时在舞台的正下方，捡没点着的鞭炮，揣在兜里，留着以后再放，听到李福其中一句断断续续的发言：我，我就像汪洋中的一只小船，被抛上了你的彼岸。

结婚之后，借妻子的关系，李福被调到变压器厂，开始在工程队上班，每天与独轮车、水泥为伍，在沙的空间里构筑新事物。后来转入生产车间，成为高龄学徒，每天兢兢业业，但却笨手笨脚，完全不得要领。久而久之，他也不去开会，不参加任何集体活动，每天蹲守在休息间里，偶尔为工友打个下手，闲下来的时间都在读书。

生产车间实行倒班制，李福合理利用休息时间，拿出自己的全部收藏，在工人村的外街摆设一个书摊。对外租书，也可以坐在书摊上看，按时计费。书的品类很丰富，有武侠言情小说，也有诗词精选和残破不全的漫画。

刚开始时，他的生意不错，武侠小说经常能成套租出去，他用塑料绳捆好，仔细递给租书者，三番五次叮嘱，一定要好好保管。那段时间里，我们经常能看见提着一捆书的人，他们好像并不着急去读，只是拎着那一捆书走来走去，每当他们感到疲惫的时候，便会把书放到地上，然后一屁股坐在上面，看着其他走来走去的人。他们休息够了，站起来准备走的时候，又往往会把书遗落在地上。没有那捆书之后，他们走得很自在，两只手轻松摆动。

李福提醒他们说，丢失要按照定价赔偿。

于是李福又买回来更多的书，每次出摊都如同搬家，太阳晒在那些书上，李福则藏在后面的阴影里，像一个会发射暗器的人。

转折是从一次车间的文艺会演开始的。李福所在的班组要出两个节目：一个是几位女职工的扇子舞，这是他们的保留项目，舞蹈动作每年基本一致，所选背景音乐不同；另外一个，本来是会有一位青年车工，自弹自唱《涛声依旧》，但临近演出之前，忽然手臂骨折，弹不了吉他，车间领导一筹莫展。李福听说之后，自告奋勇，申请表演一首配乐诗朗诵，诗由自己来写。车间副主任反复问他，到底能不能行，当天有许多领导和来宾，可谓高朋满座。

李福说："别的不敢说，至少在咱们车间，我看过的书应该是数一数二的。"

副主任说："具体是什么内容的诗？"

李福说："本人会创作一首朦胧诗。"

副主任说："还是要清晰一些，不要太朦胧了。"

李福说："我争取。"

副主任说："朗诵首先要有洪亮的嗓音。"

李福说："我的嗓音条件虽然一般，但胜在感情真挚，配乐动听。"

副主任问他:"你要配什么歌曲朗诵呢?"

李福说:"《水边的阿狄丽娜》。"

副主任说:"谁?"

李福说:"外国歌儿。世界名曲。很优美。明天我把磁带拿来,中午休息时,在广播里放一放,大家先熟悉一下。"

在接下来的半个月里,中午时分,《水边的阿狄丽娜》在车间的每一个角落里萦绕,人们吃饱了之后很困,听着这首钢琴曲,睡得很香。李福睡不着,他经常会听得很感动,热泪盈眶,来回踱步,用手轻轻地打着节拍,车间领导来问他的诗写得怎么样了,他说,已经在收尾了,需要一个有力的结尾,上升一个高度,体现我们车间全体成员的坚定信念。领导说,好,李福,好啊,英雄有用武之地了。

文艺会演在和平影剧院里举办,我爸带我去现场观看,门口每人能领一包零嘴儿,据说在演出结束之后,还会放一场电影,可能是《大话西游》,也可能不是,我主要是想去看电影。影剧院的楼上楼下都坐满了人,相当闷热,冗长的领导致辞还没结束,我便觉得有些透不过气,文艺演出正式开始时,很多人已经在往外跑,出门抽烟买水喝,我流着汗,昏昏沉沉,来回晃悠椅子。李福的节目排到第四个,时间段颇为尴尬,像是足球比赛的中场休息,双方队员均已退场,裁判也把足球抱在怀里，可李福却热身完毕，准备登场施展拳脚。

李福拿着麦克风走到舞台中央，站不直溜，一条腿弯着，表情僵硬，在炫目的灯光之下，他的嘴角一斜，磕磕绊绊地说道："朋友们好，我是生产车间装配三组的职工，李福，今年二十八岁，属羊。非常荣幸，今天有机会为大家朗诵一首我自己写的诗。下面，请音响老师开始放歌，我这首诗的名字叫《东方之星》。"

《水边的阿狄丽娜》缓缓响起，李福闭着眼睛，沉浸在音乐里，酝酿感情，三十秒之后，他又睁开眼睛，从屁兜儿里掏出一张纸条，开始朗诵，大概是由于有些紧张，他的声音略显颤抖：

在遥远的东方，我是一颗星星，

工厂里的灯，照亮光明前程；

在遥远的东方，我是一匹骏马；

工厂是草原，让我驰骋奔腾；

在遥远的东方，我是一只小鸟，

工厂好比天空，我在其中，你也在其中；

我们自由地飞啊飞，飞过高山和大海，

飞过大海和高山，不知疲惫，不畏艰难；

那是因为，蓝天是我们唯一的向往，

　　更是因为，咱们车间主任薛志军同志领导有方！

　　李福的最后一句非常用力，可谓掷地有声，响彻整个剧场，那一瞬间，所有人陷入同一种静默之中，那些窃窃私语的，统统闭嘴，嗑瓜子吃糖块儿的，手举到半空里，长久未动，而《水边的阿狄丽娜》的悠扬旋律还在继续。李福自己也没有想到，他的诗歌竟然能为台下的观众带来如此强烈的震慑效果，朗诵已经结束，但他的内心仍十分激动，麦克风吞噬并传递着他起伏的呼吸声。舞台上的李福简直要晕过去，所有的光芒都为他而闪动，那一刻，他确信自己从前所有的阅读是正确的，遭受过的折磨也是必需的，一切都是为了等待这样的时刻，他用自己的文字俘获了人们的灵魂。

　　当时的李福并不知道，人们并不是被他的诗歌所震慑，大家的灵魂也仍在头顶上，安安稳稳，没有溜走。在李福的最后一句诗脱口而出之后，所有人陷入回忆之中，他们需要彼此沟通一下，才敢确认，诗中的薛志军同志，在一年多之前已经办理退休，不再担任车间主任职务，目前在家中安度晚年。如今的车间主任名叫王世超，哈工大毕业的高才生，正坐在舞台前的第一排。

李福再次回到工程队之后，便没有时间去摆书摊了，他每天穿着工作服，早出晚归，裤脚拖在地上，磨出毛边儿，但脸上依然有笑容，跟路过的每一个人问好。人们一边在背地里讥笑，一边又有些同情。

他的那些书总是出现在垃圾箱旁边。那时，他的妻子不动声色，开始逐渐帮他扔书，经常是在李福上班之后，她走下楼去，丢掉几本。她不知道的是，李福偶尔会偷跑回来，悄悄捡回来一些，那些书平白染上许多污渍。

吃过晚饭后，李福有时捧着一本书下楼，站在路灯底下，端起来翻看，表情严肃，我走过去，想讽刺他一下，便对他说道"李福，给我们朗诵首诗呗"或者"你们车间主任叫啥来着"。他看看我，把书放下，轻声说道："不要跟失落的人开玩笑。"这是李福告诉我们的第三个道理。

李福的书一直在减少，我们能看出来，他在忍耐，并且很痛苦。在他与妻子之间，那场关于书的博弈，很像是一道经典数学题，碧波荡漾的水池，接了一根进水管和一根出水管，同时开始工作，求问多长时间能将池内的水排空。我们都在拭目以待，答案很快就要揭晓了。

可还没等到答案，我们忽然发现，失落的李福消失不见了。他不在单位，不在家里，也不在乡下老家，没人知道他去了哪里，他就这样平白无故地在世间蒸发掉，仿佛从来没有存在过。奇怪的是，那些书并没有跟他一同溜走。

李福的妻子有没有去找过他，我们并不清楚，有人说，曾听到过一些轻微的啜泣声，从李福家的窗户传出来，我们问他，是真的吗，他说，假的，但觉得理应有一些哭声，任何一个人的消失都应该有泪水相伴。

事实上，李福的妻子依然蒙着纱巾，辨不清面目与表情，每天往楼下扔几本书，但没人再去捡回来，我拾过两次，又都扔掉了。这样下去，李福的那些书很快就会被清空，毫无悬念。有那么几天，我们都有些想念李福，朋友认为他自杀了，我觉得不会，依我看来，李福是一个非常乐观的人，他总有自己的道理。没过多久，李福便被我们抛之脑后，没人再去提起他的名字，但我们却在私下打了个赌，赌李福的妻子会不会再结一次婚，我甚至为此押上一元钱作为赌注。崭新的一元纸币。

Chapter 5 Interview
铁西山脉

与班宇的访谈约在下午，在他的工作室里。我们抵达时，他刚睡醒不久，头发蓬乱，毫无精神，但仍坚持为我们烧水沏茶。水烧开后，才发现茶叶没有了，于是又下楼去买了一袋茉莉花茶，塑料包装，三块五，香气很浓。

说是工作室，其实不过是工人村的一处民宅，变压器厂宿舍，建于二十世纪八十年代，室内共五十二平米，班宇告诉我们，当年还不叫几室几厅，这种格局叫套间。一大一小两间屋子，都朝着南面，双阳房。他在稍小的屋子里写作和休息，另一间则用来吃饭、会客、看电影。整间屋子的装修风格也可以追溯到上个世纪，一切都是深重的原木色，地板缝隙很大，壁柜的门关不严，由于后期暖气改造施工，屋内遍布管线，看起来有些乱，像是工厂里的临时车间。

我问班宇，为什么把工作室选在这个地方。他回答说，习惯了，在哪里就写哪里的事情，写不下去的时候，打开窗户向外看一眼，继续照着写就行了。

这让人想起美国作家罗恩·拉什的短篇小说《进入峡谷》，讲的是一个人把自己的峡谷卖给政府当森林公园，在年迈时忽然又想起，父亲曾经在里面种下一片西洋参，他悄悄摸进去，发现西洋参早已长成一大片，于是采摘卖钱，却被公园里的警察发现并追捕，慌乱之际，他一把将警察推入枯井，开始连夜逃亡。

小说里描述主人公去挖西洋参之前，有一句写道："他恭恭敬敬地进入峡谷。"

每个人都有自己的峡谷，在山脉之间。如果说铁西区是山脉，那么工人村就是班宇的峡谷：干冷枯燥的风，破烂市场的弃物，声音嘶哑的挂钟，炕柜和旧书，空气里的土和尘；那些锈的、腥的与脏的，哗啦啦与热腾腾的，现代文明所试图摒弃的或者远离的，在这里都能找到妥帖的位置，让人觉得温柔，亲近，可靠。

班宇对我们说，他更像是一位外派的工作人员，每周在这里工作五天左右，每天只吃一顿饭，自己做，不饮酒，很少接触外界，几乎不出门，周五返回家里，与妻女共度周末，周一再回到这里。在回答我们的问题时，他总会有相当长时间的停顿，屋内的采光非常好，能照见许多细微的灰尘，在那些间歇时刻，我们共同观察灰尘是如何飞舞的。三块五的茶叶也很好喝，几番冲泡后，味道依然很重。

班宇的上一篇小说《山脉》，源自一次奔丧经历，接到讣告时，他的妻子有孕在身，于是他代替妻子坐了近三十个小时的火车，前往他乡，以尽情谊。在火车上，他读完了两本书，一本是塞利纳的小说，另一本是科普读物，此外，还改完了一个短篇小说，也就是《东方之星》。

虽是夏日，但在更北的北方，空气也很清凉，火车晚了几个小时，他在早晨抵达当地车站，其妻子的表弟在出口等了很久，骑着一辆三轮车，外套搭在肩上，身躯魁梧，又高又壮，朝着他不断挥手，无比热忱。

他坐上表弟的三轮车，寒暄几句，表弟讲话有些结巴，交谈并不顺利。他也有些累，索性不再说话，相互都轻松。他们经过一些草屋与山岗，太阳逐渐升高，越来越亮，班宇告诉我们，当时他觉得他们两人像是渺小的黑点，在底下缓慢移动，很多西部片里都有过这样的情景。

两侧是山，只有中间一条道，乌鸦如武士一般，在头顶上巡过，双翅展开，形似铠甲。赶山的人们在路边，武装齐备，戴着面具，穿塑料衣服，也像是养蜂者。他问表弟，在山上能采到什么呢。表弟这次倒是没有结巴，回答说，雨和草。他没有听清，又反复问一次，什么。表弟说，雨……天上下来的雨，还……还有许多种草。班宇当时觉得有趣，但也困惑，半天过后，到达所居住的地方，此地住户稀疏，十分开阔，能看见大风吹来的轨迹，他被介绍给许多陌生人，大多是长辈，态度漠然，打过招呼后，他们便沉默地坐回原位，不停地抽着当地的一种烟叶，闻着很呛。有时候相互之间会讲几句他听不懂的方言。

之后便是连续的葬礼，谋杀案一般的过程，难以回望的记忆。不仅是讣告里的逝者，还包括勘察员 C 和接他的那位表弟，仿佛班宇带去的不是消息，而是死亡，这是一段尤为恐怖的经历。或者可以说，《山脉》这篇小说的创作过程，是一次与死神的竞走。在此期间，班宇一直试图找到那篇讣告的作者，却未能如愿，每个人都在刻意回避这个问题。通过公布出来的那几篇日记，我们推断，勘测员 C 也许是他在这里唯一关系较近的人，可惜也匆匆离世，诸多谜题没能得到进一步解答。

虽然我们反复询问，但班宇依旧没有告知我们故事发生的确切地点。小说完成后，他便迅速返回沈阳，独居室内，一直在修改调整，噩耗仍不断传来，只不过这一次，都是出现在他的文本里，彼岸的潮汐似已平复。至于这篇小说，有读过某一版本的评论者认为，其中所有的灵魂都已非常疲惫，被语言、雨水与信仰反复刷洗，情绪内化生长，爱或者不爱，放弃与占有，责任和负疚，在内心战场上互相侵袭，世界却始终没有向他们展开过，这是令人绝望的时刻，所有人束手待毙，直至整篇小说消失不见。

消失与从未存在，到底有何区别，这也是许多人的困惑之处。这个下午，我们就这篇再也无法读到的小说，与班宇聊至傍晚。那包茶叶最终也没有喝完，班宇将它送给我们，作为一天的纪念。

Q：你最欣赏的作家是谁？

A：胡里奥·科塔萨尔，阿根廷人，解离真实，探察语言，沉静而伟大，永远没有终局。同时，他也是一位拳击

山脉

与爵士乐的狂热爱好者。

Q：除了写作和阅读，你还有什么爱好？

A：写作和阅读不是我的爱好。我的爱好是不写作和不阅读。

Q：能讲讲你的写作习惯吗？

A：没有习惯可言，大部分时间没有在写作，都是在读书、看电影或者听音乐，焦虑时会去写几笔，缓解一下情绪。

Q：最近在读谁的书呢？

A：这几天看的是苏联作家弗·克·阿尔谢尼耶夫的《在乌苏里的莽林中》，写得十分好，充满敬畏。这部作品的发生地是西伯利亚原始森林，但跟《山脉》的背景相似，实际上，两者在地理距离上也比较接近。其中有一段描述，令我很有感触，他写道：

在半空之中，弥漫着烟雾，太阳从白色变成黄色，然后又变成橙黄，最后变成红色，一直到落进地平线都是红艳艳的，而黄昏非常短，不知不觉夜色就浓重了……空气具有惊人的传音能力，一般的说话声传到远处变成了高声喊叫……空中又充满了一种隆隆声，好像轰隆的雷声，低沉的爆炸声，或者是远方的排炮声……可能这是我们生平所听到的唯一一次地下震动声。

我在妻子的故乡，基本上每一天都会经历这样的情景，地下的震动声从裂缝里传出，又在大地上茁壮地铺展开来，延绵无尽。

Q：电影方面呢？有什么特别偏好？

A：我很少进电影院，基本每年只有一次，看看口碑不错的娱乐片。其余时间在家里看碟子，前几天刚看完马修·卡索维茨的《怒火青春》，连看两遍，唠唠叨叨，但也不反感。片子里面有个老人讲了个故事，这几天我一直在想。他讲，曾经有个朋友，跟他一起被派去西伯利亚劳动，在那个苦寒之地，无论去哪里，都要跟牲口们一起坐火车，天冷了，没办法在火车上解手，唯一的机会是趁着火车停下来加水时，可以就地畅快一番。他的这位朋友天性腼腆，很害羞，不愿在铁轨上解决，他经常就此挖苦这位朋友。

有一次，畅快过后，火车开动，每个人都跳了上去，我们知道，火车是不等人的。这位朋友却没有赶上，他太害羞了，走了很远，去丛林后面方便，待到出来时，火车已经开走，于是他看见这位朋友双手提着裤子拼命奔跑，他伸出手去，想抓住这位朋友，但每次朋友够到他的手时，裤子就掉落下来，一直掉到膝盖，朋友只好先提起裤子，再重新去追。当他再次抓住这位朋友的手时，裤子却又掉了下来。

Q：好玩的故事。后来呢？

A：火车越开越快，这位朋友再也追不上了，眼睁睁看着火车离去，最后被冻死在西伯利亚。这几天我一直在想这个事情。我有时候觉得自己就是他的那位朋友，提着裤子，永远跟不上步伐。其实在任何时代里都是，不牺牲一点东西，是上不了这班车的，但如果要牺牲掉的东西，于你而言，十分必要，那么又该怎么选择呢。活下来就一定是正确的吗。并不见得。

Q：换个话题，胳膊上的字母文身是什么意思？

A：上升的一切必将汇合。

Q：弗兰纳里·奥康纳小说集的名字。

A：其实是法国神学家夏尔丹的观点，他提出过一个概念，认为人类将不断进化，穿越心智层面，上升达到宇宙进化的终点，即"欧米伽点"。"欧米伽点"是超越生命的汇合点。他还研究古生物，相当博学，曾在中国待过很长时间。

Q：你认为"欧米伽点"是存在的吗？

A：一定是存在的。只有这样，我们现在的诸多现象才能得以解释。

Q：来聊聊你的作品。《山脉》是一部怎样的小说？

A：每个人都有不同的解读方式。作品是要高于作者的。我不想对其诠释太多，但我认为，它更接近于一部犯罪小说。主角始终在掩饰、辩解自己的罪恶，用语言、格律与修辞去迷惑浮云、神与众人。

Q：这部小说你用了多久构思？后来多久写完的？

A：从落笔到最终修改，花了将近半年的时间。也就是说，在出发之前，我已经开始思考关于这篇小说的事情了。创作时间较长，最初的想法跟后来成型的作品几乎没什么关系。

Q：根据一些资料来看，这篇小说的形式很独特。

A：其实不然。看起来很复杂，实际上是非常传统的故事模型。像一张报纸，上面有社会新闻，有情感问答，有电视节目预报，有广告，琳琅满目，精彩纷呈，但事实上，这些栏目综合在一起，也是一篇完整的叙事作品，讲述一日的历程。从各个侧面切入，相互之间是有联系的。《山脉》这篇小说，以及一些其他作品，也都是这样。

Q：可以谈谈创作过程吗？

A：我读过一篇墨西哥小说家胡安·鲁尔福的访谈，其中提及某部作品的诞生过程。我认为跟《山脉》有相似之处，我转述他的回应，来作为答复：

　　最初是不同形式的练习，通过这些练习，我逐渐懂得应采取何种叙述方式，以及怎样安排那些故事。在动笔之前，我早在头脑里将这篇作品写好了，然后以某个人物作为纽带，酝酿他的性格，让他在某地游荡，等待所有的故事逐一发生。

Q：你喜欢鲁尔福吗？ 有评论说《山脉》是对他的一次致
敬。

A：不喜欢。不是。

Q：据评论说，小说里有许多意象，比如木偶、诗歌、回声、
火焰、连绵不断的梦境，等等，分别代表什么呢？

A：除本来的意义之外，什么都不代表。

Q：目前来讲，只有部分编辑与评论家读过这本《山脉》，
很多人表示颇为期待。

A：严格来说，他们读到的也只是最初版本。后来我花
费很久去删改，越改字数越少，直至最后，整篇小
说消失不见。

Q：那么，我们可以认为《山脉》是并不存在的吗？

A：但它又留下过一些痕迹，有很多文本似乎要去印证
它的存在。当然，你也可以认为它从未存在。这没
问题。那么，请不妨再去想一想那些你读过并且已
经忘掉的作品吧，一种无法打捞的虚无。它们对你
而言，又真的存在吗？《山脉》呢？

Q：可以描述一下这篇消失的小说曾经的结构与走势吗？

A：《山脉》最开始是由几张图表组成，共分为五个部分，这些图表只是一种结构上的概括，相互之间有箭头连接，并未形成闭环，仍是开放的，没有终点。每张图表之中，都有一些关键词语，也包含一部分事件的缩写。整个写作过程，跟冲洗照片有点相似，代表着叙述者由目的到激情再到认知的过程，后来内容几经变更，如同板块漂移，相互张裂、碰撞，最终形成三个主要框架，并由同一肇因推动。视角不断转换，每一部分都有数位叙述者，分别隶属于不同的声部，有我自己，有陌生人，也有神明，我们需要抛弃身份、爱欲与幻觉，才能触碰到各自命运的一小部分。

Q：《东方之星》在《山脉》这篇小说里，处于一个什么样的位置？

A：严格来说，《山脉》里并没有《东方之星》的位置。某个版本里，确实出现过一段相关文字，后来也删掉了。《东方之星》属于另一种写法，有点取巧，某位印度作家在二十多岁时经常这么做，我尝试写过这样一个系列，最终没有成功。这篇读着或许有一些魔幻味道，但事实上，李福确有其人，在不久之前，我还看见过他一次。他并没有认出来我。

Q：他在做什么呢？

A：我们是在菜市场遇见的。他买了一块豆腐，行色匆匆。头发白了一些，除此之外，跟从前没什么差别。很多人就是这样，你以为他消失了，其实并没有，还一直在你身边生活，兴高采烈，完好无损，多年以来，始终如此，只是你们没机会碰到。

Q：或许这样问有些业余，但我们仍想知道在您的小说里，现实与虚构呈何种关系？ 或者说各占多少比例？

A：现实与虚构本来就是同一个词语，虚构的情节被写出来，也会逐渐变成现实，一切都会发生，只是时间问题。或者说，现实也是对虚构的一种投射、复制。

Q：你觉得写作中最艰难的部分是什么？

A：我觉得是首先要去对抗一种心态。一种过于爱惜自己的心态。当然，这只是其中之一，即便克服掉了，也要面对更多的问题。你继续花掉很大力气，来解决其中一个，振奋片刻后，又发现这对于你的书写来讲，几乎是无用的，毫无进展，文本仍然停滞不前。写作就是要不断接受这种失落。

Q：不谈《山脉》这篇小说，在其他现实主义题材作品里，你认为是否准确地复刻了某个时代及这个时代里的人物特征？

A：并没有。不是谦虚。这是另一个让我觉得艰难的部分。

Q：如何看待你的读者呢？

A：不清楚。如果我有读者的话，我想他们也并不在乎我的看法。

Q：在写作这条路径上，对于未来有何期许？

A：写作就像还债。我希望是写一篇少一篇。这样能轻松一些。